Le Grand Art

DU MÊME AUTEUR

Loin du corps, Éditions du Seuil, 2017.

LÉA SIMONE ALLEGRIA

Le Grand Art

ROMAN

J'AI LU

Ouvrage publié sous la direction d'Élisabeth Samama.

PREMIÈRE PARTIE

La mort dans nos métiers
est un heureux événement.

Maurice RHEIMS

1

Le matin, tout est encore possible. Il parcourt les gros titres en attendant le serveur. « Le consentement des mineurs en cas de relation sexuelle fait débat. » On s'en fout. « Le tireur de Las Vegas… » D'accord. La petite qui a disparu, Harvey Weinstein, *Blade Runner 2049*. Ah. C'est cette semaine ? On s'en fout, il faut encore qu'il sorte en DVD. Marée noire, fin du monde, baleines suicidaires, un Basquiat chez Sotheby's… Ah non. Ah ça non. Paul Vivienne éprouve une sorte de répulsion quand il tombe sur des articles liés à son milieu. Écœuré, il détourne les yeux du journal – vers la réceptionniste de l'entrée, qui a un prénom allemand, comme Grent, ou Grund, mais qui est charmante. Boutonnée jusqu'au cou dans une chemise près du corps. Entre les deux boutons qui couvrent sa poitrine il y a un trou à travers lequel on peut apercevoir son soutien-gorge. Paul attend que leurs regards se croisent, puis il lui sourit. Ses mains tournent lentement les pages – elles s'immobilisent au « Carnet du jour » : la rubrique nécrologique. Ah ! Là, on se sent chez soi. Là, on commande son café. Le garçon attend. « Vous avez fait votre choix ? » Un crème, un croissant. À la table d'à côté, un couple petit-déjeune. Paul aime le bruit feutré des cuillères contre les tasses, l'air hébété des clients qui doucement se réveillent. « Merci, Hector. » Le jeune homme plie les genoux et s'apprête à tourner les talons.

« Ah, heu, Hector ?

— Monsieur ?

— Vous avez des nouvelles de madame de Hautefeuille ?

— Oui, monsieur, Madame nous a quittés, elle est à Megève. »

Paul hausse les épaules. Madame nous a quittés, point. Madame nous a quittés, point barre, madame n'est plus de ce monde. Madame est morte. Voilà ce qu'il aurait aimé entendre. « Merci, Hector. » Il regarde les arbres du jardin à travers la fenêtre. C'est ce qu'il aime ici, à l'hôtel Saint-James, cette vue sur le parc, le jazz en fond sonore, et le sourire de Grunt, ou Grint, la réceptionniste. Alors. Les morts du jour. Un bon petit café. *Michel de Saint-Aubin, Saint-Cyr, promotion Extrême-Orient*. Les enfants vous invitent à la messe. Paul survole *Demain dès l'aube* ; il connaît par cœur tous les poèmes de circonstance. Son préféré, c'est *L'Adieu* d'Apollinaire. Celui qu'il voudrait lire sous son propre nom le jour de sa mort. Très bien, ça, Saint-Aubin. *Et quand j'arriverai je mettrai sur ta tombe* – sur ta tombe, sur ta tombe, le vers vole, et ben voilà. Je vais encore l'avoir dans la tête toute la matinée. Il sort son calepin de sa poche intérieure. Sur la couverture de cuir sont frappés trois D en lettres dorées. C'est un cadeau de sa première femme. Enfin, première… c'est la seule. Sa seule femme, sa femme. Son ex. Quelles fleurs ? Il note : *Saint-Aubin, Maison Lachaume*. Rue du Faubourg-Saint-Honoré – Proust y passait chaque jour accrocher un cattleya à sa boutonnière. Ce n'est pas le geste qui compte, c'est le prix du bouquet. Il mord dans son croissant en parcourant distraitement les autres décès de la page. Des noms sans histoire. Maurice Vuibert, Jeanne Dupont née Fourier, Corinne Vincent. Po, po, que du beau monde. Il enlève ses lunettes et se frotte les yeux. Il boit une gorgée chaude, regarde autour de lui ; il attend. Corinne Vincent. Un nom qui ressemble à cent autres. Combien y a-t-il de Corinne Vincent sur terre pour qu'elles meurent tous les jours au petit déjeuner, avec mon café-crème ?

Après le journal, qu'il replie soigneusement, il consulte Instagram. Il appuie directement sur la tête d'Arnaud Rivette – c'est sa recherche la plus fréquente, elle apparaît en premier. Une tête d'imbécile entourée d'un cercle rose. Une addiction terrible, Instagram. Terrible, terrible, Paul époussette les miettes sur son costume,

Arnaud Rivette
Auctioneer, environmentalist, artist, DJ.
3 314 publications, 192 K abonnés, 3 314 suivis.

Une symétrie si parfaite qu'elle ne peut être que volontaire. Sale type. Quel con. Ah tiens, il en a posté une nouvelle. Il carbure, le mec. Un hublot, des nuages, et ce hashtag énigmatique : #gipsylife. Pff… T'as rien de gipsy, mon grand. Tu voyages en première. Mets-nous #gipset à la limite, gispy-jet-set, c'est le nouveau hashtag qui paraît-il va contenter tout le monde. Paul se force, car désormais son travail, c'est aussi Instagram. Votre *feed* Insta, c'est votre vitrine. La jeune femme de la com l'a encouragé à *avoir une patte* – ça peut être un filtre que vous utilisez chaque fois, un cadre, un thème. Il faut créer sa marque de fabrique. Rivette joue les divas. Paul a choisi le détail d'une œuvre, d'un tableau, boutons de manchette, marteau d'ivoire, coup de pinceau, alors là coco on adore. Les dessous du monde de l'art en petites coupures. Il regarde autour de lui – Grunt au téléphone, les chaussures vernies d'Hector, le couple à côté, les miettes du croissant par terre, ses propres mains, épaisses et larges, dont la peau semble flotter comme s'il portait des gants. Que poster. Que poster ? Sur la table son café vide et le *DDD* qui brille sur le bleu roi du carnet de cuir ; il appuie sur « + », et il shoote. Deux fois, trois fois, il recommence. Il faut que ce soit bien droit. Gros plan sur les lettres. Il écrit sa légende :

Death, Divorce, Debt.

Son fonds de commerce. Ça marche aussi en français, Décès, Divorces, Dettes, mais en anglais tout sonne mieux. « Publier. » Au même instant le téléphone se met à vibrer – *Me Lombardi*, notaire de Rome. Il soupire, murmure « M'emmerde » entre ses dents, puis prend sa voix la plus enthousiaste :

« Ah, mais c'est mon Beppe ? *Come va* ? »

Nouer des liens d'amitié avec les plus grands notaires d'Europe, ça fait partie du métier. Beppe et moi, on a tapé des centaines de balles dans les Dolomites. Des centaines de balles. *Allora* ? Alors à Rome un homme est mort, il reste une veuve. Elle doit tout liquider. En dehors du territoire italien de préférence. Très bien, très bien, je vois... Ils avaient un château en Toscane : *Castel Vecchio*. Joli, se dit Paul en recopiant le nom sur son carnet. Un nom de château pour une vente, c'est un aphrodisiaque. Les acheteurs s'imaginent convoiter un morceau de splendeur éteinte, un bout de noblesse, et quand ils gagnent, ils emportent avec eux un fragment d'histoire. On est toujours ravi d'assister à la chute d'un grand. Ce n'est pas tant l'objet qui fait monter les prix – c'est sa provenance. Posséder le cendrier d'un prince déchu, ça excite. Et puis... Comment elle s'appelle, ta veuve ? Les femmes endeuillées sont ses clientes favorites. D'ailleurs, son ex-femme était une veuve. Il écrit *Odorantes* à côté de *Castel Vecchio*. Le fleuriste de la rue Madame. Ce dernier a renommé la commande de Vivienne « le bouquet aux veuves » : une composition d'œillets blancs et de chrysanthèmes, avec une rose au milieu. La rose rouge de l'Amour vainqueur. Lombardi raccroche, il fait suivre par mail les infos pour les funérailles. Allez, *ciao, ciao*. Paul enverra son clerc – faire sa cour aux enterrements, c'est sympa au début, mais c'est comme tout, on se lasse.

En sortant du Saint-James, il fait un détour par le jardin des Tuileries : ses chaussures sont pleines de poussière. Les forains démontent les manèges, la fin de l'été secoue les branches, enfin, se dit Paul, enfin voilà l'automne. Place Colette, il tourne dans la rue Saint-Honoré en sifflotant son air de prédilection, *La Marche de la rivière Kwaï*. Ah oui, tiens. Une petite course – l'affaire de quelques minutes. Dans la poche de son costume, il tâte un objet rond métallique : une boîte de caramels. Il entre chez Delamain ; la plus ancienne librairie de Paris. Le gérant se prénomme Bruno, et aujourd'hui c'est sa fête. C'est une tradition de bientôt dix ans : depuis le jour où Bruno l'invita pour le thé à Louveciennes, où il lui présenta une Vénus anadyomène en bronze d'Alexandrie, que le commissaire-priseur estima à 220 000 euros. Au bas mot. Ce n'est pas le chiffre qui compte, mais quand même. Paul se sent des droits sur cette sculpture. Il y a investi des kilos de caramels, et pas n'importe lesquels, parce que Bruno est un connaisseur : les caramels russes de chez Petrossian. « Promis, c'est pour bientôt. Bientôt, je vous la cède, laissez-la-moi encore un petit peu, vous comprenez j'y suis très attaché – elle appartenait à ma mère – mais c'est pour vous, c'est promis mon cher Paul, mon Paul... Paul... Ah tenez, j'ai pensé à vous, vous l'avez, celui-là ? » Le libraire lui tend un livre qu'il gardait bien au chaud derrière le comptoir : *Tric trac du ciel* d'Antonin Artaud, nouvelle édition, regarde-moi le travail. La finesse des pages. Et attends ! Avec des dessins inédits. Les deux hommes partagent le même amour pour la poésie française – un cadeau pour un cadeau, c'est une manière de se sentir honnête. Bruno soupire. Sur la boîte de caramels, il contemple avec un petit pincement le bateau Petrossian. Paul lui fait la bise. « Allez, à plus tard. » Bruno dévisse lentement le couvercle. Sa Vénus en bronze, sa Vénus anadyomène, sortant du bain, il l'a vendue. Il y a huit ans. Il ne pouvait pas faire autrement, à l'époque, le fils d'un écrivain qui débarque chez lui presque par hasard et qui tombe en adoration devant la sculpture. N'importe qui aurait fait pareil à sa place. Le fils détenait les droits de toute l'œuvre du père. Ça colle aux dents. Tu parles d'un plaisir coupable, se dit-il en laissant fondre son bonbon préféré dans sa bouche, tandis qu'il observe le commissaire-priseur s'en aller derrière la vitre, gai comme toujours, son bouquin sous le bras, sifflotant son air de prédilection.

Paul salue d'un signe. Ah, mon Bruno… Je sens qu'il est à deux doigts de craquer. Les affaires marchent moins bien, le monde des livres, ça se casse la gueule. Une bonne chose de faite. Il passe devant le Conseil d'État en regardant le Louvre : des jeunes avec des pancartes se battent pour leurs droits sous les statues monumentales de l'aile Richelieu. Ils hurlent un slogan que Paul ne comprend pas. Il s'engouffre rue de Valois, peu fréquentée, toujours à l'ombre. Les réverbères attendent le soir comme des sentinelles.

L'hôtel des ventes se trouve au centre de la petite place de Valois, pavée de pierres fines, entourée d'immeubles, animée seulement par les quelques tables du café Les Invendus. Ni arbres ni trottoirs. Paul est ici chez lui. Chez lui comme la pierre, comme la pluie, comme les pigeons. Tout de suite en arrivant sur la place, les lettres gravées jaillissent du fronton : AUCTIONÈS. Une adresse au charme confidentiel – nous respectons l'anonymat de nos collectionneurs. Les portes de verre s'ouvrent automatiquement. L'agent de sécurité demeure immobile, les mains derrière le dos. Des colonnes de marbre à fût cannelé s'élèvent jusqu'au plafond. Au centre de la pièce, dans une vitrine, l'objet du mois tourne sur lui-même : un revolver. Six coups de calibre 7 millimètres. « Le coup de feu le plus célèbre de la littérature », l'arme avec laquelle Verlaine tira sur Rimbaud, estimée entre 50 000 et 60 000 euros. Paul se dirige vers l'escalier. En haut des marches, un groupe scolaire visite l'établissement. C'est une nouvelle idée du fils Becquerel : visites des primaires et des collégiens, stages de fin de troisième, conférencière gratuite. Une tactique pour amadouer le ministère de la Culture. Il se fraye un chemin en bousculant quelques élèves, qui notent sur des cahiers à spirales des phrases à la volée : *la première vente aux enchères date de 146 av. J.-C. : les Romains s'y sont disputé les trésors pillés des cités grecques*. Pardon mesdemoiselles, pardon – coup d'œil à la conférencière, c'est la même que d'habitude. Quelconque. En l'an 7, explique-t-elle, l'empereur Auguste institue une taxe de 1 % sur les ventes, qui monte à 4 % quand il s'agit d'esclaves. Les élèves notent : *les ventes sont alors désignées sous le nom d'auctiones, que dirige un auctionator.*

C'est moi. Écartez-vous les enfants. *Auctionator* depuis l'an 7. Sauf qu'entre-temps on a légèrement augmenté la taxe. Paul dépose son calepin DDD sur le bureau d'Agnès, sa secrétaire, qu'il surnomme intérieurement Tête-Creuse. Ah, on est déjà vendredi ? C'est portes ouvertes : estimations gratuites. Les foules viennent présenter à ses clercs leurs bibelots à la queue leu leu.

Des anonymes sont entassés dans l'antichambre au milieu des plantes : Agnès a la main verte. Avant, Paul donnait lui-même ses consultations. On repartait son ordonnance en main, dépossédé de son petit paquet, parce qu'il avait le don de vous convaincre. Il vous toisait. Capable de reconnaître ceux qui étaient décidés à se séparer de leur bien rien qu'à leur façon de défaire l'emballage. En passant, il observe leur mine, leurs ongles, la coupe de leur costume. La vieille a un sac pourri, le blanc de son crâne tire sur le violet, mais elle a une certaine allure. Et son parfum ? Approchez-vous : sentez-la. J'en étais sûr, madame. *Shalimar* de Guerlain. C'est du propre. Faites attention : ici nous pesons autant les hommes que les choses. Un sens quasi divinatoire de la cote. Vous savez, on finit par comprendre la mécanique. Après trente ans de service et quelque cinq cent mille coups frappés sur les tribunes, on refait toujours la même vente. On évalue les mêmes bricoles. Certains objets prennent de la valeur, d'autres en perdent. Aujourd'hui le monde se fout du Napoléon III – il n'y a pas si longtemps, on se l'arrachait. L'Art déco, pareil. Une époque en chasse une autre. En ce moment, c'est le Scandinave. Les œuvres signées, les *designers*. T'inquiète pas, objet, ton temps viendra. On tourne en rond.

« Ah, Maître, vous qui savez tout… »

Un type se lève. Ah non, non, pas aujourd'hui. Pas moi. Agnès ? Où est-ce qu'elle est ? Attendez, allez voir ma secrétaire, moi j'aimerais bien mais là non, je ne peux pas, je suis très occupé. Allez voir Agnès, on va s'occuper de vous. Le visage du type se décompose, il est manifestement déçu, j'y peux rien, moi, attendez, pardon, laissez-moi passer.

En refermant la porte de son bureau, Paul est pris au piège. Brusquement le matin tombe. Le matin s'écroule. La pièce n'est pas sombre mais elle en a l'air. Aucun bruit. Rien ne bouge. Tout est comme d'habitude. Il salue son Utrillo d'un regard – *Place du Tertre par temps de pluie* – puis il avance doucement vers son Maillol ; il caresse le sein de la statue : une femme sans tête, grandeur nature. Tous les matins, c'est le même cirque. Impossible d'y échapper. Il entre dans son bureau comme dans l'appartement d'un mort. Il donne un prix à tout ce qu'il voit, machinalement. Ce presse-papiers, là... Combien ? Rien. Le prix de la fonte. Les rais de lumière, la fenêtre. Les feuilles volantes. Quelqu'un a vécu ici. On a fait de grandes choses ici. On a déposé là des montagnes de dossiers, des catalogues, des brochures, on a passé des nuits blanches. Il se laisse tomber dans son fauteuil. Il glisse. Un siège Eames en cuir noir. Il entend à nouveau l'agitation de ses grandes heures, son équipe, et Barbara, sa femme, qui nous menait tous en bateau. Là, près du canapé, on a sabré le champagne. Et maintenant ? Quel silence ! Le temps semble flotter dans l'air, entre le parquet et le plafond, entre les bruits sourds, la poussière et le grand bureau. Dans quel livre était-ce ? Il y pense souvent : Patrick Modiano assure que les lieux gardent la mémoire de ceux qui les ont habités. *Une empreinte.*

Après avoir vérifié la popularité de son dernier post, (moyen), il ouvre le premier tiroir devant lui et en sort un paquet de pépites de tournesol. Il n'a pas la patience de les décortiquer – il mâchouille les coques qui se collent à ses lèvres. Les filaments de pépites s'éparpillent sur ses genoux avant de s'immiscer dans les rainures du parquet. Il lance une partie d'échecs en ligne sur son portable. Lorsque j'entre chez les gens, il ne reste que les meubles. Les bibelots sans âme. *L'empreinte* s'est évaporée depuis longtemps, peut-être même du vivant du propriétaire. Je ne sens rien. Je fais d'abord un tour d'ensemble, puis pièce par pièce, j'empile. Je ne sens que les chiffres. Les objets sont inertes et ne rappellent rien. Son cou s'enfonce dans le col de sa chemise. Se laisser bouffer par le fou, le roi, la reine, les carreaux de l'échiquier. Rouler sur soi-même. Trois ventes par semaine, cent soixante objets par vente, quarante-cinq secondes par objet.

J'ai tout vendu. Des palais entiers, des plats, des bols en argent, des vieux machins que l'on fait briller depuis des siècles. On astique, on ne s'en sert pas. Même les choses ordinaires, l'estrade a le pouvoir de les transfigurer. Des lampes, de la vaisselle antique, des pièces de monnaie. Ils passent, ils repassent. Les objets reviennent toujours. J'ai vendu des Rembrandt qui avaient appartenu aux Habsbourg. Le chapeau que l'Empereur portait à Wagram. Des momies d'Égypte avant que l'on interdise le commerce des macchabées (dommage, ça partait bien). Des machines à coudre, le manuscrit du *Rouge et le Noir,* le parfum de Marilyn, des danseuses de Degas, des choses du monde entier, vestiges de tout et de rien, le testament du Roi-Soleil, des armoires à glace, tout est parti. Le dernier Dodo. On sentait si bien la salle que l'on finissait toujours par s'accorder en rythme. Un sourire... Un petit doigt qui se lève, et je les tenais. Échec au roi. Les objets comptent peu ; ce sont les mythes qu'ils transportent. Notre métier est de les polir. Inviter au voyage, à l'imaginaire, tu tombes sur une *Verseuse pour le thé avec son réchaud en cuivre rouge et jaune*, et là tu te dis, mais que c'est beau. Le nom chante. *Une verseuse*. Elle a bravement traversé les siècles (le cartel indique 1880), on voit déjà la servante, la maîtresse, la céramique ancienne, blanche et bleue, les odeurs de campagne. On ne vend pas la verseuse, on vend la femme qui verse. Le filet d'eau claire symbole de tempérance. Si je vous disais *Théière en laiton, état d'usage,* elle resterait des mois sur leboncoin sans trouver preneur. C'est notre charme. Sur le catalogue, les clercs disposent les pièces de manière à donner l'impression qu'elles cohabitent depuis toujours. On appelle ça *les arrangements*. On raconte des histoires. Trois ventes par semaine. Des centaines de milliers d'objets. Échec. *Vous qui savez tout...* Foutez-moi la paix. Je ne sais plus rien. Au-dessus de sa tête, les élèves visitent la grande salle d'Auctionès – la salle 1. Leurs pas dérangent ses pensées. Et puis Rivette est arrivé avec ses idées neuves, ses baskets blanches, avec son Instagram, ses enchères en ligne et sa révolution digitale. La maison a changé d'état d'esprit : désormais on se veut sélectif. Une vente par semaine en moyenne, *de prestige*. Quel con, ce type. Il a tué l'hôtel des ventes. Voilà ce qu'il a fait. Il a tué l'hôtel des ventes. Bim. Il n'y a plus personne dans les salles ; ils sont tous derrière leur écran. Rivette fait son show devant la caméra, tout est retransmis en direct, et maintenant, on enchérit comme sur eBay. Moi, ça me paralyse. On ne rêve pas de la même façon derrière un ordinateur. Mat. Le téléphone sonne. À chaque coup de fil, une lueur d'espoir. Et si c'était l'appel que j'attendais ? L'appel qui me rendrait le goût des choses ? Un Matisse, un Van Gogh, le collier de la reine... Enfin, j'attends... Mais qu'attendre encore ? Les œuvres sont devenues des chiffres. Une étiquette. La valeur, le cours du temps, la balance, Paul Vivienne mesure tout à son insu comme sur les scènes de genre hollandaises, où le peseur d'or évalue la marchandise. Au moins, un téléphone fixe, c'est déjà plus attrayant qu'un nom qui s'affiche sur l'écran d'un portable. Avant, on entretenait le mystère.

« Oui ? Ah. Madame Dubreuil. Oui. Non. Non. Non, je vous l'ai… Non. Non, madame Dubreuil, je vous répète que malheureusement, votre tableau n'est pas un Modigliani. Ce-n'est-pas-un-Mo-di-glia-ni. Oui, j'en suis sûr. Eh bien oui, appelez donc un confrère, je vous donne même un numéro, si vous voulez. »

Paul s'enfonce un peu plus dans son fauteuil. Elle appelle tous les mois pour que je vienne chez elle authentifier une copie héritée de sa mère. Elle dit que maman n'aurait jamais pu lui mentir, mais madame, ta mère non plus n'en savait rien. Pauvre dame. Combien de déplacements inutiles ? Dès le premier rendez-vous j'étais sûr de perdre mon temps, elle habite dans le 15ᵉ. Un mauvais terrain de chasse. Bien sûr que ta mère ne t'a pas menti, ma cocotte, et vous les vieux, vos petites tasses, vos petites soucoupes, vous les aimez parce que vous vous efforcez de ne pas les briser de génération en génération, mais je vous assure, elles ne valent rien. Eh. Je vous jure. Faites le tri. Arrêtez d'entasser, vous avez l'air malade. Le vison décati, donne-le. Débarrasse-t'en. Fais de la place. On m'appelle pour dresser l'inventaire, et à la fin de la journée le contenu de toute une vie ne dépasse pas les 2 000 balles. Alors je gonfle un peu, je triche, pour ne pas trop vexer. Ils sont là, sur le palier, l'homme et la femme, très polis, ils attendent que je parte, et dès que la porte se referme, ils se regardent et ils se disent « T'as senti la magouille ? » Ils imaginent que mon estimation est volontairement basse : tous les croque-morts sont des voleurs. Des petites puces dans leur cercueil.

À travers la fenêtre Paul observe les passants traverser la place. Il croque une pépite. Deux pépites. Les pas du groupe scolaire, les paquets dans l'antichambre, la poussière, il se sent tomber, et dans sa chute il fait des ronds. Une feuille morte. Bientôt l'heure du déjeuner – aux Invendus avec un type qui veut m'inviter parce que ça lui fait plaisir, mais qui manifestement a besoin d'un service. Je ne regarderai pas la carte. Je commanderai le tartare au couteau. On parlera d'abord de moi. « Alors, et toi ? Où tu en es ? » Moi je fais acte de présence. J'attends que ça passe. Je ne fais plus de vente, non, non, plus personne ne vient. Plus de recherche non plus... Ben non, on la fait pour moi, maintenant. Et les dîners, les galas ? Oui, oh tu sais... Quand c'est pas trop loin. C'est bien, de voir des gens. Il faut voir des gens. Prendre des nouvelles, montrer qu'on est là, qu'on existe encore. Le type demandera s'il peut m'être utile. « Ah c'est pas facile, hein. » Ce qui est bien c'est qu'il le fera avec tact. Il dira qu'il « a du pif », il prédira que le métier va disparaître. Tu ne peux rien pour moi, fiston. En revanche, puisque t'insistes, je peux bien trouver un stage à ta petite nièce qui a toujours aimé l'art. Attends c'est bête, t'avais franchement pas besoin de te déplacer pour ça. Il suffisait d'appeler Tête-Creuse. Paul déboutonne les deux premiers boutons de sa chemise. Le tartare au couteau. Il pose sa main contre sa poitrine. Plus les minutes passent et plus l'envie d'annuler devient oppressante. Se dérober au monde, se tapir dans son coin et faire le mort. Caresser le sein glacé d'une femme sans tête. Ce rendez-vous, comme tous les jours, est une asphyxie. Le tartare au couteau. Il commence à écrire un texto – le terme « déplacement » lui paraît trop formel. Où irait-il ? Il tape *Castel Vecchio* sur Google. À deux heures de Florence, dans le Chianti. Une déferlante d'images surgit dans les actualités. À la une – *Corriere della Sera*. Benvolio Cassaì est mort assassiné, affaires louches, dettes de jeu, règlement de comptes. Pègre. Omerta. Enterrement à Castel Vecchio, château de famille. Paul s'éveille. Le château d'un mafieux, ça change tout. Il imagine une montagne d'œuvres volées ; une collection cachée, de l'argent sale, blanchi, transformé en Renoir. Et doucement la joie revient. Il se surprend luimême – l'espoir ne le déserte jamais tout à fait. Des jours, des semaines, des mois de creux. Et sans prévenir, d'un coup, la curiosité le retrouve. Qu'est-ce qu'il aimait, ce mort ? Qu'a-t-il entassé dans son château ? Mon vieux pardonne-moi je dois partir c'est une urgence, impossible de m'y soustraire, on m'appelle. Castel Vecchio. Un château du Chianti comme une plaie béante. Des quatre coins d'Europe, les vautours se mettent en route. Ne suis-je pas, moi aussi, un vautour comme un autre ? Dites ? Tête-Creuse ? Agnès ?

« Maître ?

— Ça va ?

— Euh... Oui ?

— Bon. Bon. C'est bien. Trouvez-moi un Paris-Florence. En première. »

2

J'avais un bateau à voile, *Le Barbe*, qui mouillait dans la baie d'Ajaccio. Je l'ai vendu quand ma femme est partie. À cause des souvenirs dont il était infesté. Et puis à cause des blagues – *Barbe* a pris l'eau. *Barbe* a mis les voiles. Taisez-vous. *Barbe* a quitté le navire. Le vide, le silence, ses talons contre le parquet. Et puis ce qui est bien, c'est que ça fonctionne dans toutes les langues – *ha tagliato la corda*, elle a coupé la corde. Ça, c'est mon ami Giovanni, le directeur de la Biennale, qui me l'a faite. *Das Weite suchen* – chercher le lointain. Et quoi encore ? *Ahuecar el ala*. Gonfler l'aile. Mes contacts du monde entier ont pu participer au naufrage. Les expressions se sont entassées les unes sur les autres. Je ne peux pas leur en vouloir, c'est moi qui amorce la blague. « Et ta femme ? » Paf, ma femme, c'est comme mon voilier. Je ne peux pas m'en empêcher. Ah, mon bateau, c'est *La Barbe*. Et ça les fait rire. Que leur dire ? Ma femme ?

Elle est partie… Non, ça n'a pas duré longtemps, vous avez raison, vous faites bien de le souligner. Oh non, pas quelques mois, quand même, un peu plus, deux-trois ans, oui, c'est vrai que le temps passe vite. (T'as qu'à voir ta tête, t'es plus la même, madame.) J'ai entendu ses pas – clac, clac, clac, qu'est-ce qu'elle portait ? Des bottines. Des bottes. Quelque chose qui claque. Et puis la porte – bam. La porte d'entrée. Ce n'est pas le geste qui fut violent ni le bruit. La violence a eu besoin de temps pour se répandre. Ce fut le silence, le silence épais qui pénétra mon corps. J'étais dans la chambre, assis sur le lit. L'oreille tendue. (Quand on habite sur les quais, le problème, ce sont les mouettes. Elles ne vous foutent la paix qu'à la nuit noire.) Je n'osais pas bouger. J'ai pensé à l'ouverture du Septième Sceau dans l'Apocalypse de Jean. *Quand l'Agneau ouvrit le Septième Sceau, il y eut dans le ciel un silence d'environ une demi-heure.* Je me suis dit que je n'avais qu'à attendre. *Environ une demi-heure.* Le temps de la grâce, suspendu, quand le salut est encore possible. Le moment de la délibération entre le ciel et la terre. Le Juge suprême recueille les avis de son tribunal avant de prononcer son arrêt définitif. Elle peut changer d'avis ; retourner sur ses pas, remonter. Il me faut attendre. Si je tiens jusqu'au bout de cette demi-heure, elle reviendra. Elle sonnera à la porte comme les trompettes du Jugement dernier. J'essayais de la sentir. Je pensais que, peut-être, elle était descendue chez Berthillon. Elle avait eu besoin d'air. Voilà, de l'air ! Je l'imaginais choisir son parfum. Elle prend du temps parce qu'elle est indécise. Elle fait des combinaisons bizarres. Pistache ? Ananas-pistache ? Oh, non, ma chérie, tu vas pas prendre ananas-pistache, comment pourquoi, mais parce que c'est dégueulasse. Je me voyais marchant à côté d'elle dans la rue Saint-Louis-en-l'Île, la tenant par la taille, moi petit, elle immense. J'ai essayé de me souvenir de la dispute ; des reproches. Les mots bouillonnaient autour de moi sans que je parvienne à les saisir. Barbara est douée avec les mots, c'est son métier. Écrivain. Écrivaine. Je la soupçonnais d'ailleurs de puiser dans notre débâcle l'essentiel de son prochain roman. Alors ? Quoi encore. Qu'est-ce qu'elle a. Qu'a-t-elle dit. Qu'est-ce qu'on disait – sa voix me parvenait de loin, l'instant d'avant se superposait au silence, au brouillard, et déjà je ne l'entendais plus. Elle était hors d'elle, et puis, tout à coup, elle est devenue calme. Elle voulait emporter mon Cézanne, « période couillarde ». Ce tableau lui rappelait un jour heureux, m'expliqua-t-elle, un jour d'il y a des années. Ouais, c'est ça. Moi aussi, ça me rappelle un jour heureux. Le jour où j'ai emporté la mise bien en dessous de sa valeur de l'époque, par un très astucieux tour de passe-passe. Le type contre moi dans la salle est devenu fou. Fou. Tu fais ce que tu veux mais tu prends pas mon Cézanne.

« Paul, c'était un cadeau, tu me l'as offert.
— Je l'ai offert à *ma femme*. Tu ne veux plus être ma femme, c'est toi qui décides. »

Nous étions redoutables. Elle avait rangé ses arguments en file indienne, et elle me les assénait, les uns après les autres. Comme des fléchettes. Je les ai sur le bout de la langue. Je n'ai plus le détail. Une vaste confusion, de l'amertume, l'impression floue d'avoir tout raté. Mais raté quoi ? Elle dit que je serai mieux seul. Elle dit que si l'on n'avait pas emménagé ensemble, on serait encore ensemble.

« Ah oui mais alors ça c'est ta faute, c'est toi qui as insisté. Moi je voulais pas. Je t'ai toujours dit que j'étais contre. »

C'est elle. Elle avait voulu s'appeler Mme Vivienne et habiter quai Voltaire au milieu des mouettes. Elle avait fait campagne pour ça, activement, et j'avais fini par céder. Je t'avais prévenue. J'étais contre. On était beaucoup plus heureux quand elle vivait chez son défunt mari et que l'on se voyait en cachette. À la fin, quand elle a pris son sac et qu'elle a fourré dedans ses affaires de voyage et sa boîte à bijoux, je lui ai demandé de rester. Je l'ai peut-être suppliée, même. J'avais changé d'avis – comment ? Pourquoi ? Je m'étais habitué. C'est alors qu'elle m'a parlé du type et du lac de Constance. « Ça va nous faire du bien, à tous les deux. » Lui et toi ? Non. Toi et moi. Je ne me souviens plus comment nous sommes arrivés à la topographie exacte, peut-être l'ai-je poussée à bout, elle a fini par avouer. « Il n'a rien à voir dans tout ça. » J'ai saisi mon iPad qui traînait sur le lit et j'ai ouvert le dossier *Collectionneurs*. C'est Tête-Creuse, ma secrétaire, qui a pris des cours d'informatique et qui m'a tout mis sur une carte interactive. J'ai zoomé sur l'Europe centrale en écartant le pouce et l'index, jusqu'à la frontière de l'Allemagne et de l'Autriche, en plein dans le mille, lac de Constance. Les petites maisons de mes collectionneurs apparaissent en rouge. Il y en a trois. Barbara m'a dit que j'étais ridicule ; je ferais mieux de me concentrer sur nous, sur son départ. J'étais fou. Je me suis mis à rire. Tu l'as forcément rencontré à un cocktail, un vernissage, à un dîner, n'est-ce pas ? J'étais là, alors. J'étais là quand tu l'as rencontré. Je l'ai accusée de faire son marché parmi MA LISTE de clients. MES CLIENTS. Alors allons-y. C'est lequel. Lequel des trois. Pas le premier, c'est une vieille bique. Pas le deuxième, c'est un comte, marié à une comtesse. Ah, d'accord. Je vois. Original, ma belle. Un banquier suisse. C'est tout ce que t'as trouvé. Un petit con de banquier suisse. À son air défait j'ai compris qu'il n'y avait pas d'issue. Mais réponds-moi, enfin, c'est bien ça, c'est le banquier ? Tu te rends compte de ce que t'es ? C'est à ce moment-là, à ce moment précis, qu'elle a décidé de partir. Je lui ai donné l'élan. Furieuse, elle a remonté son sac sur son épaule, elle s'est accrochée à l'anse avec ses deux mains : « Non, qu'est-ce que je suis ? » J'ai hésité. In extremis, j'ai changé la fin de ma phrase.

« Une caricature. »

Paul monte lentement, lourdement, les escaliers de son immeuble. À chaque palier, un dieu niché dans une alcôve – Vénus, Mars, Diane chasseresse. Il souffle. Bientôt, il devra s'arrêter entre deux étages. Attention à la dernière marche : le marbre est fendu. C'est bien beau, les immeubles classés, mais c'est tout un cirque pour la moindre réparation. Regarde où tu mets les pieds. Il partage son palier avec un Bacchus monumental, à cheval sur un âne, tenant entre ses bras une corne d'abondance. Il dépose son chapeau et son écharpe sur la console de l'entrée, puis courbe le dos pour ramasser le nouveau numéro de *Burlington Magazine*. L'appartement est éclairé d'une lumière orange – Maria, la femme de ménage, a laissé la lampe Henningsen allumée. L'or du paravent japonais fait miroiter ses reflets éteints. Les geishas sont de sortie. Le parquet craque. Il s'assoit sur le canapé de cuir sombre, il dépose son iPhone X sur la table Giacometti. Ses gestes sont lents. Il est épuisé par la paressc, la mollesse du jour, l'inaction comme un ver dans une pomme. « Je suis crevé », se dit-il. Près de lui sous la lampe, *L'Implorante* de Camille Claudel tend ses bras désespérés, il la regarde et lui murmure « Oui, oui, ça va, ça va... » Coup d'œil vers la table :

Maria a dressé le repas devant sa place habituelle. Paul tente de reconnaître la carte posée à la verticale à côté du verre. Il plisse les yeux. C'est le Menu carte blanche en quatre étapes de chez Septime, livré à domicile. Il n'aime plus dîner dehors. Il aime dîner seul et s'essuyer les doigts dans les plis de la nappe, devant une série qu'il regarde sur sa tablette.

Il enlève ses Berluti, qu'il laisse traîner sur un tapis tissé à Mossoul, il y a cinq siècles. Il boit du vin sans s'en rendre compte. Après avoir dîné, il porte sa tablette dans sa chambre en même temps qu'il se déshabille. Il dépose ses vêtements sur l'un des deux fauteuils Alba par Gustavo Pulitzer pour Arflex, une chaussette, puis l'autre, il s'agrippe au cuir blanc du dossier. Les murs sont hauts. Cy Twombly, Albert Marquet, Delaunay mari et femme. Le goût du temps est à l'éclectisme. Il se force à se coucher. Il lit, joue aux échecs sur son portable. Son lit *king size* est garni de coussins comme à l'hôtel. Au pied du lit, un coffre en bois ouvragé du XVIIe siècle contient des plaids en cachemire. Il regarde son lustre, son dressing, sa console. Le marbre de la salle de bains dont la porte est entrouverte. La bibliothèque remplie de poètes et de livres d'art, et les formes obliques d'une statue contemporaine – le nom de l'artiste lui échappe. Les rideaux fermés tombent jusqu'au sol, des étagères Charlotte Perriand portent sa collection d'antiques. Des têtes de femmes.

Il est trois heures : il éteint la lumière. Il ronfle sous l'œil bienveillant de son Cézanne période couillarde, et dans son rêve, il dort dans une pièce vide.

3

Les grillons font tinter les herbes. Plus personne n'a vu le corbillard. Il a charrié la marche noire jusqu'au cimetière, sur la colline, dans un sillon tordu par les nœuds de la route. Le chauffeur a dû reprendre le chemin de Rome. Ou peut-être est-il resté là-haut, garé devant l'église. Peu importe : c'est fini. La veuve ne cligne plus des yeux. Ses jambes de goélette sont habillées de collants opaques, ce qui par la chaleur est une marque de contrition. Le garçon qu'elle tient par la main sort de l'enfance ; c'est son fils unique, Vittorio. Auprès d'eux, la grand-mère sur sa chaise et les deux frères du mort – ceux qui ont repris les parts de la boutonnière – accompagnés de leur femme et de leurs enfants. Benvolio Cassaì, grand magnat du bouton, adorait les photos de famille. En sa qualité d'aîné, il se serait mis au centre. Il aurait toisé l'objectif de son œil de pigeon, rond et fier, et contre son ventre énorme sa femme aurait semblé maigrelette. C'est comme s'ils l'attendaient. Toute la famille au garde-à-vous sur les marches du perron. Les derniers rayons les zèbrent d'orange. Les invités affluent, d'abord au compte-gouttes, puis en ruisseau. Vittorio reçoit des baisers sur les joues. Les voitures s'alignent le long de la route en file indienne : plus on est en retard, plus on marche. Et la pente est raide.

Paul Vivienne a loupé l'enterrement. Il se gare d'un coup sec, pac, ça crisse, il coupe le courant, la musique s'arrête. Quelques endeuillés lui jettent un regard noir, il enlève ses lunettes de soleil et se recoiffe avec les mains. Le château s'élève derrière une rangée de cyprès entre champs et vignes. Il n'a jamais été très campagne, mais la Toscane, c'est différent. Lentement parce qu'il fait chaud, il se joint à la foule, noire et voûtée, à flanc de colline. Il sort l'invitation de sa poche intérieure. Carton grainé, silhouette du château estampillée au centre. Une vieille aide un homme à enfiler sa veste de costume, « Mais attends, mais attends ! » il ne trouve pas le trou de la manche. Paul franchit le porche en plein cintre. Bordé de lavande des deux côtés. Qu'est-ce qu'ils nous racontent, la disparition des abeilles... Il y en a plein, là. Castel Vecchio est plus petit que sur les photos. C'est un château du Moyen Âge dont les fondations remontent au XIIIe siècle, bossage brut, propriété des Cassaì depuis 1899. La famille n'a pas bougé ; elle est envahie peu à peu par l'ombre oblique, l'ombre qui monte et qui les coupe en deux. La grand-mère est avalée complètement parce qu'elle est assise. Personne ne sait ce que renferme le château. En Italie plus encore qu'ailleurs, on craint le fisc. On cache ses trésors. Y a-t-il une collection Cassaì ? C'est ce que l'on chuchote. Selon Me Lombardi, ils utilisent leur château comme une maison de vacances. Pour l'été. Il faut bien qu'elle soit meublée, la famille est riche depuis plusieurs générations, mais la véritable question n'est pas là. La véritable question, se dit Paul, est la suivante : Cassaì était-il *collectionneur* ? La passion du jeu, c'est bon signe. Souvent les deux vont de pair. La ruine aussi d'ailleurs. On imagine que le type était dépensier, qu'il vivait au-dessus de ses moyens, et qu'il aimait les belles choses.

Paul fait la queue, l'excitation monte. Les papillons grillent doucement leurs ailes aux lampions qui s'allument. La veuve parle français. Il tente de se rappeler son nom de jeune fille, en vain. Avant, sa mémoire ne lui faisait pas défaut : il lui suffisait de lire un dossier une fois pour se souvenir de tout. Les noms, les goûts, leurs proches, leurs penchants. Et même des années plus tard, quand il retrouvait un client, il frappait juste : « Et alors dites-moi, vous avez fini par remonter à cheval ? » Il était connu pour ça. Elle s'appelle Gabrielle, née de mère française, élevée en Italie, mariée à vingt ans avec un type de vingt ans son aîné. Le mort.

Paul est trop accoutumé aux enterrements pour éprouver le moindre trac. Il admire les fenêtres hautes et les fissures, le chapeau de la dame devant lui. Une plume de paon s'en échappe. Il aime le bruit des pas sur les graviers, les murmures, les mouchoirs que l'on s'échange. Il voudrait, parfois, éprouver un peu d'empathie. Est-ce l'habitude ? Non. Il a constaté très vite à quel point les drames des autres lui sont étrangers. Plus ou moins spectaculaires, glauques, drôles, on se les raconte au bar des Invendus en forçant le trait, pour que ça rentre dans les annales. Il attend son tour en croquant un bonbon à la menthe – ceux qui ont le cœur fondant. La femme à la plume de paon pleure à gros bouillons. Toute la queue s'impatiente. Paul finit par lui donner un petit coup discret dans le tibia, du bout de sa chaussure, parce que ça va, on a compris, laisses-en pour les autres. Il arrive enfin devant les marches. Il saisit les mains de la veuve ; elles sont froides. Elle n'a pas dormi, elle n'a rien mangé. Il observe le rictus de sa bouche qui pointe vers le bas, ses paupières claquent, son cou est minuscule, comme le cou d'un coq. On dit que les hommes emportent leurs secrets dans la tombe – mais cette pauvre veuve n'est pas seulement abattue, elle est écœurée. Ça se sent tout de suite : elle a découvert quelque chose de terrible. Ses larmes sont blanches. Amères. La mort a fait craqueler les masques. Le mari n'est plus là pour sauver les apparences. Si Paul ne les tenait pas fermement dans les siennes, les mains de Gabrielle Cassaì tomberaient jusqu'à terre. Il n'est pas étonné ; il a vu des familles entières se dissoudre. Je me demande si on lui a pas refilé un petit Xanax ou deux. Ses cernes noirs forment des auréoles sur sa peau grise. Un visage de cendre. Influencé par les odeurs du jardin, il se dit que ses yeux sont couleur verveine. C'est beau, ça, couleur verveine. Elle fait plus que son âge mais c'est peut-être aujourd'hui seulement. Il murmure à son oreille les mots qu'il a peaufinés tout au long de sa carrière, lentement, il décortique les syllabes en lui pressant les mains. Elle le dévisage, il passe.

En pénétrant dans la grande salle, il reconnaît *Le Mal du pays* de Franz Liszt. La mozzarella se mêle aux cœurs de bœuf. Les invités sont en noir et les bijoux scintillent. Des câpres, des artichauts dans l'huile, bruschetta, jambon de parme, tout le long de la table, des bouquets de basilic. Paul tente de se souvenir du mot « artichaut » en italien, et quand ça lui vient, il sourit. *Carciofi*. Il y a des tapisseries aux murs mais elles n'ont pas de valeur. Des tapisseries – un goût prononcé pour l'ancien, le vieux, à moins que ce ne soit purement pratique : les tapis protègent de l'humidité. Les coupes de champagne s'alignent en rangs serrés devant les bouteilles. Il y avait aussi des tableaux, et même s'il fait sombre, Paul décèle des patères en métal fichées dans la pierre. Quoi d'autre. Il avale une crevette au bout d'un cure-dent. La salle a été vidée de ses meubles à l'exception de quelques candélabres et d'un fauteuil Chesterfield. Une grande bibliothèque longe le mur du fond, les livres sont empilés les uns sur les autres sans ordre ni classement. Ne pas aller trop vite ; sembler ouvert, mais inaccessible. Il avance dans la salle en adressant aux regards de légers signes de tête – de jour en jour il devient plus transparent. On pourra bientôt lui passer au travers.

Tout à coup – là, sur la cheminée – un objet qui brille. Tout droit. Il ne regarde personne de peur d'être interpellé. Il marche les mains dans les poches au milieu des souvenirs. Des bribes de la vie du mort – « *È Benvolio, ubbriaco, ha saltato nel Tevere...* ». Il a sauté dans le Tibre, c'est ça ? *Ubbriaco*, beurré. Paul a de l'affection pour lui sans jamais l'avoir rencontré. Il pourrait tenir une conversation entière en l'évoquant comme un vieil ami, *chi se ne frega* disent les Italiens, c'est trop tard, il est mort, il n'appartient plus à personne. Je peux tordre son souvenir autant que n'importe qui dans cette salle. Il passe entre les copains et les connaissances. Je peux réinventer sa vie, à ma convenance, au gré de quelques phrases. Je peux vous raconter que Benvolio et moi, un soir de décembre 1987, nous avons joué nos vies à la roulette russe ; ouais, nous aussi, nous étions *ubbriaco* – attends non, ça se conjugue. Bref. Eh bien il est mort ce soir-là. Au moins dans mon esprit : j'avais décidé de ne plus le revoir quand il m'a refusé son tour. Alors vous pensez bien que trente ans après, sa mort physique, c'est comme une balle en plein cœur. Paul interrompt ses pensées quand il arrive au bout de la salle. Devant l'objet qui brille. C'est une pendule. L'indice qu'il cherchait pour évaluer toute la fortune des Cassaì.

« Belle pièce. »

À sa droite, il reconnaît la voix d'Armand de Salles en complet-veston – ils se serrent la main sans se regarder.

« Armand.

— Vivienne.

— Qu'est-ce que tu fous là ?

— Je suis un grand ami de Valeria Cassaì. Et il ajoute, après un temps : de Cortina. »

Valeria, la mère du mort.

« Ah, bien. »

Paul observe la pendule, il sait qu'il ment. Il ment. Il a lu son « Carnet du jour » comme tout le monde. À moins que le notaire ait jeté plusieurs cannes à l'eau.

« Et toi ?

— Pareil. »

Il s'étonne lui-même de ne pas prendre la peine d'entrer dans le jeu. Avant, il adorait inventer des histoires. Armand de Salles de chez Christie's vieillit avec élégance. Même son gros ventre lui prodigue une certaine allure.

« N'empêche, c'est plutôt réussi pour un enterrement. »

En jetant un œil derrière lui, Paul s'aperçoit que certains groupes se sont mis à danser. Un orchestre a remplacé le pianiste. Une grande liane à sequins noirs entonne *I Will Survive* en version lounge. Ses mains s'élèvent vers la foule, ses faux ongles tremblotent. Des mains pareilles, se dit-il, ce ne sont peut-être pas des mains de femme. Les lampions sur la terrasse, les robes longues, tout se balance. Peu importe. Les deux hommes se retournent en même temps : la pendule brille. Les chiffres romains ont été ciselés par un maître orfèvre – c'est évident. Les matériaux sont nobles : marqueterie de nacre, socle en onyx, bordure dentelée. Boîtier de verre. Mais surtout, et Paul et Armand s'approchent en plissant les yeux... Attends. Ils sortent chacun sa paire de lunettes. Oui. Les aiguilles sont suspendues en l'air.

Paul regarde sa montre : la pendule ne donne pas l'heure juste. Pourtant les minutes s'écoulent les unes après les autres.

« L'astuce, c'est que les aiguilles sont actionnées par deux disques de verre.

— C'est bien elle, hein ? C'est elle. Non... ? “Le Miracle de l'horlogerie.”

— C'est elle.

— Avant-guerre, Maison Cartier. Pendule mystérieuse. »

Armand de Salles attrape un toast de foie gras sur le plateau d'un commis. Le garde-temps libre du poids du monde. Quelle année ? Peu importe. Les années 1920, ou 1930. Ils ne parlent plus. Ils se remémorent en silence la vente spectaculaire de l'hôtel Meurice et sa pendule Cartier, un record historique. Les heures en platine et diamants sur un disque en pierres précieuses. Estimée à 200 000, adjugée 1,5 million – en une minute à peine. Il n'y a pas si longtemps... Qui tenait le marteau ? Concentrons-nous. Celle-ci pourrait bien valoir entre 20 et 30 000. Facile. La pendule mystérieuse annonce deux nouvelles : d'abord, que la collection Cassaì est conséquente. Ensuite, que les héritiers n'ont aucune idée de la valeur de leurs propres biens. On ne laisse pas une pendule comme celle-ci dans une salle immense, avec trois cents âmes bourrées au champagne.

« Il fait bon, hein, il fait pas trop chaud, finalement.

— Oui, c'est la bonne période. »

Ce sont les derniers mots qu'ils échangent. Sans prévenir, comme au retentissement d'un top imaginaire, Armand et Paul se séparent d'un coup sec.

Entre chien et loup, la soirée prend un tour inattendu. On fait la fête. Plus le ciel devient noir et plus on se laisse porter. Les amis du mort diront que c'est une manière de lui rendre hommage. Deux sœurs aux cheveux roses ont investi les platines ; il paraît qu'à Milan, on ne parle que d'elles. La foule est électrisée par la transgression. S'amuser quand il faut pleurer, ça excite. Un vieux se tape un trait sur l'étagère de la bibliothèque. Un Américain danse langoureusement avec une petite chatte italienne, et le jeune Vittorio, interdit, semble fasciné par cet homme qui sait manifestement s'y prendre. Les rires montent jusqu'au plafond. Une soirée champagne autour d'une famille en deuil, un type qui vient de se faire descendre, un château, une pendule, Paul se sent à nouveau maître de lui-même. Il vogue entre la terrasse et la grande salle, il serre quelques mains de-ci de-là, dont celle de Me Lombardi. Beppe ! Mon vieux ! On se voit plus tard, j'ai du travail. Les notes de rouge sur les bouches des femmes. Les plastrons blancs des serveurs. *For what is a man – pam pam – What has he got – pam pam*. Il bat la mesure avec son index. Au loin, Armand de chez Christie's s'approche du fauteuil Chesterfield : il aborde la vieille. La mère du mort. Son vieil ami, c'est ça. Ils ont l'air de faire connaissance. Paul aperçoit aussi Maurice de chez Millon derrière le fauteuil, voilà, il attaque, au même moment, double baisemain. Mais pourquoi la vieille ? Elle doit avoir plus de poids. Ici les matriarches sont toutes-puissantes. Et la veuve ? Perdue.

Elle a embrassé tout le monde et tout le monde l'a embrassée. Maintenant, elle titube près du buffet. Encore plus maigre que tout à l'heure. Paul s'avance doucement, les épaules en arrière, il passe entre les corps, agile, délié. Elle n'a l'air de rien, comme ça, mais je suis sûr que si on la retape un peu elle pourrait avoir un certain charme. Gabrielle Cassaì enlève une à une les pinces de son chignon, puis les fait tomber dans sa coupe. Quel sens du drame, c'est remarquable. Bravo. Ses cheveux noirs mousseux et ses yeux embués, ou sa bouche arrogante, quelque chose lui rappelle la *Judith* de Gustav Klimt. La peau blanche. Un mélange de perversion douce et de sécheresse aride. La vieille est peut-être en train de se faire grignoter par les deux autres, mais légalement, c'est la veuve qui compte. Il s'étonne de la trouver seule ; un soir pareil ? Pas de famille ? Pas d'amis proches ? Personne ne lui parle – pourquoi ?

« Madame ?

— *Che c'è* ? T'as pas assez à bouffer ? Il vous manque quelque chose ? Tiens, voilà ! »

Une voix de fumeuse, rauque et grave. Une voix qui détonne avec ses airs d'oiseau. Il sursaute presque. Qu'est-ce que c'est que cette femme... Elle saisit une tranche enroulée de *prosciutto* et la lui plante dans la paume. Ah, d'accord. Elle est complètement raide. Les femmes en furie lui rappellent les Vierges folles sur les portails d'églises. Vierge sage quand la veuve se tient tranquille, Vierge folle quand elle vous fourre un *prosciutto* dans la main. Le *grissino* qui s'en échappe tient tout droit, à la verticale. Paul jette un œil à gauche et à droite.

« Heu… Merci. »

Eh bien voilà. C'était sûr. J'aurais dû tenter la vieille. Maintenant son siège est vide, ils l'ont emmenée, l'un ou l'autre ou les deux ensemble, et ils vont tranquillement la dépecer dans un coin. Le temps de les retrouver, il n'en restera plus que la carcasse.

« J'imagine que de voir tous ces gens s'amuser quand on vient de perdre son mari, c'est difficilement supportable.

— Non, au contraire, je m'amuse beaucoup. »

C'est terrible de parler sa langue maternelle avec un accent.

« Vous habitez à Rome, n'est-ce pas ? »

Elle répond à peine, les yeux vides, bordés de noir. Paul enchaîne les questions en tentant de ne pas la brusquer. Le tout, c'est d'être tendre. Ne pas casser le fil. Vous veniez souvent ici ? Quel âge a votre fils ? Parlez, parlez-moi, allez ma grande, un effort. Et soudain, elle se retourne.

« Vous savez que Benvolio me baisait les genoux avant de s'endormir ?

— Heu… Non. Tous les soirs ? »

S'intéresser, être à l'écoute.

« Tous les soirs.

— Je ne vous crois pas.

— *Come* ? »

Elle fait les yeux ronds comme une reine déchue, une reine maudite, comme une gorgone. C'est pas parce que c'est l'enterrement de ton mari qu'il faut te croire au cinoche. T'es pas la Callas, non plus.

« Il ne vous baisait pas les genoux *tous les soirs*.

— *Ma sì*.

— Mais non.

— Mais si, je m'asseyais sur le lit pour enlever mes... mes...

— Chaussures ? Chaussons ? Chaussettes ? Vos chaussettes ? »

Il est possible que Paul ait tapé une petite ligne avec les copains du mort dans la bibliothèque. Elle fait le geste d'enlever ses boucles d'oreilles.

« Bijoux ?

— Mes bijoux, et à ce moment-là Benvolio s'agenouillait, il mettait ses mains sur mes cuisses, puis il me baisait les genoux.

— Et quand il arrivait trop tard ? Qu'il loupait le moment des bijoux ? Comment faisiez-vous ? Il vous relevait ? Il vous demandait de recommencer ?

— Bon... Peut-être pas tous les soirs, mais certains soirs.

— Ah. Voilà. *Certains soirs*. C'est quand même très différent.

— Très bien. D'accord. Et maintenant regarde. »

Elle pointe le doigt en direction d'un groupe de femmes qui dansent. Paul les avait déjà remarquées : la vulgarité l'attire. Une femme vulgaire, c'est vivant. Gabrielle marmonne – il est difficile de l'entendre. On pense que je suis naïve. Je savais. Je savais très bien. C'était même un accord tacite entre nous – tacite – ça sonne comme un serpent. Toutes ces naïades, ces nymphes, ces sauterelles… Ils pensent que je ne savais pas. Vous pensez mal ! Vous pensez mal !

Naïades, nymphes et sauterelles. Elle a du vocabulaire pour quelqu'un qui parle avec un accent.

« Ces putes. »

Bizarrement, ça sonne plus juste. Elle reprend :

« Tu trouves que j'ai une tête de Madone ?

— Heu…

— Bah si, dis-moi, puisque c'est le rôle qu'il m'a fait jouer, c'est que je dois avoir une tête de sainte, non ?

— Vous me rappelez la *Judith* de Gustav Klimt. »

Qui ? *Ma chi è, questo* ?

« Paul Vivienne. Commissaire-priseur. »

Il hésite à lui glisser sa carte – non, ce n'est pas le moment. Elle agrippe son bras et ses doigts s'enfoncent dans la manche de son costume. « Paul Vivienne » – elle dit son nom plusieurs fois, le nom voltige. Le *e* final est muet, mais allez lui expliquer ça dans son état. C'est doux, un costume d'homme. Tu sais que mon mari est mort ? Moi je ne l'ai pas vu. Sa mère l'a vu. C'est sa mère qui est allée l'identifier. Moi je ne pouvais pas. Un cadavre de cent kilos ! Ils ont dû s'y mettre à beaucoup pour le ranger dans le placard.

« Le placard ?

— Oui, à la morgue, on met le corps dans un placard dans le mur. »

Elle continue. Il se dit qu'il vaut mieux ne pas l'interrompre. On a chanté la messe mais je n'ai pas ouvert la bouche. Je ne connais même pas les paroles. L'encens m'a donné la migraine. Ou la nausée, je ne sais plus. On boit ? On boit quoi ? Paul n'a désormais qu'un seul objectif : lui faire oublier l'objet même de la fête. Il y a des méthodes pour ça. Du tact, de l'alcool. Une oreille attentive. Ils marchent tous les deux dans la pièce, il observe les hommes, leur costume, il se demande où sont les mafieux. À les écouter, Benvolio Cassaì était un petit magouilleur. La presse exagère toujours. Il suffit qu'un type se fasse descendre dans un parking pour qu'on y voie une énième vendetta, l'histoire sans fin de la mort pourchassant la mort. Il aimait la fête. Il aimait la nuit –

« D'ailleurs cette fête, tu sais que c'est lui qui l'a organisée ?

— Ah oui ?

— Bien sûr. C'était dans son testament. Trois pages. Écrites à la main, il paraît que c'est obligatoire.

— Oui, en France aussi.

— Il lui a même donné un titre, il l'a souligné à la règle. *Ultima volontà*.

— Dernière volonté. »

Étonnant, l'emploi du singulier. Savait-il que c'était l'heure de mourir ?

« Non. Il répétait souvent un dicton de la Rome antique : les trois peurs des Romains. Vous connaissez ? (Elle vouvoie, elle tutoie.)

— Non... »

Elle compte sur ses doigts – mais le troisième doigt, elle le loupe.

« Faire un voyage en mer, confier un secret à une femme, mourir sans testament. »

Avant d'ouvrir le testament, Me Lombardi a informé la veuve de sa « situation ». Il lui a d'abord appris que son mari avait revendu à ses frères ses parts majoritaires de l'entreprise familiale, la boutonnière Cassaì. C'était en 2008 – Benvolio avait fait des investissements qui se sont révélés peu fructueux. Personne, madame, je dis bien personne, n'aurait pu prévoir la crise économique. Il lui a ensuite parlé de la dette fiscale, et Gabrielle a mal compris. Elle a tenté de dissimuler ses lacunes, et parce qu'elle a eu honte de ne rien savoir, elle n'a posé aucune question. Les papiers, la paperasse, elle a tout signé. Comment peut-on devoir tant d'argent à l'État ? Ce n'est pas tout : Benvolio avait pris des mesures. Hypothèque de Castel Vecchio, vente en viager de l'appartement de Rome. Me Lombardi n'est pas réputé pour sa patience, il facture à la demi-heure ; mais la veuve était émouvante. Il a bien vu qu'elle était en train de perdre pied.

Il a tenté de lui expliquer, avec tact - bon. Madame. Il ne vous reste plus rien. Vous allez devoir déménager le plus vite possible. Castel Vecchio n'est plus à vous. Votre appartement à Rome non plus ; les charges sont trop élevées. Et Vittorio, votre fils ? Non, rien non plus. Il lui a tendu un mouchoir mais elle ne pleurait pas. Elle était immobile. Alors il a sorti *Ultima volontà*, le testament, signé et daté de 2015. « Il y aura peut-être quelque chose là-dedans. »

« Et ?

— Et rien. Pas un mot pour moi. Pas une explication. Ni pour Vittorio. Tu connais Vittorio ? C'est mon fils.

— Je... Oui.

— En revanche, dans *Ultima volontà*, mon mari décrit ses funérailles, au village de Montefioralle - sur la colline d'en face, tu y étais ? Il y a acheté deux concessions - une pour lui, une pour moi. J'ai déjà ma place. Et puis après il donne des noms. L'orchestre, le traiteur, le champagne, et bien sûr la liste des invités. »

Elle trinque. Elle manque de tomber en arrière. Paul trouve qu'il est courageux de boire quand on n'en a pas l'habitude, une nuit pareille.

« Il a demandé un cercueil en acajou massif.

— Un excellent choix.

— Le plus cher.

— Intérieur tapissé ? Velours ivoire ? C'est un classique...

— *Cazzo*.

— Oui… C'est pas facile.

— Et la pierre tombale aussi, c'est lui. En marbre. Vous avez lu l'épitaphe ? Oui ? Non ? (Paul prend une gorgée de champagne.) ACTA EST FABULA.

— « La pièce est jouée. »

— Les dernières paroles d'Auguste. *Stronzo*. Pas un mot pour nous. Rien. Il demande à ce que *My Way* soit chantée trois fois dans la soirée, mais il ne dit pas un mot à son fils ni à moi.

— Vous savez, on écrit les détails matériels en premier, on est pragmatique, dans ces moments-là… On pense qu'on aura le temps pour les proches plus tard, les adieux, les recommandations du père au fils, de l'époux à l'épouse… Alors on va à l'essentiel, vous comprenez ? »

D'instinct, Paul défend le mort. C'est le meilleur moyen de la rassurer. Autour d'eux les gens sont ivres ; on reconnaît mieux les serveurs dans la foule noire et blanche, ce sont les seuls à tenir droit. Il y a quelques heures encore les groupes bourdonnaient dans la pièce, murmurant à peine. Maintenant les femmes crient tandis que les hommes les renversent en arrière. Le combat des Centaures contre les Lapithes. Alors là, Benvolio… Chapeau. Là je dois dire que tu m'épates. Ta femme apprend qu'elle est ruinée, mais elle doit donner en ton honneur une fête monumentale dont la plupart des devis sont réglés à l'avance. Rien que pour ça je suis content d'avoir fait le déplacement. Il est exceptionnel, ce type. Peut-être est-ce ainsi qu'il faut vivre – ou mourir. Peut-être est-ce ici que la vie et la mort se rejoignent. Brûler l'héritage, sabrer son départ au champagne en espérant que tout le monde s'amuse. La veuve a perdu de son arrogance – tout à coup, elle semble défaite, comme si elle venait de tomber dans un trou.

« On n'a plus rien.

— Peut-être son intention était-elle de vous protéger : c'est important de conserver les apparences. »

Il lui propose son bras. Elle sourit. C'est ça. Rigolez bien, ne vous arrêtez pas pour moi. Viens, commissaire (il adore la manière dont elle dit « commissaire »). Tu l'as vue, la fontaine de champ' ? Viens, on va conserver les apparences dans le jardin. Ils boivent, ils voguent, ils font des blagues. Nous aussi. Dis-moi des choses de toi. Ah tu es parisien ? J'adore Paris. C'est là que je vais vivre. Moi aussi, par ma mère, je suis parisienne. Paul descend coupe après coupe pour rattraper son retard. Il est cet inconnu auquel on s'attache dans les pires circonstances. L'homme de la situation. Et quand elle vomira son amertume sur l'herbe fraîche au petit matin, il sera là pour lui tenir les cheveux. Gabrielle tangue. Non. Attends. Pas du tout, c'est le château qui tangue. Elle n'entend plus les mots de condoléances que les amis du mort lui glissent à l'oreille, leur rire insouciant quand ils déclarent, heureux d'avoir trouvé les mots justes : Benvolio était un épicurien.

4

Dans la cuisine sur la table en chêne, on tente de trouver un accord. Les commis ramassent le verre brisé dans la grande salle. Il est huit heures du matin. Armand de Salles est le plus éveillé ; il est rasé, ses cheveux sont peignés. Gabrielle trouve qu'il ressemble à son défunt mari, mais seulement sous un certain angle. Elle ne sait pas si le regarder la rassure ou l'écœure. La *nonna* observe sa bru avec mépris, les mains en boule sous sa poitrine. Elle respire fort, on pourrait croire qu'elle somnole. Mais elle est comme une murène. Paul est certain qu'elle comprend le français. Et cette collection ? On n'en sait rien. Gabrielle ne connaît pas la valeur des choses. Oui, oui, il y a beaucoup de tableaux, ici et à Rome, et beaucoup de vieux meubles aussi. Armand prend les devants.

« Quel genre de tableaux ?

— Des vieux tableaux.

— Bon. Dans un premier temps, moi, ce que je peux faire, c'est vous assurer un déménagement sur mesure. On emballe tout, on pèse tout, vous n'avez plus qu'à venir chercher le chèque. »

Il ne demande même pas à faire le tour du propriétaire – en sait-il plus que lui sur l'étendue de la collection ? Armand de Salles attrape la main de la vieille et la tient dans la sienne. *Cara mia*, ma chère amie, parler de choses aussi futiles, aussi absurdes, cela devrait vous être épargné. C'est insupportable. Réglons la question au plus vite et je m'occupe de tout. Tous les détails administratifs. Il s'approche, et dans un murmure, il dégaine :

« Écoutez, étant donné les circonstances terribles, terribles, je vous propose un geste. »

Un geste ? Gabrielle acquiesce. Elle voudrait avoir l'air sérieux. Sa langue est pâteuse dans sa bouche, son haleine est morbide, elle n'ose pas regarder Paul Vivienne. Qui sait ce qu'elle lui a raconté cette nuit, avec quelle voix, quelle allure, *che vergogna*. Elle ne dit plus un mot. Il est l'heure d'être responsable. Alors elle fait semblant de savoir, comme les autres, ce qu'il faut faire. Une nouvelle fois, elle attend les consignes de sa belle-mère. Fais *bella figura* – et bon sang, arrête avec le champagne. Et tiens-toi droite, nom de Dieu ! La *nonna* est veuve elle aussi, et alors ? Au moins Gabrielle, elle, n'a pas perdu son fils. Elle ne peut pas savoir ce que c'est.

Armand attend la réaction de la vieille, en vain. Ils ont pourtant eu un très bon contact hier soir – il a évincé Maurice de chez Millon en deux temps trois mouvements. Elle le regarde en biais, ses yeux comme deux fentes. Les commis entrent et sortent par les portes battantes, ils sont silencieux, seule la vaisselle crisse. La lumière du matin pénètre par la porte qui donne sur la courette. On pourrait s'attendre à voir passer des poules, un vieux chien – attends... Non... Si... Une légère odeur de shit débarque lentement dans la cuisine. Les serveurs se font des signes. C'est le jeune fils, Vittorio, qui fume un pétard dans la chapelle au fond de la cour.

Paul ne dit rien. Quel geste ? Le con... Armand a dégainé plus tôt que prévu. Il a changé de veston, mais pas de costume depuis la nuit dernière. Voilà un homme organisé. Paul se redresse, prenant soudain conscience de sa propre allure, et tente de défroisser sa chemise de la paume des mains. Une tache de vin rouge – tiens, on a bu du vin ? Il se tourne vers la veuve, sa tête tient à peine sur son cou. Quand elle veut. Paul lui a tout expliqué : tu me confies cette vente et je te promets que tout ira mieux. Bien sûr que tu peux, c'est ta décision, c'est toi qui légalement as le pouvoir de choisir. Tu me fais confiance ?

« Les maisons de vente s'octroient généralement vingt-quatre pour cent des bénéfices. *Ventiquattro per cento*. Vous me suivez ? Vous pouvez demander à mon confrère. Hein, Paul, c'est bien ça ? Bon. Ne vous en faites pas, je m'occupe de Christie's. Je m'arrangerai avec eux. Si c'est pour une amie... Je vous propose vingt pour cent.

— Boh, répond la vieille.

— Dix-huit pour cent. Mais je ne peux pas aller plus bas. »

Mais réveille-toi ! Paul donne un coup de coude à Gabrielle, elle sursaute et l'observe, ahurie.

« *Che ne dici, nonna* ? »

C'est pas ce qu'on te demande. Il tente de la convaincre par le regard. Ses yeux clignotent. Elle comprend rien, cette femme. La vieille va parler, si Paul n'intervient pas, c'est cuit. Que dire ? Dix-huit pour cent, c'est le minimum. Le type a annoncé direct le minimum de commission. Gabrielle ! Ohé ! Putain... Vous m'aviez pourtant dit que... Une nuit entière à la séduire. Ce matin juste avant l'aube, elle semblait prête à tout.

« Il est vrai que Christie's est une très bonne maison, vous auriez raison d'accepter. Enfin... Si on aime les grandes structures, les braderies, les ventes à la pelle... L'usine, quoi.

— Oui, bon... »

Chut. Paul se caresse le menton. Il ne s'est pas rasé. Il avait réservé à l'auberge de Montefioralle, sur la colline en face. Mais il n'a jamais quitté le château. Armand est plus frais, c'est certain. Inutile de compter sur la veuve. Il faut tout faire soi-même ici. Le tout pour le tout, se dit-il, avec panache. Allons. Avec fougue. Il soupire longuement, à la fois pour trouver ses mots et pour attirer l'attention. Sa tactique date de ses études de droit : il se récite Schopenhauer. *L'Art d'avoir toujours raison*. Sans se presser, il choisit son arme. Stratagème V : Faux arguments.

« Bien. Tant pis. Vous avez raison, de toute façon chez Auctionès, nous ne baissons jamais notre commission. C'est une question de principe. D'ailleurs elle n'est pas de vingt-quatre, mais de vingt-cinq pour cent. Vous comprenez, n'est-ce pas, quand on veut l'excellence, il faut y mettre le prix.

— Oh... Il est gonflé ! » lance Armand.

Tiens-toi tranquille.

« Ben, si, qu'est-ce que tu crois, on est pas marchands de tapis, nous, voilà, c'est tout.

— Madame, ne l'écoutez pas, Christie's dépasse largement...

— Le prestige d'Auctionès ? Ah oui certainement, on a vu !

— Espèce de...

— Ah super, devant ces dames, vas-y continue, tu tiens quelque chose, bravo... »

Mais la vieille murmure.

« *Figlio mio...* »

Elle ferme les yeux. Quand elle les ouvre à nouveau, ils sont rouges, minuscules, deux grosses larmes roulent d'un seul trait sur ses joues fripées. Elles dévalent son visage si lourdement qu'elles ne s'immiscent pas dans les creux de ses rides. Paul et Armand se penchent vers le bout de table qu'elle préside, fixés sur sa bouche immense.

« *Basta così*.

— *Stai bene, nonna* ? demande Gabrielle.

— *Zitta*. »

Ça veut dire « tais-toi ».

« *L'eccelenza*...

— L'excellence ?

— *Si. Il meglio, il meglio. Per il figlio. Non importa il prezzo*.

— Qu'est-ce qu'elle dit ? »

Gabrielle, affalée sur la table, se redresse. Elle est émue.

« Elle dit qu'elle veut l'excellence pour son fils, et qu'elle est prête à y mettre le prix.

— Mais Valeria enfin c'est absurde, ce n'est pas dans votre intérêt... »

C'est une question de dignité. Leurs biens vendus sur la place publique ? Certes, mais dans la meilleure maison. Elle pointe un doigt vers Paul, qui à son tour, désigne de ses index sa propre poitrine, pour bien comprendre qu'il s'agit de lui. La scène lui évoque instantanément un tableau de Caravage exposé au MET, *Le Reniement de saint Pierre*.

« Hein ? Mais je vous assure que Christie's est une maison tout à fait...

— *Basta così*. »

Elle coupe Armand si sèchement qu'il ferme la bouche quelques secondes plus tard. Ils sont fous dans cette famille. Paul sourit malgré lui, mais il se reprend vite : air de contrition. Vingt-cinq pour cent… Madame, permettez-moi de vous adresser, au nom d'Auctionès, mes plus sincères condoléances. Nous ferons notre possible pour vous assurer le calme dont vous aurez besoin. Ah, ah, ah, tocard. Tu parles du bon temps à Cortina. Paul sort quelque chose de sa poche et le lance sur la table en direction d'Armand :

« Tiens, prends un bonbon. »

Ce dernier dégage sa main de celle de la mère – combien de temps avant de quitter définitivement la partie ? Quelques minutes. C'est une honte. Jouer avec une vieille femme comme ça, une femme qui vient de perdre son fils, avec la veuve ruinée… Quelle honte. Tu te repais du malheur des autres. Paul sourit. Attends. Je vais t'aider. Paul cherche les horaires sur son téléphone. Allez. T'en fais pas. Je te mets dans le premier train pour Sienne, Florence ou Pise, le premier avion pour Paris.

5

À mesure que le découragement s'empare de Paul, ses ongles rapetissent, parce qu'il les arrache avec les dents. Deux jours pour tout mettre à sac. Il déambule entre les chambres du premier étage les mains dans les poches, ses yeux bleus grisonnants enfouis sous le poids de ses paupières. L'enthousiasme des jeunes le fascine. Il les observe au travail, consciencieux, passionnés, manipulant les objets avec des gants de coton blanc. Pour des vieilleries sans nom. Des trucs qui ne valent rien. Comme d'habitude. Comme d'habitude ! Je me suis fait avoir. Ils déchiffrent les estampilles sur les commodes, ils sortent les tiroirs pour mesurer la taille des traverses. Ils bousculent les chaises, une à une, pour estimer l'ancienneté du montage. Il n'y a rien. *Magnifique paire de chaises en paille*. Rien. Paul secoue la tête. Quelle ordure, ce Benvolio. Si ça ne tenait qu'à moi j'aurais tout foutu dans un camion pêle-mêle et j'aurais déchargé sans classement devant le marché Saint-Ouen. Aux charognards. En vérité, Benvolio Cassaì savait pertinemment ce qu'il faisait en exposant sa pendule sans protection au milieu de la grande salle : c'est ce que l'on appelle un attrape-couillon. Il nous fait croire qu'il s'en fout parce qu'il en a mille semblables, alors qu'il s'agit de son seul bien. Le paraître est une plaie pour nos métiers. Une plaie. Pas d'œuvres cachées, pas de trafic de tableaux, rien. Un vague intérêt pour la statuette en bronze (on a retrouvé une dizaine de taureaux, son signe astrologique), et c'est tout.

Paul ne se comprend plus – avant, il n'aurait jamais espéré si vite. Il n'aurait jamais signé sans dresser d'abord l'inventaire. Je change. Je faiblis. Je me suis laissé prendre au jeu. Je pensais toucher quelque chose... Quel con. C'est le nom de château. C'est la Toscane, les cheveux noirs de Gabrielle Cassaì, les vestons d'Armand de Salles. Cette fête monumentale et la gueule de bois qui persiste. J'avais du flair, c'est vrai. J'étais capable de débusquer le bien d'exception dans un haussmannien de périphérie juste en observant les fleurs aux balcons. Mais enfin madame Cassaì rappelez-vous, où sont les pièces ? Y a-t-il des pièces ? La veuve est repartie à Rome avec son fils et sa belle-mère, au moins je me les tape pas sur le dos – il a fait l'aller-retour dans la journée. Quel bordel, Rome ! Un enfer pour se garer. C'est de pire en pire. Via dell'Orso au Trastevere, un grand appartement, une terrasse. Gabrielle n'est pas encore redescendue sur terre. Elle plane. Elle lui a offert un cappuccino dans son salon beige, ses larmes blanches coulaient encore. Elle n'a toujours pas réalisé qu'elle n'était plus chez elle. « Je suis contente que ce soit vous », a-t-elle dit timidement. Je la préférais quand elle était ivre. Maintenant, elle ressemble à toutes les autres. Mais oui, mais oui... Les meubles anciens, l'argenterie, jetez-moi donc un os... Il n'aimait pas l'art contemporain, votre mari ? Madame Cassaì ? Y a-t-il un coffre quelque part ? Il avait bien une petite lubie, je ne sais pas, moi, les pierres précieuses, les monnaies... les timbres ? Bon. Allons. Ne pleurez pas, on va trouver. Paul a fait le tour de l'appartement : quelques bricoles, des tapis, mais enfin rien d'exceptionnel. Du demi-luxe. « Vous reviendrez ? » C'est ça. Il bat une pluie fine contre les vitres. Un crachin d'Italie. Quand le temps est humide, il a mal à l'épaule.

« Monsieur Vivienne ? On a quelque chose.

— Ah. »

En selle. Vas-y, Benvolio. Au passage, Paul s'arrête :

« Ah non ! Ça, vous ne me le prenez pas. J'en veux pas. »

Le jeune homme désigné sursaute. Il marque son meuble de la vignette Emmaüs – une commode en laque de Chine, du contreplaqué enfin, ça se voit tout de suite. Paul fait demi-tour et suit la petite stagiaire jusqu'à la première salle, près de l'escalier : le bureau de Benvolio. Papier peint cramoisi. Ludo, le déménageur, a les mains sur les hanches. Son tee-shirt *Manau : Panique celtique* ne couvre pas l'étendue de son ventre. L'expert Objets d'art et deux autres stagiaires forment un arc de cercle autour d'une mappemonde posée sur une caisse en bois.

« Alors ?

— Vallardi, Milan, seconde moitié du XIXe. »

L'expert pose son doigt ganté sur le cartouche, en plein cœur du Pacifique. « Voyez ? C'est écrit là. »

Globo Fisico, de diametro di cent. 40., Antonio Vallardi, Milano.

Et en plus petit, en dessous : *Genova-Roma-Napoli-Trieste.* Le globe est en papier mâché avec un pied en bois.

« Avec l'humidité du château, c'est un miracle qu'il soit si bien conservé.

— Où voyez-vous la date ?

— Il n'y en a pas. »

Ludo et Paul se jettent un regard : ils connaissent cet instant par cœur. Celui où l'expert révèle toute l'étendue de son savoir, ses petits trucs, en faisant durer le suspense. C'est son moment de gloire. Il arrête de sa main le mouvement du globe :

« Là. Regardez. »

Tout le monde se penche, le jean de Ludo découvre la raie de ses fesses.

« Vous voyez ?

— Oui, c'est écrit *Romania*.

— Exactement. Donc on est forcément après 1863 – avant cette date, la Roumanie n'existe pas. Ensuite. Regardez par là. »

Il fait tourner la mappemonde légèrement vers la droite et désigne l'Égypte.

« Il manque le canal de Suez, dit Ludo.

— Exact. Vous avez l'œil. »

L'expert est déçu. « J'ai cassé son trip », pense Ludo.

« J'ai surtout l'habitude.

— Alors, les stagiaires, quelle année, le canal de Suez ? »

Le jeune à lunettes interroge Siri sur son iPhone : 1869. La mappemonde a donc été fabriquée entre 1863 et 1869 – si elle est d'origine.

« Ça pourrait être une reproduction ?

— La maison Vallardi était déjà cotée à l'époque. Mais leurs cartographes introduisaient des éléments pour se protéger des faux. Ils inventaient des îles, ils rajoutaient des noms... Tout a été consigné dans les registres – j'ai appelé un spécialiste à Milan. Pour la période qui nous intéresse, il m'a dit de chercher une inscription.

— Laquelle ?

— Elles sont variables. Mais il s'agit toujours d'un animal imaginaire.

— Un animal imaginaire. Alors ? Vous l'avez ?

— Non, pas encore. Je le cherche. »

Paul ne comprend pas pourquoi on l'appelle, si on n'est pas sûr.

« Une estimation, si elle est authentique ?

— Entre 12 000 et 15 000 euros.

— Passez-moi la loupe. »

Paul, Ludo et l'expert se mettent à quatre pattes. Ils font tourner la mappemonde millimètre par millimètre, absorbés par ses légendes. Les stagiaires émerveillés participent de l'émulation : il *faut* trouver. Le papier est difficilement lisible – les mots et les tracés s'entrecroisent et se superposent, l'encre est effacée par endroits, trop étalée à d'autres, toutes les lettres ne sont pas déchiffrables. *Sierra Madre… Messico… Altopiano del Messico…* À perte de vue. Paul voit mal : ses lunettes n'y changent plus grand-chose. Tout à coup, Ludo s'agite :

« Je l'ai. »

Fais voir. Là. Juste à côté de *Mozambico* – qu'est-ce que vous lisez. « Je vois rien », dit Paul. L'expert place sa loupe sur Madagascar. À la pointe de l'île, juste sur la nervure du méridien, il déchiffre en plissant les yeux : HIC SVNT DRACONES.

« Ici sont les dragons.

— Bien joué. »

Hic sunt dracones – Paul le note dans son carnet. Les clients raffolent de ces petits détails. Tout l'art du commissaire-priseur consiste à les restituer au moment opportun. Il tapote l'épaule de Ludo avant de reprendre sa marche lente entre les objets. Oui, oh... Ça prend du temps. Un pendule, une mappemonde... Une petite vente de château que l'on rendra charmante en pimpant un peu la couverture du catalogue. Qu'est-ce que j'attendais ? Redescends, mon vieux. Et puis au pire, une vente, ça se *truffe*. On y ajoute des œuvres d'une autre provenance ni vu ni connu. On ressort tout ce qu'on a ravalé, tous les objets que l'on a remportés soi-même à force de clamer « J'ai un ordre ». On vide la cave. Et d'ailleurs... dis-moi, Benvolio, elle est où, ta cave ? Ludo mon garçon, viens voir ici, on va faire un tour au sous-sol. Ce dernier est en train de traficoter un poste de radio. « C'est pas trop vintage, une radio ? Elle marche encore ! » *Despacito*, le tube de l'été aux quatre milliards de vues sur YouTube, emplit l'air de son rythme suave. « J'adore la variété italienne. » Viens, suis-moi. En passant par la cuisine, Paul attrape deux verres sur l'un des plateaux qui se baladaient pendant la fête au-dessus des foules. Les deux hommes descendent l'escalier de pierre – attention, c'est casse-gueule. Il fait noir mais on distingue des étagères. L'interrupteur est sur la gauche. Ah. Alors là. Là au moins, il s'est pas foutu de nous, monsieur Cassaì : les pieds dans la terre battue, Ludo et Paul savourent leur découverte. Contre le mur, en face d'eux, trois caisses de Sassicaia 68.

« Une estimation ? »

Paul n'a pas ses lunettes.

« Qu'est-ce que tu lis ?
— 68.
— Deux mille.
— La bouteille ?
— La bouteille.
— Ah ouais. »

Ludo sort son couteau suisse. Mal rasé, trois cheveux qui bouclent, gras, les vêtements tachés, il est gracieux malgré lui. C'est la manière dont il extirpe le tire-bouchon avec l'ongle de son index. Il le tient tout haut au-dessus de leur tête. À toi l'honneur.

« À la tienne, patron.
— À la tienne, mon grand. »

Au rez-de-chaussée, dans la salle qui avait abrité la fête, tous les tableaux du château sont disposés sur le sol. Une stagiaire examine une toile avec sa lampe de Wood et sa paire de lunettes. Les rideaux sont tirés. Vivienne observe sa nuque, les cheveux fins qui s'échappent de son chignon, son long cou raide et ses épaules légèrement tombantes, en rondeur comme dans les portraits de Renoir. Elle porte un col roulé crème de marron. C'est rare, une femme si mince, avec des épaules rondes comme ça. Derrière lui Ludo transporte deux caisses de Sassicaia l'une sur l'autre – attends ! Tu m'as pas donné les clefs de ta bagnole. Et fais gaffe, patron. La petite. C'est pas une stagiaire, c'est l'experte. Elle dit qu'elle fait pas son âge. Elle nous parle déjà de harcèlement sexuel sur son lieu de travail. Paul plisse les yeux et lance les clefs qui atterrissent sur le carton. La jeune femme se relève et déchausse ses lunettes qui ont laissé des marques autour de ses yeux, comme à la piscine. L'experte Tableaux anciens. Paul l'imagine nageant les quatre nages à la fois, ondine, son corps souple dans l'eau, un bonnet sur la tête. Elle est blonde, plus grande que lui, elle griffonne sur un carnet avec un crayon qui tenait derrière son oreille. Aussi grande que Barbara. Elle se retourne et lui adresse un sourire. Quelle belle femme. Rayonnante. Si l'on fait appel aux experts, ce n'est pas tant parce que l'on a besoin de leurs lumières – à partir de la centième succession, on a déjà tout estimé trois fois – mais parce que leur cachet rassure tout le monde. Si l'experte a authentifié l'œuvre et que l'on s'est trompés, on partage les frais. On dilue les risques.

Marianne a reconnu de loin sa silhouette grise. La soixantaine, pas de cravate. Poivre et sel. Un sourire léger, les yeux clairs. Verts ? Bleus ? Menton pointu et pommettes saillantes : les caractéristiques du style parisien sous Saint Louis, comme l'*Apôtre mélancolique* de la Sainte-Chapelle. Quand il était jeune, il devait être le même genre de type. Les sourcils en bataille. Il fait moins vieux beau que sur sa photo en noir et blanc, en haut de la page « Associés » du site Auctionès. Moins vieux, moins beau. Dans le

Paris-Florence, elle a fait ses recherches. « Le Crillon : 6 millions d'euros pour 3 500 pièces. » L'ensemble du mobilier du mythique palace parisien dispersé sous le marteau charmeur du grand Vivienne. Ce sont les mots exacts de l'article : *le marteau charmeur du grand Vivienne*. Avec une carrière pareille, qu'est-ce qu'il fout là, à Castel Vecchio ? Il se ressert du vin, c'est la fin de la bouteille. Marianne l'observe se débarrasser discrètement du cadavre en le dissimulant dans un carton Emmaüs. Elle ne s'attendait pas à des tableaux si ordinaires dans un château de cette envergure, avec un commissaire-priseur de renom. Il approche. Elle se replonge dans ses notes. Ils sont maintenant côte à côte, postés devant une toile du XVIIIe.

« Décollation de saint Paul. »

Décollation. Joli mot pour dire perdre la tête. Il lui tend la main.

« Paul Vivienne.

— Marianne Javert. »

Javert ? Javert. Elle s'appelle Marianne Javert. Comme le type qui traque Jean Valjean dans *Les Misérables*. Elle est jeune, on l'avait prévenu. Très fine, élancée, les doigts longs. « Un vrai limier », a dit Morin. Il l'a recrutée au LPS – le Laboratoire de police scientifique. Elle a passé des années à démasquer des contrefaçons.

« Et comment va Morin ? »

Morin du cabinet d'expertise Hervé Morin, avec lequel Paul travaille depuis quelques décennies.

Bien, bien, merci, tout va bien. Il pense à lui offrir un verre, et puis il se retient : les temps ont changé, on ne peut plus offrir un verre comme ça. Bien, bien. Marianne. Alors. Parlez-moi des tableaux. Rien ? Bon, on a le temps, ça va venir, cherchez encore. Des paysages et des scènes bibliques, des croûtes que l'on n'avait pas décrochées du mur depuis 1899. « Je vous laisse travailler », mais oui c'est ça. On fait le point tout à l'heure. Tout à l'heure, je vous emmène quelque part, je vous sors d'ici, on va faire un tour. Mademoiselle... Paul fait tournoyer son vin dans son verre ; il murmure « belle robe » en passant devant les montagnes vertes du Chianti, le long des fenêtres. Il contemple la courette en traversant la cuisine : des pavés millénaires, un puits au milieu. La chapelle adossée contre le mur d'enceinte. Une chapelle gothique au toit pointu, orné d'oriflammes. Dans le milieu, on emploie l'expression « monter une chapelle dans le jardin » pour dire que l'on a un peu trop truffé la vente – c'est peut-être cette pensée qui le pousse à sortir dans la cour. Ou est-ce l'ennui ? L'envie d'être seul ? D'aller voir si le jeune Vittorio planque son matos dans un coffre à reliques ? Plus tard, il dira que c'était le flair.

6

La porte en fer est froide et trempée. Le lierre a envahi les murs. De nos jours les chapelles servent de cabane à jardiner. Mais Benvolio était croyant. Il est mort en tenant son chapelet contre sa poitrine, face contre terre, et selon les versions dans son dernier soupir, il a murmuré *Gabi,* ou *Mamma*. Paul dépose son verre de vin au bord du puits. La mousse rend la surface irrégulière. Il a besoin de ses deux mains pour pousser la porte qui cède dans un bruit de rouille. La pièce est minuscule. Un cagibi. Une seule fenêtre dans la pierre, étroite et longue, verre opaque. Jaunissant. Qu'est-ce que tu fous à venir prier là-dedans... Il fait soudain froid. Des feuilles mortes sont éparpillées sur le sol. Deux prie-Dieu en bois, un petit siège, une table en marbre en guise d'autel, et au mur un retable, une Vierge à l'Enfant – il n'en distingue que les contours. L'odeur des feuilles humides se mêle à des relents de joints fumés à la hâte. Paul s'accoude au prie-Dieu, il se demande comment Benvolio priait, en murmurant, à voix haute, ou dans sa tête. Soudain, il se retourne. Rien. Il sent une présence – des picotements. La chapelle est comme *habitée*. Par pitié pour la veuve, ou pour le mort, ou peut-être parce que c'est un geste agréable, il sort son Zippo de sa poche (il ne fume pas, il aime tendre son briquet à ceux qui fument) et allume les trois cierges alignés sur l'autel. *Pour le geste*. C'est alors qu'il voit vaciller les flammes. Elles rougissent, ondulent, elles se mêlent à la brillance de l'or – tout à coup la chapelle entière semble prendre feu. Au mur, derrière l'autel : un fond d'or florentin du XIVe siècle. Paul est envahi par une sorte de nausée. Comme s'il suffoquait – il manque d'air. C'est l'odeur du pétard.

La Vierge tient l'Enfant sur ses genoux, elle est assise par terre. Au sol, des carreaux noirs et blancs ; derrière eux une table. Le reste est d'or. Au-dessus de la scène, le panneau s'achève en pointe. Un polylobe de bois doré contient la Colombe de l'Esprit-Saint, et ces lettres : O.S.A. Que disent-elles ? Paul ne les a jamais vues ailleurs. Le visage de Marie, surtout, est magnétique ; les joues rondes, les yeux baissés. L'Enfant joue avec un oiseau qu'il tient par une aile. C'est une scène de tendresse entre une mère et son fils. Une scène d'amour. Paul approche. La Madone est éclatante. Il saisit l'un des cierges et le porte jusqu'à l'oiseau : c'est un rouge-gorge. Les plumes de cette aile ! Mon Dieu, ces plumes. Peintes une à une, dans un froissement – l'oiseau va s'envoler. S'échapper du tableau, se cogner aux murs de la chapelle, se blesser, sans doute. Le rouge de sa poitrine est une tache sanglante. La Vierge tend la main vers son fils, dans un geste tendre pour n'affoler personne. Ne pas réveiller le Destin qui sommeille. Le rouge-gorge annonce la Passion, et l'enfant joue, mais la mère sait – sa main est suspendue. Elle doit libérer l'oiseau. Paul est envahi. Envahi par elle, son sourire triste, son front bombé, son menton en pointe. Sa main fine. Dans son regard tout le mont Golgotha ; dans le rouge de la gorge, *lema sabactani*, le Christ est mort. Il parcourt les plis de l'outremer, les plis du ciel. Le manteau bleu frappé des douze étoiles. Paul sent se répandre en lui le flot des violents contrastes. Son regard voyage, s'immobilise sur un petit tas de peinture, puis reprend sa route. Une tache claire, une balade. Un pied nu sort de la robe. Il recule pour admirer l'ensemble, le petit pied qui dépasse comme l'aiguille d'un compas, d'une horloge, comme une toupie, comme si la Vierge tournait sur elle-même, libre du poids du monde. D'abord doucement, puis de plus en plus vite.

Plein été, atelier du peintre. Il s'est assis sur son tabouret, son chevalet devant lui – il porte une chemise en lin tachée d'auréoles. De sueur jaunissante. Devant lui une femme est nue sous ses voiles. Qui était-elle ? Paul imagine une fille du *contado*, aux abords de la ville. Quelle ville ? J'en sais rien. Une ville, n'importe laquelle, il fait chaud. L'humidité se mêle à la poussière. Le manteau qui lui couvre le front est un drap de laine, elle ne dit rien mais elle sent parfois des vertiges. Poser pour le peintre est sa plus grande chance. L'enfant dans ses bras n'est âgé que de quelques mois. Paul admire ses yeux mi-clos, la rondeur de ses paupières, le trou noir de sa bouche et à l'intérieur le mystère de l'Incarnation. Elle respire encore. Paul imagine la chaleur de l'atelier. Les yeux du peintre posés sur elle – c'était une prostituée, une fille-mère des bordels, peut-être qu'on l'appelait Lucrezia, et que l'Enfant Jésus, c'était le sien. On étouffe. L'enfant bouffi dort entre ses bras. Quand il gémit elle sort son sein tout en gardant la pose, et le peintre admire ses longs doigts presser sa poitrine, *Maria lactans*, ses tétons sont énormes. La mère nourrit l'Enfant, le rouge-gorge annonce sa mort. Elle ne peut rien contre l'oiseau. Et tout à coup Paul a peur. L'angoisse éclate, intransigeante, celle qui jamais ne passe. Un nœud brutal lui serre la gorge. Ses yeux piquent. Des larmes montent. Un rêve cauchemardesque, est-ce toujours un rêve ? Paul imagine le sein blanc de la Vierge. Presser les larmes. Presser l'angoisse. Depuis combien de temps n'a-t-il pas pleuré ? La dernière fois c'était chez Castel, quand il s'était coincé le doigt dans le chambranle d'une fenêtre. Sans prévenir, subitement, les larmes coulent. Des gouttes de sel. Les premières pluies après la sécheresse. Elles glissent contre ses joues, il cligne des yeux pour les libérer. Il sent une flaque à ses pieds ; il voudrait s'y laisser tomber, que l'eau accueille son corps comme une pierre, en position fœtale. La Vierge se détache sur le fond d'or, portée par sa propre lumière. Elle respire, sa poitrine se soulève. Elle se soulève encore, elle se balance, sans bouger. Voilà même six cents ans qu'elle est immobile. Paul ne contrôle plus sa pensée. Tous ses souvenirs sont de sortie, ses souvenirs sautent à pieds joints dans toutes les flaques, incontrôlables comme des enfants. Il revoit la bouche de métro de l'avenue Kléber devant chez sa mère. La ligne 6 lui est associée – Cambon, Duroc, Passy – mais il ne se souvient pas de son visage. Seulement des photos. Il se souvient des meubles, c'est lui qui s'est occupé de la succession. Un appartement rempli à ras bord, des boîtes dans des boîtes, toute la mode des années 1950 à 1980, des tonnes de papier journal, parce que quand on a vécu la guerre, on ne sait pas jeter. La tête lui tourne : il a besoin de s'asseoir. Barbara volette autour de lui comme le rouge-gorge échappé du tableau. Il ferme les yeux, il attend que la nausée se dissipe. Il pense à Proust : l'épisode de la mort de Bergotte. C'est devant un tableau que l'écrivain est saisi de vertiges. Il connaît le passage par cœur. *Dans une céleste balance lui apparaissait, chargeant l'un des plateaux, sa propre vie, tandis que l'autre contenait le petit pan de mur si bien peint en jaune.* Bergotte tombe raide mort au milieu du musée devant un Vermeer. Paul se tâte le pouls – ça se calme. Une œuvre d'art porte en elle un fragment de notre monde intérieur, dont l'écho peut être fatal. L'œuvre d'art *est* notre monde intérieur. Voilà – tout simplement. Il y a une explication à tout. À mesure qu'il rationalise ses sentiments, ses larmes sèchent. Il était peut-être un peu tôt pour siffler une bouteille de rouge, se dit-il.

Marianne ne pouvait pas savoir. Elle fumait sa clope dans la cour, elle a vu la porte entrouverte. Si elle avait su que le commissaire-priseur était à l'intérieur, à quatre pattes en train de prier, elle ne serait jamais entrée.

Merde. Et comment je m'en sors, maintenant ? – elle voudrait faire demi-tour, mais elle a peur du bruit qu'elle provoquera. La porte n'a pas bougé : elle s'est glissée dans l'ouverture sans même frôler le fer – rouillé, froid, sale. Ah, non. Non, non, c'est bon, pas du tout. Il ne prie pas. Il a le nez presque collé sur un retable dont il gratte la surface peinte avec son ongle. Elle tousse. Il se retourne brusquement, ses lunettes au bout du nez.

« Ah vous tombez bien, Marianne Javert, inspecteur Marianne Javert, vous tombez très très bien !

— Désolée, je...

— Regardez ! »

Il se relève. Il essuie ses mains sur son pantalon. Qu'est-ce que vous en pensez ? Attendez, regardez. Et l'aile, là ? Vous avez vu ? Et la main ? Elle est formidable ? Elle est pas formidable ? Elle est formidable. Marianne a besoin de quelques secondes. Un Primitif italien dans une chapelle comme ça, c'est une surprise. Et lui, là, complètement survolté ? Tout blanc ? Ça sent pas bizarre, ici ? Il a fumé un oinj ou quoi ?

« Oui, oui. Faudrait la voir à la lumière.

— Et ben tenez, aidez-moi, on va la sortir, on va la sortir ! Hein ? On n'a qu'à la sortir. »

Paul n'attend pas. Il se rue sur la Madone en renversant au passage le prie-Dieu de Benvolio Cassaì. Allez venez, aidez-moi ! Ils décrochent ensemble l'œuvre des patères. Depuis combien de temps n'a-t-elle pas vu le jour ?

« Ah ! Elle pèse une tonne !

— C'est bon signe. »

Marianne déteste les toiles d'araignées, mais elle se contient. Ils placent leur joue contre le bois. Le retable n'est pas grand – leurs mains pourraient se toucher. Même leurs bras. Elle pense à son pull. Super. Merci. Il va me niquer mon cachemire. Paul donne un grand coup de pied dans la porte.

Dans la courette, il ne pleut plus. Ils adossent le retable contre le puits. Au loin le poste de radio gronde, au premier étage, la fenêtre est ouverte.

Entre deux grésillements l'experte reconnaît *Una Storia importante* d'Eros Ramazzotti. Ils font tous les deux quelques pas en arrière. Paul fait craquer son dos ; il se masse l'épaule. Dans la lumière grise, les reflets du tableau miroitent le ciel de pluie, et malgré la poussière l'or est rougissant. Marianne et Paul penchent la tête du même côté que la Madone, attendris par la pâleur de son visage.

« Alors ? »

Il ne peut s'empêcher de l'admirer discrètement. Elle est toute blonde, Marianne. Ses yeux fins, sa mèche de cheveux lisses, et quand elle se baisse pour étudier le pied nu de la Vierge, le bas de son dos soudain se découvre.

« C'est une Vierge d'humilité. »

Le terme technique ramène Paul au réel. Les Vierges d'humilité sont celles qui n'ont pas de trône, elles sont assises à même le sol.

« Un thème iconographique très courant après la Grande Peste. On a cherché à rendre la Vierge plus humaine, plus proche des hommes. La moitié de la population est morte en un été, des cadavres partout. On avait besoin qu'Elle *comprenne*. »

Marianne souffle sur le panneau. Les nimbes dorés sont ouvragés, dentelés au poinçon. Or sur or. Le travail est extrêmement minutieux.

« Peut-être un orfèvre...

— Bon, bon. Quelle date ? »

Paul se surprend lui-même. Il a entièrement recouvré ses esprits : il pense aux chiffres.

« La peste noire, c'est 1348. Je dirais 1350-1400, pas plus tard, parce que après, on repeint la Vierge en majesté, ou en « vision céleste », sur des nuages. Le rouge-gorge aussi, c'est un thème qui date de cette époque. Au Cinquecento, on lui préfère la pomme ou la grenade, c'est la même chose.

— Le symbole du Sacrifice du Christ, qui rachète les péchés de l'Humanité.

— Voilà. »

La présence de l'experte a tout changé. Elle décortique le tableau. Elle lui trouve des influences, elle parle du gothique international et de l'héritage de l'Orcagna. Elle s'apprête à le disséquer jusque dans ses moindres replis. Il tente de se concentrer pour retrouver la sensation de la chapelle. Retrouver l'intimité – revoir les tétons de Lucrezia sous l'outre-mer de ses voiles. Il ne ressent déjà presque plus rien. Les experts aiment-ils seulement l'art ?

« Et là ? Voyez ? O.S.A. ? Qu'est-ce que c'est ? »

Marianne cherche sur son iPhone.

« O.S.A. : *Ordo Sancti Augustini*. C'est l'ordre des Augustins. Les frères mendiants. »

Elle fait quelques pas en arrière.

« Incontestablement, c'est un peintre de Florence.

— Un Florentin ? C'est vrai ? Pourquoi ? »

Il sourit. Un Florentin. Il s'est toujours senti proche des Florentins.

« Regardez les visages. L'accent est porté sur le naturalisme, la ressemblance. Les Florentins cherchaient à copier le réel. C'est d'ailleurs ce qui les a conduits à découvrir la perspective. »

Mais… Mais oui, d'ailleurs. C'est pas possible. Elle fait des petits pas, d'abord d'un côté, puis de l'autre.

« C'est un faux ?

— Ça ne colle pas. Y a un truc qui va pas. »

Elle retourne dans la grande salle au pas de course. Ah, tiens, enfin, j'ai réussi à l'intéresser. Elle est vivante. Elle se réveille. Sur le puits à côté du retable, il récupère son verre de rouge. Il attend, il hésite à lancer une partie d'échecs en ligne, mais elle déboule comme une tornade, sa règle à la main. Toute nerveuse. Elle place la règle sur le bois avec délicatesse, aux endroits stratégiques. Paul tient le panneau comme si la Madone risquait de s'échapper.

« Voyez ? Regardez. La table marque la ligne d'horizon. Bon. Maintenant, le carrelage. Voilà. C'est facile, quand il y a du carrelage, comme ça, c'est simple de s'en rendre compte. »

La règle de Marianne suit les lignes de fuite du carrelage. Paul comprend vite – c'est vrai que c'est simple.

« La main de la Madone est le point de fuite. Le centre. Toutes les lignes convergent vers elle. Et nos regards aussi.

— Exactement.

— Et alors ? C'est pas bien ?

— Ça ne vous dit rien, à vous ?

— Ben... si, ça me rappelle Vermeer.

— Oui, très bien, super, mais aucun rapport. Alors ? Quoi de Vermeer ? Quoi ? »

Elle a un côté maîtresse d'école. Tous les mêmes, les experts.

« Je ne sais pas. Le carrelage.

— Mais la perspective ! L'illusion du réel ! Le peintre connaît les lois de la perspective !

— Oui. C'est ça.

— Les lois mathématiques de la perspective !

— Oui.

— Mais justement, c'est impossible. C'est Brunelleschi qui invente la perspective. Et le premier à la traduire en peinture, c'est Masaccio, et c'est en 1425.

— Ah. On a un problème de dates.

— Voi-là !

— Alors c'est un faux ?

— Je ne sais pas... Les craquelures sont parfaites. C'est dur à dire, avec les moyens qu'ils ont aujourd'hui. »

Marianne a le nez collé sur la peinture. Venez, on va le mettre à l'intérieur. J'ai besoin de ma lampe.

« Peut-être que les frères mendiants se sont sentis proches de la Vierge d'humilité, c'est dans leur thème, ça, non ? Même si c'était passé de mode ?

— C'est vrai. Par terre et pieds nus. Tout ce qu'ils aiment. Mais le rouge-gorge ? Et le fond d'or ? Il n'y en a plus, des fonds d'or, à la Renaissance.

— Un faussaire aussi doué n'aurait quand même pas fait une telle erreur iconographique.

— Vous savez, ils se trompent souvent dans les détails. Ils peuvent faire un mix de plusieurs tableaux pour en créer un, mais ils se trompent dans la chronologie. Ils pèchent par anachronisme.

— Alors vous dites que c'est un faux.

— Non. »

Elle parcourt la surface peinte, sa lampe infrarouge à la main, avec ses lunettes de piscine. Le squelette de la Vierge. Les faussaires reprennent des panneaux d'époque dont ils grattent la peinture, mais il reste souvent les contours d'origine. Ici, rien. Pas de tableau sous le tableau. Les tracés ont légèrement été repris, surtout pour le décor. Peut-être par le peintre lui-même. Paul fait les cent pas :

« Alors ?

— Maître, vous me pressez ! »

Elle m'a appelé « Maître ».

« Mais non, mais alors ? Quelles sont les hypothèses ? »

Elle se relève et époussette ses mains l'une contre l'autre.

« Il y en a deux : soit c'est l'œuvre d'un peintre précoce de l'entourage de Brunelleschi, vers 1410-1420. Soit c'est un faux. »

Quand elle parle d'un « faux », elle ne fait pas forcément référence au travail d'un faussaire. Le retable a pu être peint à toutes les époques, « à la manière de 1400 ». Jusqu'au XIXe on n'attachait aucune importance à l'authenticité. Aujourd'hui c'est tout ce qui compte. Rubens signait de sa main les œuvres de ses élèves qu'il jugeait dignes de lui. Au temps du panneau, la notion de vrai ou de faux n'existait pas : les artistes n'étaient que des artisans.

« Vous penchez pour laquelle des deux ? »

Marianne observe à nouveau le retable, l'Enfant, la Vierge, les poinçons, la Colombe. Il faudrait le faire restaurer pour y voir plus clair. Je n'ai pas assez d'éléments. Il faut le faire analyser ! Morin ne voudra jamais. C'est trop cher. Elle ne peut donc se fier qu'à une chose : son intime conviction.

« Étant donné la qualité de l'œuvre, je vous propose une estimation entre 20 000 et 30 000, "Maître anonyme, Florence, première moitié du XVe". »

Paul est évidemment reconnaissant. Elle aurait pu mettre « dans le goût de », ou « attribué à », ce qui aurait ruiné sa vente. Elle propose 30 000 balles pour un anonyme. Et si on le faisait expertiser, et qu'il s'avérait que c'est un faux ? Rien. On n'aurait rien. Mais si c'était l'œuvre retrouvée d'un maître précoce ? Un proche de Filippo Brunelleschi ? Peut-être même un Masaccio ? La fortune et la gloire. C'est risqué

– et alors, 30 000 balles, qu'est-ce que c'est ? Une vente médiocre. Et puis l'experte, cette belle experte, il faut bien lui donner du travail.

« Il y a une expression, en Italie, qui dit “Mieux vaut un œuf aujourd'hui qu'une poule demain”.

— Un genre de “Un tiens vaut mieux que deux tu l'auras”.

— Voilà. Eh bien moi j'ai toujours préféré la poule. On va le faire analyser. Je m'occupe des frais. »

Intrépide, ce Paul Vivienne. Elle sourit. Drôle de façon de draguer, « Moi j'ai toujours préféré la poule ».

« Bon, allez, on a bien travaillé. Je vous emmène dîner ? À Montefioralle, vous voyez, le village, là, en face ? Je connais un endroit. »

Paul n'y a jamais été, mais c'est sans importance. Il y aura toujours « un endroit ».

7

Dans les couloirs de l'hôtel des ventes, un bruit circule. Ce sont en fait des bruits contradictoires qui s'entrecroisent : Paul Vivienne est de retour. Lui ? Non. Impossible. On m'a annoncé qu'il partait à la retraite, justement. Mais si, possible. Il part pas du tout à la retraite, un type comme lui, ça reste jusqu'au bout. Au bout de quoi ? Il prépare une vente. Un château, même. Enfin tu me diras ça m'étonne pas, j'étais sûre que c'était pas fini. Ça fait des années qu'il n'a pas rentré une affaire. Il en touche pas une. Combien de temps ? Je ne sais pas, il était au top, et puis à un moment, il a perdu le fil, tout ça, il a lâché, quoi…

« Depuis le Crillon, en fait. »

C'était en 2013. La vente du Crillon. Paul Vivienne a dispersé en quelques jours l'entier mobilier du grand hôtel dans une rage frénétique. On n'est même pas sûr qu'il se soit arrêté pour boire un verre d'eau. Alors forcément, tout le monde a cru que c'était un adieu. Un bouquet final.

« Et quand t'y penses, c'est au moment où il a divorcé.

— Oui, c'est vrai, déjà ? Alors c'était il y a quatre ans, je m'en souviens très bien, j'étais dans le Périgord, parce que madame est partie à Noël – j'ai dû annuler tous leurs rendez-vous sans mon agenda, je peux te dire que j'ai pas rigolé...

— Ben dis donc elle a choisi son moment, celle-là.

— Ah ça m'a crevé le cœur. Pourtant elle avait de l'argent, hein ! Mais c'est comme ça, on en veut toujours plus. Je l'ai jamais sentie, moi, *cette fille*. »

Quatre ans que le commissaire-priseur s'est tapi dans l'ombre de sa propre renommée. Il n'est même pas si vieux. Et le pire, c'est qu'il est là presque tous les jours. Il continue les mondanités, il entretient ses relations, il se déplace. Ça, c'est vraiment triste. Au moins s'il avait arrêté de bosser... Mais non, il est là. Il fait comme il a toujours fait, et ça ne marche plus.

« Ben justement y a un moment où tu te remets en question, non ? »

Certains disent que c'est le revers de la médaille : quand tout est facile on finit par s'essouffler. Vivienne avait *ça* dans le sang. Il donnait l'impression de ne jamais faire le moindre effort.

« Oui, mais c'est pareil pour les grands peintres, en trois coups de pinceau, ils vous brossent le truc, ça semble facile, mais y a combien d'années d'apprentissage derrière ? »

Dans ce métier vous n'avez pas le temps de vous renouveler. Il faut être systématiquement le premier homme auquel on pense. Aujourd'hui soyons clairs, quand on pense à Auctionès, on ne se dit plus Vivienne. On pense Rivette.

« Ah mais attends ça n'a rien à voir, Arnaud Rivette, c'est pas la même génération.

— Il a que cinq ans de moins.

— Oh, écoute. Une génération c'est pas une question d'âge. »

Arnaud Rivette a su cerner l'air du temps : c'est lui qui a fait entrer Auctionès dans le monde digital. Paul ne croyait pas aux enchères sur Internet. « Personne n'achètera une œuvre qu'il n'a pas vue en vrai, enfin, un peu de bon sens ! » Force est de constater que Rivette a eu du flair ; sans lui, la maison aurait disparu. La transition numérique... Quel programme. Et Vivienne reste là, quand il n'y a plus personne, il pointe, il attend que ça leur passe. Il attend qu'Internet leur passe.

« Oh, là, t'es dure. »

Mais ce n'est pas sa faute. À son âge, comprendre que bientôt la télé n'existera plus et que tout le monde se fout des derniers Rothschild, c'est compliqué. La transition numérique c'est comme une reconversion. Ce n'est plus le même métier. Certains s'adaptent, les autres disparaissent. Regarde Rivette, il est déjà sur WeChat à la conquête du marché chinois. Vivienne continue de tenir à la main son carnet d'adresses, qu'est-ce que tu veux que j'te dise... Il lit son petit journal, il téléphone, il invite, comme avant. Le jour de la vente, il monte à la tribune, et les sièges sont vides. Il le prend personnellement. Les ventes sont retranscrites en direct sur les sites d'Auctionès et de drouot-online, et les enchères s'écoulent anonymement, de clic en clic. Les jeunes commissaires-priseurs n'héritent plus du charisme des anciens. Ils n'en ont plus besoin. Le nom même de Vivienne évoque un passé lointain et nostalgique, la belle époque des ventes, le cœur battant de l'hôtel Auctionès.

Les bruits de couloir se resserrent. Agnès, la secrétaire, a toujours été la première à semer les informations. Je te le dis mais tu le répètes pas, parce que tant que c'est pas fait, je n'ai pas le droit d'en parler. Là c'est presque fait, mais c'est pas *fait-fait*. La catalogueuse du département Objets d'art assure que ce n'est pas son genre : « Tu me connais. » De toutes façons, Agnès ne sait pas grand-chose, il est trop tôt. Tout ce qu'elle peut dire avec certitude c'est qu'il était en Italie, apparemment en Toscane, dans un château, et que tout est à vendre. Un mafieux assassiné dans un parking... Vivienne aurait arraché le morceau à la barbe de Christie's et de je-ne-sais quelles autres maisons. Oui madame, parce que figure-toi que la veuve est tombée sous son charme. Je l'ai vu tout de suite. Comme une mouche.

« Mais non...

— Si.

— Encore une veuve ! »

Ah elle le suivrait au bout du monde. Je le sais, c'est moi qui me suis occupée de la faire venir à Paris. Et vas-y que je te trouve des billets de train en plein retour des vacances scolaires... Et en première, s'il vous plaît. C'est la maison qui paye. Et puis on l'a carrément installée, elle et son gosse, et toutes ses malles, je lui ai trouvé un meublé – juste derrière, à deux pas d'ici. Rue de Montpensier, un premier étage en face du théâtre. Au-dessus du restaurant coréen. C'est moi qui ai fait tout le dossier. Un truc très bien. Tu me diras c'est pratique pour Vivienne, il n'a qu'à traverser le Palais-Royal.

« Mais non... Ah il s'emmerde pas, quand même.

— J'te jure.

— Là-dessus au moins il a pas perdu la main. C'est un homme à femmes, ça y a rien à faire...

— Ah un charmeur ça reste un charmeur.

— C'est comme le vélo, il peut pas faire autrement. »

Agnès se fige.

« Quel est le rapport ?

— Ben… une fois que tu sais en faire, tu ne peux pas ne plus savoir… Tu vois ?

— Ah oui. Tout à fait. Tout à fait comme le vélo. Mais elle, elle est comment ? Elle est jeune ?

— Oui, oh, elle a la petite quarantaine, quoi, même pas.

— Mais jolie ?

— Dans son genre… Petite, très brune, un visage fin, oui, jolie, on peut le dire, un peu une tête de souris, tu vois… Un peu mulot, quoi. Pas trop de formes pour une Italienne.

— Ah mais ça, ça ne m'étonne pas. Vivienne, il aime les minces.

— Ben non regarde Marion, la comptable du troisième. »

Agnès et la catalogueuse savent que l'histoire se répète. On assiste aux mêmes débâcles, continuellement, et parce que ce n'est pas notre place, on ne peut pas prévenir.

« Il y a un côté tragédie grecque, quand même.

— Complètement. Complètement tragédie grecque. »

L'Italienne est sous son charme, ou est-ce son argent qui l'intéresse ? Un peu des deux peut-être, mais dans quelques mois tu verras, il n'y aura plus que l'argent. Elle va le plumer. Et lui ? On dirait pas comme ça mais c'est un romantique. Moi je le connais bien, tu sais. À force. Il est très doux, Paul Vivienne. Sous ses airs.

Elles se quittent devant l'escalier. La catalogueuse doit passer chez l'éditorialiste au deuxième étage. Ils bouclent aujourd'hui la vente automobile – *Automobilia, novembre 2017*. Et au fait tu sais quoi, bientôt, vente de château, tu devineras jamais qui, Vivienne, mais alors qui tiens-toi bien nous fait du grand Vivienne : il s'est tapé la veuve.

8

Dans ses « moments de craquage », Marianne envoie un texto à sa meilleure amie, qui la comprend toujours.

```
C'est pas lui qui m'obsède.
C'est sa profile picture.
```

Une photo de lui quand il était jeune. Brun, une masse de cheveux magnifiques, un tee-shirt gris chiné, il regarde ailleurs. Mal rasé. Il est excitant. Elle pense à lui avec violence – le soir. Elle choisit ses fantasmes comme au Cluedo : Vivienne jeune, dans la chapelle, avec ma règle en fer. Ce matin c'est encore pire. Elle n'arrive pas à se concentrer. Il est connecté. À côté de son nom, un petit point vert. Elle le fixe comme si elle pouvait entrer à l'intérieur. Elle attend. Elle fixe, elle attend. Écris, murmure-t-elle. Écris-moi. Allez, écris-moi. Déconnecté. Elle sirote son Spicy Latte en faisant tourner son siège de droite à gauche. Elle cherche des images inédites.

Des photos qu'elle n'aurait pas encore vues. Elle tape une nouvelle fois « Barbara Vivienne » sur Google, pour retomber sur la même tête, toujours aussi belle, mais peut-être qu'en vrai, elle est moche. Sa meilleure amie lui répond :

`Va te faire soigner.`

Elle se souvient des pâtes aux *vongole* sur la place de l'Église. La manière dont il enroulait ses spaghettis. S'il lui avait écrit le lendemain, comme elle l'avait prédit, s'il l'avait appelée, elle n'en serait pas là. Obsédée. Elle agrandit la *profile picture* – ses yeux occupent tout l'écran. Cet homme n'existe pas, se dit-elle, ou n'existe plus. Ce n'est qu'une image. Et même si elle l'avait rencontré à cette époque : on ne voit pas, comme ça, qu'il est court sur pattes. Mal foutu. Petit. J'en aurais jamais voulu. Mais la photo l'obsède.

Sur Instagram, une fille fait des abdos avec son chien sur son ventre. Une autre mange une glace dans sa baignoire. Elle tape *@paulvivienne*. Un pan de mur du bar Hemingway au Ritz, *Vincent*, la signature de Van Gogh, perdue dans les hautes herbes d'un tableau de 1889, un cyprès de Castel Vecchio, une plume de paon qui s'échappe du chapeau d'une femme. Elle observe Geneviève, sa co-bureau, par-dessus son écran. Geneviève fait ses petites affaires. Elle classe, elle s'organise, elle se tient toute droite. Elle est tellement vieille. Marianne se demande comment elle peut être encore là. Meuf, t'as trois fois mon âge, on est au même poste, tu te dis pas qu'il serait peut-être temps de demander une augmentation ? Elle jette son mug à la poubelle. Au même moment, Hervé Morin entre sans frapper. Elle ferme la fenêtre Facebook sur son écran –

« Tenez, Marianne, il y a ça qui est arrivé pour vous. »

Une enveloppe en papier kraft avec écrit CONFIDENTIEL : les résultats du laboratoire. L'excuse qu'elle attendait pour recontacter Vivienne.

« C'est votre retable ?

— Oui.

— Ah. C'est mon coco qui va être content. »

Dans le métier, un coco n'est pas un communiste, c'est un commissaire-priseur. Morin se tient là – il attend. Comme si c'était une pochette-surprise qui ne contenait qu'un mot : gagné, ou perdu. Or ça se décortique, un rapport. Elle a peur. Il est plus *probable* que le retable soit d'époque, à cause des craquelures, du style, de la feuille d'or et des poinçons dans les auréoles. Mais il est *possible* que ce soit une copie d'un autre siècle, voire un faux contemporain. Destiné à tromper le marché de l'art. Morin demande à Geneviève comment ça va, ils parlent de pollution et de fermeture des quais, Marianne déchire l'enveloppe. Son patron n'a pas l'air d'avoir envie de partir. Et si c'était un faux ? Il lui en voudra. Il la jugera incompétente, ce qui est absolument injuste, ils pensent que l'on doit tout savoir, que c'est notre métier, mais ça ne marche pas comme ça. Que dira Paul ? De quoi j'ai l'air, si c'est une copie ? D'une idiote. D'une jolie femme à laquelle il ne faut pas trop en demander. C'est une évidence : ils font tous un effort pour la prendre au sérieux. Toi ma Geneviève, c'est sûr que t'as pas ce genre de problèmes. On t'aurait pas invitée à manger des pâtes sur la petite place du village.

« Ça crée des bouchons, et les bouchons, c'est ça qui pollue. Elle a rien compris Hidalgo.

— Ah mais ça c'est la France », répond Geneviève, et Morin acquiesce. Marianne s'énerve avec l'enveloppe. Elle finit par l'éventrer complètement. J'ai bu trop de café, se dit-elle. Devant l'épaisseur du dossier, Morin perd patience.

« Bon, je vous laisse, vous venez me voir ? »

Marianne est soulagée. Elle va pouvoir disséquer tranquillement les résultats, préparer des arguments solides en cas d'échec. Mais merde, je l'ai prévenu. Je lui ai dit qu'il y avait un risque. Il a choisi la poule. Elle feuillette l'ensemble. Une vingtaine de pages, des tableaux, des radios. Allez. Vas-y. Elle remarque au premier coup d'œil des galeries creusées dans le bois par les insectes xylophages. Ils l'ont sacrément attaqué. Les lignes horizontales ne s'arrêtent pas en arrivant aux bords du panneau, il a donc été coupé. Tronqué au XVIIIe siècle ou au XIXe, quand c'était la mode. La Madone devait être flanquée de saints de part et d'autre qui ont été vendus séparément aux collectionneurs du Grand Tour. C'est bon signe : il n'est pas contemporain.

RETABLE DE TAILLE MOYENNE PEINT
SUR UNE PLANCHE DE PEUPLIER.

Essence privilégiée en Toscane du XIIIe au XVe siècle, c'est en italique. Tout ce qui n'est pas factuel est en italique, elle a l'habitude. La peinture sur toile apparaît plus tard – jusqu'à la fin du XVe siècle, on peint sur bois. Comme les icônes byzantines. L'examen à la réflectographie infrarouge montre des zones de repeint : un pan du manteau de la Vierge et un morceau du fond d'or. Les retables se trouvaient juste derrière l'autel. C'est même leur nom – *retro tabula.* Les cierges des messes quotidiennes, siècle après siècle, finissaient par laisser des traces de suif. La partie basse endommagée devait charrier de longues traînées noires qui ont été recouvertes. Parfait. Il a donc été à la messe. Marianne tourne la page. Jusqu'ici tout va bien. Vas-y bébé, balance la sauce. *Les microprélèvements valident l'ancienneté des matériaux* :

LA PALETTE EST COMPATIBLE AVEC LA DATATION
PRÉSUMÉE, ENTRE LE XIIIe ET LE XVe SIÈCLE,
ET LE LIEU DE FABRICATION, FLORENCE.

Oui. Yes. Yes ! Elle lève le poing en l'air, Geneviève relève la tête. Les deux femmes échangent un sourire forcé. Marianne parcourt ensuite l'analyse des pigments et des liants, la liste détaillée de la palette du peintre. Un mélange *a tempera*, à l'œuf. Elle lit en chuchotant. Elle sait qu'elle agace Geneviève. S'il vous plaît nous sommes deux vous n'êtes pas toute seule lisez dans votre tête.

Le bleu du manteau est entièrement peint au lapis-lazuli. Le pigment le plus cher du marché. Premier indice quant à l'identité du peintre : seul un Maître aurait pu recevoir une commande si prestigieuse. Il a donc achevé son apprentissage, entre cinq et huit ans dans un atelier. Peut-être chez un orfèvre ; quand ils sont minutieux comme ça, précis, ils sont passés par l'atelier d'un orfèvre. Il a plus de vingt et un ans, il est citoyen florentin, marié (c'est obligatoire pour être Maître), membre d'une guilde.

Dernière page, vif du sujet. Le laboratoire a employé une technique de datation spécifique au bois : la dendrochronologie. On mesure la largeur des cernes du bois de printemps au bois d'été, en les comparant avec une échelle de référence. Ils sont capables de dater un fragment à l'année près. (Surtout le bois tendre comme le peuplier.) L'examen des cernes à la loupe binoculaire a révélé la date à laquelle l'arbre est devenu planche : 1395.

Marianne balance son escarpin au bout de son pied. Tu rajoutes dix ans de temps séchage, le panneau est prêt en 1405. Envoyé chez un peintre qui l'emploie dans les cinq à dix ans qui suivent. Tant qu'il n'est pas couvert, le bois risque de se déformer ou de se fendre. Ou il est bouffé par les insectes et devient inutilisable. Et puis une commande au lapis, on se doute que le peintre a choisi un bois de qualité supérieure, il a même certainement été le choisir directement chez son ébéniste. Tout est réglementé à cette époque – les corporations contrôlent les produits d'un bout à l'autre de la chaîne. Les peintres travaillent d'après un contrat rigoureusement détaillé. Le commanditaire dispense les pigments et le bol d'Arménie au compte-gouttes, pour ne pas se faire avoir sur les quantités ; les peintres ont la réputation d'être des voleurs. Les gens qui travaillent de leurs mains sont toujours un peu louches. Marianne refait le calcul : 1395, tu rajoutes dix ans ça fait 1405, le panneau est peint dans les dix ans, ça fait… ça fait… entre 1405 et 1415.

Elle ne comprend pas. Il y a une erreur quelque part, mais où ? Elle écrit sur son bloc-notes :

Maître florentin
1405-1415
O.S.A.

Elle tape « perspective » sur Google. Tous les sites annoncent le même résultat : Brunelleschi inventeur, entre 1415 et 1425. Sur Wikipédia, Filippo Brunelleschi *serait à l'origine de la promotion de la perspective conique en 1425. Plusieurs auteurs rapportent que ce dernier aurait réalisé deux expériences à l'origine de la théorisation géométrique de la perspective par Alberti dans son traité* De pictura. *La première de ces expérimentations se déroule sur la place du Baptistère de Florence.*

Et la première fois que la perspective est employée en peinture, c'est dans la nef de Santa Maria Novella. *La Trinité* de Masaccio. 1425-1427. On dit que c'est l'architecte lui-même qui a révélé au jeune peintre les secrets de la troisième dimension. La Renaissance naît là, sur ce mur. Masaccio et Brunelleschi font entrer la peinture dans un nouvel âge d'or.

Dix ans d'avance, peut-être quinze. Masaccio avant Masaccio. En 1415, ce dernier n'a que quatorze ans. Qui est l'artiste ? Elle l'imagine à son chevalet, une mèche devant les yeux, jeune, forcément, pour être aussi en avance sur son temps, il faut être encore jeune. Peut-être est-ce même Brunelleschi penché derrière son épaule qui a corrigé les tracés. Ils devaient être copains. Peut-être qu'ils traînaient ensemble le soir dans le quartier de San Lorenzo, comme elle le faisait quand elle était étudiante, et qu'elle arpentait les bars de Florence à la recherche de shots gratuits. Marianne se reprend – il faut être sûre. Tout revoir depuis le début. Tout le dossier, les analyses, étudier les craquelures, lumière rasante, lumière infrarouge, tout vérifier. Tout ce qui a été fait de la main d'un homme peut être recopié ; il y a des faussaires qui tromperaient même le laboratoire du Louvre. Elle hésite. Par quoi commencer ? Comment retrouver l'identité d'un peintre mort depuis six cents ans ? Elle ne peut pas continuer seule, mais elle rechigne à partager sa découverte. C'est *sa* Madone. *Sa* trouvaille. Elle doute : c'est trop énorme. Elle ne peut y croire. Et pourtant, l'examen scientifique est par nature irréfutable. Elle compose le numéro de Paul Vivienne. Elle sent son pouls cogner dans son ventre – je ne suis pas certaine, mais peut-être… La dendro… Je crois que… Paul n'est pas bien sûr de comprendre : détient-elle la preuve irréfutable que lorsque le monde a basculé dans la Renaissance, la Renaissance avait déjà eu lieu ?

9

« Mais oui mon Paul, tout ça je suis d'accord avec toi, c'est très bien, mais quand même, t'avoueras que t'es un peu à contre-courant, là... »

Dernier étage, porte au fond du couloir : Jean-Louis Becquerel est assis par terre. Il contemple des épreuves de Man Ray disposées sur la moquette, tandis que son fils, Louis Becquerel, fume d'une main lâche au-dessus de sa tête. Épreuves aux sels d'argent rehaussées à la mine de plomb et encre de Chine, années 1920.

« C'est pour la vente photos ? demande Paul, même s'il déteste parler de deux sujets en même temps.

— Non. Mieux que ça. On fait une vente Surréalistes. »

Jean-Louis et Louis Becquerel partagent le même amour des chemises à rayures. Blanc et framboise pour le fils, blanc et crème pour le père. Sauf que le père, jamais, ne porterait blanc et framboise. Leurs vestes sont posées sur deux serviteurs muets en bois d'acajou postés côte à côte, non loin du canapé. Au mur, le portrait éclatant d'une femme aux joues rouges signé Kees Van Dongen (en bas à gauche). Paul craint toujours de trouver Becquerel fils quand il a rendez-vous dans le bureau du père : c'est un garçon désagréable, affreusement blond, bien qu'à cela, il n'y puisse rien.

« Tiens, aide-moi à me relever. »

Paul tend la main au grand patron d'Auctionès et le tire contre lui.

Les deux hommes, debout tout près l'un de l'autre, se regardent en souriant.

« Dis-moi... T'as des nouvelles du Rothko ? »

Paul n'a pas de nouvelles, et pire, il ne sait même plus où il est. Il a couru après un Rothko toute l'année dernière, une vieille amie de Londres qui voulait s'en débarrasser, et puis elle a fini par le vendre. À qui ? Je ne sais pas. Il réapparaîtra un jour. Le Richter ? Pareil. Le Matisse, non, il est passé par Sotheby's. Pas de chance. Mais Castel Vecchio... C'est un nom qui chante. Imagine la couverture du catalogue – la route de terre battue, l'allée de cyprès, et au centre, en lettres nobles, *Castel Vecchio*... C'est magnifique. Armand de Salles et Millon étaient sur le coup, t'aurais vu leurs têtes...

« Ou alors ils ont compris qu'il y avait rien à gratter. »

Quelle tête à claques, ce fils. Il ne décolle pas les yeux de son portable, même quand il parle.

On n'était pas comme ça, nous. On respectait nos aînés.

Pour le directeur d'Auctionès, Paul Vivienne représente l'âge d'or de sa carrière. Ils ont débuté ensemble, à Drouot : ils étaient chargés de découper les photos des œuvres dans *La Gazette* pour les coller dans les cahiers d'archives, en écrivant dessous le prix auquel elles avaient été adjugées. À la main. On passait notre temps à ça. On était organisés – on avait des intercalaires en carton de différentes couleurs pour chaque catégorie d'objets. Tableaux-Dessins-Estampes-Sculptures-Mobilier-Vaisselle-Monnaie-Mode. On notait les évolutions de la cote en barrant les adjudications précédentes d'un trait de stylo-bille. Au stylo-bille ! Maintenant tu cliques, t'as tout l'historique qui défile. On gagne peut-être plus d'argent aujourd'hui, mais avant... On s'amusait mieux. C'est certainement la raison pour laquelle Paul Vivienne est encore là. S'il part à la retraite, un clou chasse l'autre. Le patron vieillit d'un seul coup, et son fils se retrouve à la tête de l'hôtel des ventes. Et puis... On l'a démonté, ce Crillon, oui ou non ? On a tout dispersé, oui ou non ? Une épopée. Un jour, j'écrirai un roman là-dessus. Becquerel fils hausse le sourcil en tapotant sur son écran.

« Rivette vient d'atterrir à L.A. Il déjeune avec Anish et il nous rappelle.

— Ah. Ça, c'est une bonne nouvelle. Et Johnny ? Y a quelqu'un sur Johnny ? Quelqu'un s'occupe de Johnny ?

— On attend. Apparemment il va y avoir un problème avec l'héritage.

— Écoutez, toute la France en deuil, ça devrait vous parler, non ? On devrait pas se sentir un tout petit peu concernés ? Louis, je t'en prie fais-moi plaisir, mets-moi quelqu'un sur Johnny. Bon. Alors. Mon Paul. Flottes ou Grand Véfour ?

— Attends, je veux vraiment que tu voies ça. »

Paul sort de son dossier une photographie du retable, format A4.

« XVe siècle.

— Magnifique.

— C'est quoi, c'est un Giotto ?

— Elle sort du Labo... 1405, 1415.

— C'est bien, c'est bien... Mais tu vois, c'est ce que je te dis, tu nous ramènes un Primitif, c'est très beau – hein, c'est beau – mais c'est pas le moment. »

Non, c'est pas le moment. Tu as parfaitement raison. Le marché des Primitifs n'existe pas. Ils pensent que je ne suis pas au courant ? Je connais les prix. Il fut un temps où je *faisais* le marché. Le marché, c'était moi. Les collectionneurs ne s'intéressent pas aux œuvres d'avant Raphaël, ils considèrent qu'un retable comme celui-là, c'est une vieillerie d'église. Une bondieuserie. Et alors ? Les modes changent, c'est la règle. Un maître du XVe siècle n'a pas la cote aujourd'hui. Pourquoi ? C'est comme ça. Sans raison. Mais ça tourne.

« Regarde. Lorenzo di Niccolò, il est connu, on est d'accord ? *Annonciation*. XIVe. Plus grand que le tien. Dis un prix. Il vient de partir, octobre 2017. »

Toujours l'autre avec son portable.

« Je sais...

— Dis un prix.

— 80 000.

— 37 458 euros.

— Ben ils sont cons.

— Et la planche de Tintin, *On a marché sur la Lune* ? Combien ?

— Ça n'a rien à voir.

— 1,55 million d'euros. Ça a tout à voir. Trouve-nous des dessins d'Hergé, pas des retables. »

Jean-Louis Becquerel sait que son fils est un « bon ». Il mènera la maison vers les sommets. Pourtant, il est dépourvu de toute sensibilité à l'égard des œuvres d'art. Son seul goût véritable est le goût du luxe. Souvent Jean-Louis s'est posé la question : peut-on exercer ce métier froidement, sans amour, seulement pour l'argent, pour le prestige ? De toute évidence, la réponse est oui. Encore une différence de point de vue avec Paul – ce dernier ne tient jamais compte des avis du fils Becquerel. Il le considère comme un freluquet péremptoire et ridicule, sans comprendre qu'il représente l'avenir. Paul continue : il suffit d'attendre. Ils vont bien finir par nous sortir une série Netflix à la cour des Médicis, non ?

Doucement, ça reviendra à la mode. Marianne Javert, l'experte de Morin, est absolument sûre d'elle. Elle dit que ce truc va révolutionner l'histoire de la peinture, qu'il va être disséqué par tous les historiens du monde.

« C'est qui, l'artiste ?

— On cherche. Je vous dis qu'on a un chef-d'œuvre. Et même si les Primitifs n'ont pas la cote, on lance une opération marketing, et on la fait, la cote. »

Jean-Louis hausse les épaules. Crois-en mon expérience : en général si le nom de l'artiste ne s'impose pas tout de suite, il va rester anonyme, ton panneau. C'est comme les enfants qui disparaissent. Passé les premières vingt-quatre heures c'est foutu. Paul fait les cent pas autour du canapé.

« Arrête, arrête, tu me donnes le tournis.

— Regarde le *Salvator Mundi* !

— Oh non. Pas encore, Paul ! »

Chez Christie's, le *Salvator Mundi* vient d'exploser le record du monde – 450 millions de dollars. Quand on pense qu'un château construit dans le style Louis XIV à Louveciennes – avec ses lustres sur mesure et ses boiseries dorées à la feuille – a été vendu 275 millions, ça fait un sacré paquet. Deux châteaux Grand Siècle pour un Léonard. Le seul sur le marché. L'unique. Et comment ont-ils fait ? Ils l'ont présenté dans une vente contemporaine, entre Basquiat et Louise Bourgeois, pour lui donner un petit coup de jeune. C'est ça, l'astuce. Rendre les Anciens attractifs. On vous fait miroiter un petit biopic sur Léonard avec DiCaprio en tête d'affiche, et ça devient le tableau le plus coté de tous les temps.

« Tout était pipé. Vous le savez, je le sais, on le sait tous. »

Paul est persuadé que la vente était conclue bien avant les enchères. Des sommes pareilles, ça ne se négocie pas en direct. C'est du spectacle. Même le type qui a enchéri dans la salle n'était qu'un pion. On brasse des montagnes de blé, au nez du fisc, au nom de Léonard, mais ce n'est qu'une question de blanchiment et d'accords entre des puissants dont on ne connaîtra jamais les motifs. Regardez, mon voisin, l'émir du Qatar, il vient de partir en taule. Je vous parie même que le *Salvator Mundi* va passer quelque temps au frais dans un port franc des îles Britanniques, et qu'il réapparaîtra sur le marché, comme si de rien n'était.

« Attends, là, j'ai perdu le fil. Qu'est-ce que t'es en train de nous dire ? Que t'as un Léonard ? Que tu veux faire passer ton Primitif pour un Léonard ?

— Non. Ce que je veux dire, c'est qu'en 1958, ce même tableau a été adjugé 45 livres sterling, dans la même maison. Pourquoi ? Parce qu'on a soudain décidé qu'il était de la main du maître en personne. Et qui a décidé ? Les experts. Et pourtant le Vatican continue d'assurer que c'est un faux.

— Pas un faux. L'œuvre d'un élève. C'est pas pareil.

— Ou tant restauré à travers les siècles qu'il ne reste plus un coup de pinceau qui soit d'origine. Enfin c'est sûr qu'il n'est pas arrivé chez Christie's avec l'étiquette BHV derrière.

— Vous l'avez lu, le papier ? C'est dans le quotidien du Vatican. Ils le disent : le *Salvator Mundi* est une opération marketing. Ce ne sont pas mes mots, ce sont les leurs.

— Mais le Vatican, ils vendraient leur Père pour faire parler d'eux. »

Jean-Louis apprécie l'humour de son fils. Toujours juste, toujours fin… Paul s'énerve.

« Mais ce sont eux les commanditaires ! Ils le savent mieux que nous ! »

C'est une supercherie à l'échelle internationale. Les experts sont corrompus ; impossible que cette œuvre soit de la main du Maître. Pourquoi ? Parce qu'il n'a pas de menton. Pas de menton, pas de cou, une tête de fumeur de crack. Il est immonde. Tu t'es déjà senti révulsé devant une toile de Léonard ? Non. Celle-là, elle me dégoûte. Mais je ne me fie pas qu'à mon flair. Il y a aussi l'histoire du globe.

« Voilà, c'est reparti avec son globe… »

Jean-Louis Becquerel se replonge dans ses Man Ray en tentant, bien que ce soit impossible, de ne pas écouter le discours de Paul pour la troisième fois. Le Christ tient un globe en verre dans sa main gauche. Or il ne reflète aucune lumière. Ça ne t'étonne pas ? Et la main derrière ? Elle devrait être plus grande ou plus petite, déformée par le verre. Pour un savant tel que Léonard, une erreur d'optique aussi grossière est inconcevable. In-con-ce-vable. Et pourtant quatre experts t'assurent mordicus que l'œuvre est authentique. Tu crois qu'ils ont rien touché ? Quatre cent cinquante millions de dollars chez Christie's sans compter la com. C'est plus un tableau, c'est une action en Bourse.

« Bon, et alors ?

— Alors on peut tout vendre. La cote, l'expertise, tout est illusion.

— Tu as devant toi un type qui vendait des dessins d'enfants en annonçant "École de Paris, XXe siècle".

— Héhéhé. Ben oui, quoi ? Je mentais pas. Ils allaient à l'école à Paris, ces gosses. »

Louis connaît ces anecdotes par cœur. Il leur suffit d'en évoquer une pour que toute la bobine se déroule.

« T'as pas connu ça, toi... On n'avait pas Internet pour nous fliquer, on était libres...

— Arrête, je t'en supplie. On a compris. Ça y est. Si tu me sors qu'à votre époque, on vous forçait à bouffer le gras du jambon, je te jure, je me mets à pleurer. »

Le père tranche :

« Bon, qu'est-ce que tu veux ?

— Je veux une chance. Je voudrais faire une vente *Castel Vecchio,* y mettre les moyens, tirer un catalogue, faire une campagne.

— Mais pourquoi une vente de château ? Bazarde le reste et fais une vente d'icônes, tu t'en sortiras mieux.

— Et attendre de réunir les pièces ? Hors de question. Je me suis engagé auprès de la veuve. Elle peut pas attendre.

— Ah, ah, ah, mon Paul. T'as la santé. Alors elle est comment, cette veuve ? »

Paul sourit. Il préfère passer pour un don Juan que d'avouer tout haut : c'est moi qui n'ai plus le temps. Réunir les pièces pour une vente d'icônes, ça prendrait deux ou trois ans. Je ne peux plus attendre. Sinon dis-le tout de suite, je descends dans l'entrée, j'ouvre la vitrine et je me tire une balle avec le flingue de Verlaine. Il faut que j'agisse. Bon et puis Jean-Louis, je ne voulais pas te le dire, ça me gêne, mais voilà : j'ai eu comme une épiphanie. Tu vois Proust avec le Vermeer ? Le *petit pan de mur jaune* ? Je n'avais jamais compris à quel point une œuvre d'art est habitée. Il faut que tu me fasses confiance. Je le sens. Celui qui l'a peinte est encore là.

« Tu veux faire une campagne pour un château modeste, avec en pièce maîtresse un retable du XVe siècle, c'est ça ? Non mais papa, dis quelque chose... »

Becquerel père s'écroule sur son fauteuil, puis il masse ses tempes. Une « épiphanie ». C'est exactement la raison pour laquelle plus personne ne lui confie plus rien. Il se croit extralucide. Il pense avoir décousu toutes les ficelles du métier, mais il ne sent plus le marché. Prendre la température, c'est essentiel, c'est tout notre art, et il n'y parvient plus. Il se laisse bouffer par le temps. Paul ! Il méprise ses acteurs, les collectionneurs, les experts, il voudrait être le seul à décider de la valeur des choses. Un retable dans un monde où l'on a du mal à refourguer Botticelli. Léonard... C'est le seul maître ancien connu de la terre entière, ils en ont fait une espèce d'idole, le peintre des peintres, qu'est-ce que tu veux que j'te dise ? Un retable... Et il est content. Il y croit. Complètement à côté de ses pompes. « Un bon artiste est un artiste mort », on a grandi avec ça. Mais les temps ont changé, Paul. Aujourd'hui on te vend un morceau de mur tagué *La vie est trop courte pour s'épiler la chatte* au prix d'un Watteau. À côté de ses pompes. Depuis le Crillon, voilà, exactement, il n'est plus dedans. Que voulez-vous que j'y fasse. Il est monté trop haut. Un genre d'Icare... Dézingué par le soleil. Jean-Louis Becquerel appuie sur ses yeux avec son pouce et son index, il a enlevé ses lunettes, et d'un coup, il ressent les premiers symptômes d'une migraine ophtalmique. Des années que j'attends qu'il se reprenne. C'est de pire en pire. Une épiphanie... Il nous l'avait jamais faite, celle-là. Il flaire des trucs qui n'ont aucune chance, à contresens du goût du public, et il se permet de dénigrer tout le monde de son air cynique. Il se permet de te dire « on la fait, la cote ». Un Primitif… Et ben vas-y.

Paul regarde le sol, les épreuves en noir et blanc, les chaussettes Burlington du patron qui n'aime pas fouler sa moquette avec ses chaussures. Les images se bousculent dans sa tête – les chemises des Becquerel, le *prosciutto* dans le creux de sa main, la nuque de Marianne. La veuve en train de vomir. S'il ne rentre pas cette vente, il perd encore une année. À son âge une année compte triple. Une année peut être fatale. Quand je pense que j'ai brassé des millions… Il a peur de lui-même : et s'il se décourageait ? Il y a quelque temps encore, il aurait adoré se battre contre un Rivette. Il est fatigué. Ah tu déjeunes avec Anish ? Ah tu es à L.A., tu déjeunes à l'Ace Hotel, tu bronzes ? Je t'emmerde. Moi aussi je fais tailler mes costumes à Milan, chez Caraceni. Depuis bien avant toi d'ailleurs. Ses paupières battent contre ses yeux. Il voit de plus en plus flou. Et arrêtez de me parler de cette opération de la cataracte, parce que je n'ai pas l'âge pour la cataracte. C'est clair ? Il a peur. Peur de se changer en homme sans charme. Surpris par une vague plus haute que les autres, il est englouti soudainement – il fait noir. Sombre comme dans la chapelle glacée de Benvolio Cassaì. Alors il se remémore les flammes des bougies sur la surface peinte, la brillance de l'or dans le fond du retable.

« Je vous dis que j'y crois, à cette œuvre. J'y crois. J'ai confiance. »

Confiance en lui, en son étrange malaise ? Au petit pan de mur jaune ? Ou confiance en l'experte dont il a désormais le numéro de portable *perso* pour parler du retable, le soir après le travail ? Soudain, il ne sait plus.

« Bon écoute, moi j'ai faim, allez, ça suffit, on va déjeuner. Voilà ce que je te propose : fais comme tu veux. Carte blanche. T'organises tout, la vente, la com, on te donne les moyens que tu veux, et tu nous montres. Ça te va ? »

Louis relève brusquement la tête en direction de son père, et comprend : c'est le moyen rêvé de foutre Vivienne à la porte. Il ne pourra s'en prendre qu'à lui-même. Il partira tout seul. Tu la fais, ta vente Castel Vecchio. Vas-y. Montre-nous l'illusion de la cote et le retour en grâce des Primitifs. Paul observe successivement Jean-Louis Becquerel et Louis Becquerel en plissant les yeux, avec l'impression vague de s'être tiré une balle dans le pied, avec cette histoire de retable.

DEUXIÈME PARTIE

Il n'y a pas d'œuvres fausses.
Il n'y a que de fausses attributions.

Ernst GOMBRICH

1

Quand il travaille, Ivan Zbikowski perd la notion du temps. Il a retiré plusieurs couches des vernis apposés au fil des siècles et qui se sont oxydés. Coton-tige après coton-tige, siècle après siècle. Il imbibe le bout de son pinceau dans deux produits différents, deux fois. Chaque restaurateur a sa recette. Ivan ne gratte jamais : il effleure. Il caresse. Combien de semaines se sont écoulées depuis qu'il a reçu la Madone ? Perché sur le chevalet, le retable est un trou de lumière au milieu de l'atelier sombre. La verrière est encombrée de feuilles mortes. Combien de jours ? Et d'heures ? Il travaille en musique sur des morceaux sans rythme. Et comme il est un peu rebelle, il travaille sans masque. La pensée vogue. Les solvants, ça monte à la tête.

Il sort tour à tour son blanc de Saint-Jean, sa Terre d'Italie, son noir d'ivoire. Après le décrassage, la couleur. Il observe à la loupe la profondeur des ombres – elles sont constituées de deux couches. La sous-couche est obtenue avec des ocres, du vert de cuivre et de la laque, du vermillon, du jaune de plomb – le *verdaccio* ça s'appelle. Elle est ensuite recouverte d'une couche plus sombre obtenue avec des terres. Ombre brûlée. Sienne naturelle. Il ne pense à rien – des images sans lien lui viennent et repartent, la soirée d'hier, les nouvelles photos sur les paquets de cigarettes, des pilules de M, la drogue de l'amour, des fesses, des épaules, des bras, il attaque la main. Allez, comme ça. C'est la main qui l'attire en premier. Et d'abord l'ongle de l'annulaire. Il l'observe à la loupe ; le blanc est détaillé. Surprenant pour une œuvre de cette époque. Le goût du détail, se dit-il, c'est souvent l'œuvre d'un miniaturiste. Un type qui a dû peindre un grand nombre de *cassone* – ces coffres de mariage décorés de saynètes des *Métamorphoses* d'Ovide. Très courus au XVe. Ivan en a restauré deux, une centaine d'heures de boulot. Depuis *Actéon dévoré par ses chiens*, il ne supporte plus de passer devant la loge de la gardienne, à cause de John, le bull-terrier. « Il est gardien, ce chien, oui ou non ? Alors il aboie ! Vous n'allez quand même pas lui reprocher de faire son travail ! » Ivan fait désormais le tour par la petite cour. La main est souple. Les doigts sont trop longs pour être réels. Il mime chaque touche, chaque fois que le peintre a mélangé ses pigments. Il pourrait presque sentir le moment où ce dernier faisait une pause. Mêmes gestes, même panneau, six cents ans d'intervalle. À quoi pensait-il ? Quelles images venaient à son esprit ? Ivan sent son poignet à nouveau crispé. Ses doigts lui font mal. Ils sont impossibles à délier – « la maladie des caissières », disait son père. Il s'étire, les os de sa colonne craquent et se déroulent. Il contemple sa palette. Les petits tas de pigments mélangés au jaune d'œuf brillent comme des sucreries, comme des montagnes, des vallons, des forêts, comme une bouche appétissante. La couleur hypnotise ; elle rend fou. Van Gogh avalait régulièrement ses tubes de peinture. Ivan s'est contenté de tester l'essence de térébenthine quand il était étudiant aux « Allu », la manufacture des Allumettes, section Restauration de l'Institut du patrimoine. Il inspecte son *verdaccio*. Une larme de jaune de plomb, et on est bien. On est crème. Du jaune, puis du vert, puis du jaune. Ses pigments proviennent du laboratoire du Carrousel : ce sont eux qui ont les meilleurs fournisseurs. Du bout de sa lame, il prélève un soupçon de vert de cuivre, il bloque sa respiration –

« Ivan ! »

Putain.

« Ivan ! »

Dans le vestibule, sa mère, le fracas de la porte d'entrée, « Et ça, c'est pas à sa place », elle marmonne, elle se bat avec des sacs de courses. Il dépose avec la plus grande précaution la petite poudre de cuivre juste à côté du *verdaccio* sur la palette.

« I-van ! Mais enfin tu es sourd ?

— Maman ! Je travaille !

— Et la table ? Tu crois qu'elle va se mettre toute seule ?

— Mais maman je suis à fond sur le retable, là… »

Sa mère prend son air exaspéré et tourne les talons. Il tente de retrouver sa concentration, la couleur des chairs, le calme intérieur, la Vierge à la tête penchée – non, voilà, c'est foutu, il faut qu'il se lève. Il y a des règles dans cette maison. On fait son lit le matin, les repas sont à heures fixes, on ne fume pas à l'intérieur. Ivan vit avec sa mère dans cette ruelle de l'Armée d'Orient, à deux pas de la rue Lepic. Toutes les fenêtres donnent sur la cour. Un escalier à double hélice tourne en rond jusqu'au grenier, où il n'y a rien : de vieilles valises et des télescopes obsolètes. Ivan a installé son atelier dans le laboratoire de son père. Un grand chimiste – un *très* grand chimiste. Ce fut lui qui démontra, dans un colloque demeuré célèbre à l'université de Varsovie, l'influence des interactions moléculaires sur la lumière – inventant par là même le concept de dépolarisation de la photoluminescence. C'est lui. Et jeune, en plus. Son père a consacré sa vie à la recherche de la lumière. Ivan se lève, se lave les mains, puis va embrasser sa mère. « C'est comme ça que tu te laves les mains ? »

Elle est é-pui-sée. Elle saccade sa respiration, elle tient ses lombaires en grimaçant, elle est à deux doigts de lui montrer les varices le long de ses jambes.

« Je t'ai pris un poulet. »

Mme Zbikowski en a marre de cette rue en pente. Tout Paris est plat, mais nous, bien sûr, il a fallu qu'on s'installe dans une rue en pente. Et impossible de déménager, maintenant qu'Ivan travaille. Il a besoin de l'atelier de papa, où est-ce qu'on lui trouverait un endroit pareil aujourd'hui, les prix ne sont plus les mêmes. Tout a changé – le quartier, avant, c'était pas du tout comme ça. Elle range ses courses. Elle libère les citrons de leur filet, les beaux citrons, si jaunes, et elle se dit qu'au moins, maintenant, Ivan travaille. On s'est vraiment demandé, à un moment, avec son père. Elle s'assoit sur la chaise. Essoufflée. Quand il a raté sa licence de chimie, on a vraiment eu peur. Il fumait du cannabis. Heureusement, son père avait des relations ; on peut dire qu'il s'est démené pour lui trouver quelque chose. Avec un Deug de chimie à l'époque, c'était facile d'entrer à l'INP – l'Institut national du patrimoine. On s'est dit qu'au moins, il apprendrait un métier. Restaurateur – et pourquoi pas ? Il en faut bien ! On a pensé que ça correspondrait à son tempérament – un garçon timide. Dans son coin. Et surtout, il a toujours été très manuel. Quand il était gosse vous lui donniez une feuille et un crayon et vous aviez la paix. On ne l'entendait plus. On finissait par oublier qu'il était là tellement qu'on l'entendait plus. Et on n'a pas eu tort ! Il a des commandes – oh la plupart du temps, c'est grâce à Marianne. Un amour, ma petite Marianne. Il a eu de la chance de la rencontrer. Tout le temps fourrés ensemble à l'INP – il faut dire qu'ils étaient aussi introvertis l'un que l'autre, alors forcément ils restaient tous les deux, ils ne s'intégraient pas. Mme Zbikowski se souvient du temps où Marianne arrivait par le métro rue Caulaincourt, et ils se retrouvaient au Rêve, le café là-bas avec le néon bleu, pas loin du primeur. Le Chinois qui vend ses ananas hors de prix. Et puis quand papa est mort, elle venait dormir à la maison. Elle était livrée à elle-même cette petite. Une mère en banlieue. Absolument pas sympathique. Alors forcément, Mme Zbikowski qui a un cœur gros comme ça s'est occupée d'elle. Et attention, hein ! Ivan, il n'avait pas intérêt à fumer du cannabis avec Marianne, elle n'aimait pas l'odeur.

Dans le salon, il met *À la folie* de Juliette Armanet. Il fait voler ses mains au-dessus de sa tête – il voudrait danser lui aussi dans une combinaison brillante. Après avoir posé deux assiettes l'une en face de l'autre, il consulte le *Libro dell'arte* de Cennino Cennini en chantonnant – *à la folie, à la folie* ! La bible des restaurateurs. Cennini est peintre à Florence en 1400. Il a consigné toutes les techniques de fabrication en vigueur dans son atelier. Grâce à lui, on connaît tous les *trucchi*, les trucs, les ficelles du métier tel qu'on le pratiquait au tournant du XIVe siècle. Comment faire un bon pinceau – comment faire de l'or, comment peindre à fresque. Ivan suit à la lettre les consignes du peintre. Il emploie le fils de la gardienne comme apprenti, sauf qu'il ne le forme pas : il le paye 10 euros de l'heure. Seules de petites mains sont capables d'introduire des touffes de poils d'écureuil dans des manches de plumes d'oie. Le bleu du manteau sera le plus difficile – le bleu que l'on appelle outremer, parce que le lapis-lazuli vient d'Orient. Au-delà des mers. Les recommandations de Cennini sont extrêmement précises :

> Choisis la pierre qui est la plus pleine d'azur bien qu'elle soit partout tachée comme de cendres. Écrase-la dans un mortier de bronze, mets cette poussière sur ta pierre de porphyre et broie sans eau. Prends chez les apothicaires six onces de résine de pin, trois onces de mastic, trois onces de cire neuve pour chaque livre de bleu outremer. Mets toutes ces choses dans une petite marmite neuve et fais-les fondre ensemble. Graisse-toi les mains d'huile pour manier la pâte. Alors à travers un linge de lin blanc, passe-les dans une cuvette de verre et joins-y ta poudre d'outremer.

« Bon, tu me poses ça, s'il te plaît. »

On ne lit pas à table. Ivan reconnaît les pommes sautées de la rôtisserie de la rue des Abbesses. Il met sa serviette sur ses genoux. Il se demande si le peintre de la *Vierge au rouge-gorge* vivait avec sa mère, lui aussi.

2

À Florence, ce que Marianne aime le plus, c'est Tinder. Quand tu tindes ici tu ne tombes que sur des *Apollon du Belvédère* – ils mettent la statue en photo de profil. Elle prend un verre avec un dénommé Marcello dans une « petite cantine vegan très sympa » recommandée par le blog d'une expat. On y sert de la pizza sans gluten. Marcello ressemble à peu près à ses photos ; ses boucles semblent travaillées au trépan, sa barbe et ses cheveux se rejoignent comme sur les bustes des derniers Julo-Claudiens. Il parle de lui, de ses heures perdues, la drogue, les coups d'un soir, toutes les boîtes des Cascine. Elle ne comprend qu'un mot sur quatre : si elle lit l'italien, elle ne le parle pas. Elle manque de pratique. Que fait-il dans la vie ? Elle ne le sait pas vraiment. Il ne se nourrit que de clopes et de café, dit-il, parce qu'il est *autodistruttivo*. Il porte des sandales. Elle remarque que ses ongles de pieds sont coupé ras – si ras qu'elle en frissonne. Il est poète – il tient un journal intime sur le bloc-notes de son portable. Je t'en lis un passage ?

« *Certo.* »

Marcello s'éclaircit la voix ; il prend un ton mélancolique.

Nel mezzo del cammin di nostra vita
mi ritrovai per una selva oscura
che la diritta via era smarrita.

Heu… Attends. T'es sûr que c'est de toi, ça ? *Nel mezzo…* Elle traduit presque instinctivement. « Au milieu du chemin de nos vies, je me retrouvai dans une forêt obscure ; *che la diritta via…* la voie droite était perdue. » C'est le chant I de la *Divine Comédie* de Dante. Ils sont assis au soleil dans une cour qui fut, il y a longtemps, une ancienne prison. Le soir on y projette des films en plein air. Elle ne dit rien. Marcello évoque la forêt de sa vie, son ascension vers lui-même, « et je revins à moi comme un homme que l'on réveille de force ». Chant VI. Elle le coupe.

« *You know, a* giornale, *I mean… to keep a diary, it's a very old tradition, here in Florence.* »

La plus vieille d'Europe. Dès le XIVe siècle, vous commencez à écrire vos états d'âme (elle dit : *your mood swings*, et Marcello, qui n'a pas l'habitude de l'anglais, imagine des pas de danse – c'est une danse, ça, non, le swing ?). Dans aucune autre ville on ne tient de journal avant le XVIIe siècle. Ni en Italie ni ailleurs. C'est quand même fou, non ? C'est vraiment propre aux Florentins. On en a retrouvé plus de 200 du XIVe au XVIIe. On les appelle les *Ricordanze*. Comment t'expliques ça ? Marcello n'en sait rien. Il n'a tout à coup plus rien à dire. Elle a développé un sentiment de supériorité face aux Italiens eux-mêmes, parce qu'elle sait tout. Elle connaît tout. Un mois qu'elle dépouille les archives nationales et toutes les bibliothèques de la ville. C'est simple, au début, c'étaient des cahiers de comptes – vous êtes des marchands, ça, tu le sais, quand même. Des pragmatiques. Et puis petit à petit, au milieu des chiffres vous notiez les événements importants, les mariages, les pendaisons, les faits divers. Et forcément, après, vos états d'âme.

« *Mood swings*.

— *Yes*. »

Elle a raison. On est un peuple de passionnés. On a besoin de s'exprimer – Marcello sent dans sa poitrine toute la sensibilité de ses ancêtres.

« *I have so much mood swings inside, I love to dance*.

— Ouais. Top. *This is great*, Dante. »

Soufflé par son agressivité soudaine, il se tait. Qu'a-t-il fait de mal ? Il a eu le malheur d'essayer de la séduire. Mais ce n'est pas une femme ! C'est une institutrice. Avec une voix insupportable. Il voudrait partir ; il n'ose pas.

« *E... Ma che ore sono...* »

Il regarde sa montre.

Oh, ça va ! Elle est désagréable, oui, et alors ? Elle ne peut pas s'en empêcher. Et voilà ! Il prend un air apeuré, tout penaud. Marianne est fatiguée. On va encore m'accuser de bouffer les hommes. Paraît-il que j'aime les rapports de force. Excuse-moi, je suis désolée, ce n'est pas toi. Je ne dors pas beaucoup. Je cherche un homme. Je ne pense qu'à ça, tout le temps. Qui ça ? Tu connais pas. Mort depuis six cents ans. Elle ressasse : si le retable date de 1415 et que l'on ne peint plus après soixante ans, l'homme est né au plus tôt en 1355. Un enfant de la peste. Pour être Maître en 1405, il est né au plus tard en 1384. Elle a fait imprimer tous les noms des peintres connus à Florence entre 1375 et 1415 (un document inestimable, disponible en libre-service aux Archives d'État). Parmi eux les plus célèbres apparaissent en gras : Bicci di Lorenzo, Lorenzo di Bicci. Gentile da Fabriano, Mariotto di Nardo. Spinello Aretino, Lorenzo Monaco, Agnolo Gaddi, Masolino. Une liste infinie et incomplète, fragmentaire, combien d'artistes, combien d'ateliers en 1400 ? Elle a barré les improbables et les impossibles à coups de comparaisons stylistiques et d'allers-retours quotidiens à la Galerie des Offices. Je n'en peux plus. Je ne trouve rien. Rien qui corresponde. Ça peut être tout le monde, et à la fois personne. *Che posso fare*, ajoute-t-elle.

« *Come un giallo, no ?* »

T'as dit quoi, toi ? Elle se sent si seule qu'elle en avait presque oublié sa présence. Seule dans sa quête. Qu'est-ce que c'est que ça, un jaune ? Il s'explique, heureux de lui apprendre quelque chose : un jaune en Italie, c'est un roman policier. À cause de la couleur de la couverture. Dans un jaune, le commissaire marche sur les pas de l'assassin. Il doit se mettre dans sa peau, penser comme lui. Et là, il le coince.

Il le coince... Il marche sur ses pas... Mais ça fait six cents ans, on t'a dit... Il est impossible d'emprunter des chemins qui n'existent plus. Le passé est mort, c'est la première loi que l'on apprend à la PS, la police scientifique, quand on démasque les faux.

« *The past is dead, Dante. Il passato è morto, do you understand* ? »

Il aurait dû se douter, sur Tinder, que la fille serait une emmerdeuse – personne ne met « syndrome de Stendhal » en centre d'intérêt. On dirait un entretien d'embauche. Elle me bassine avec ses histoires d'archives et de peintre mort il y a six cents ans... Eh, moi aussi, je peux t'en sortir, des formules ! *Carpe Diem,* tu connais ? *Hic et nunc* ? Il demande l'addition en souriant, mal à l'aise derrière ses lunettes Gucci.

« *Non è che Firenze avrà cambiato.* »

Si ton peintre était florentin, il te faut retrouver les lieux dans lesquels il a vécu, travaillé... Tu devrais te balader, *andare in giro, no ?* Il ne sait plus quoi inventer pour écourter le rendez-vous.

Pourtant Marianne l'écoute avec une attention soudaine. Comment ? *Non è che Firenze avrà cambiato –*

« *Ma... Sì. La città è sempre la città.* »

Florence n'a pas changé. Toutes les époques sommeillent strate après strate sous la crasse et la pollution des façades. Marianne le remercie chaleureusement – *hai raggione* ! Il paye. Les femmes comme elle, conclut-il, il faut les dominer. Les envoyer faire un tour. C'est ce qu'elles attendent. Je t'aurais bien baisée se dit-il, au moins pour te faire taire.

Marcher dans ses pas. Retrouver sa route... Un jaune. Dans une forêt obscure au milieu du chemin de nos vies, Marianne remonte la via Ghibellina. Toute la ville, se dit-elle, aurait besoin d'un bon ravalement. Sur Tinder, Marcello a déjà effacé leur match. Rapide. Un homme en scooter la siffle sur son passage. Les pavés sont lisses, il fait frais. Deux femmes crient, l'une à la fenêtre, l'autre sur le trottoir. Marianne arrive place du Dôme ; elle peste contre les touristes. Même en février ! Ils sont partout. Ils bouffent des glaces et déambulent au ralenti, avec leurs casquettes rouges, comme en plein été. Elle murmure « Mais bouge », elle bouscule. Elle serpente entre les groupes. Il faut se mettre en condition ; s'extraire du monde. Remonter le temps. Elle lance *Bohemian Rhapsody* dans ses écouteurs. Comment était cette place, en 1400 ? *Open your eyes/Look up to the skies and see* – Le peintre a été baptisé là, dans cet hexagone que Dante appelle « le beau Saint-Jean ». Le marbre blanc de Carrare jaillit du marbre vert de Prato. Le peintre a contemplé la mosaïque du Jugement dernier au plafond, le Christ vengeur dans sa toge à l'antique, tandis que l'on a versé sur son front l'eau rituelle. Cette eau tirée du fleuve, qui le fit citoyen de Florence. La main levée, les yeux immenses, la bénédiction du Christ est un avertissement : *Je serai là aussi au dernier jour, et tu répondras de tes actes.* Alors qu'elle traverse la place, Marianne tente d'imaginer la cathédrale à ciel ouvert : Santa Maria del Fiore dépourvue de sa coupole. En 1400, il y avait un trou béant en son centre, à la croisée du transept : l'homme qui saurait ériger une coupole de quarante-cinq mètres de diamètre n'était pas encore né. Voilà tout l'orgueil florentin : ils ont vu si grand qu'ils n'étaient pas certains de trouver un jour le moyen d'achever le monument. L'orgueil, et l'optimisme. C'était même un dicton : « Quand le Dôme sera couvert, tu paieras ta dette, tu épouseras ma fille. » Un jour qui peut-être ne viendra jamais. Le peintre a certainement beaucoup traîné par ici, sur ces marches : c'était le cœur de la ville, comme le forum romain, comme l'Agora, l'espace de toutes les rencontres et de tous les commerces. Les portes de Santa Maria del Fiore sont ouvertes. La façade resplendit en un bloc monumental, un bloc géant qui semble être sorti de terre d'un seul coup ; oppressant quand on regarde en l'air, parce qu'on cherche le ciel. Un grand panneau sur le parvis interdit les minishorts et les débardeurs. Une dame portant une fleur en plastique comme un étendard traîne à sa suite un groupe de Japonais. Marianne emprunte les petites rues jusqu'à la place de la Seigneurie. Il marchait là où elle marche ; beaucoup de palazzi et de places datent du Trecento. Le Ponte Vecchio, la Seigneurie, les ruelles étroites et les grandes artères n'ont pas changé. Dessinait-il à la craie sur le sol, comme Filippo Lippi ? Où a-t-il fait son apprentissage ? Où vivait-il ? Avait-il encore une famille ? Fiorenza, à son époque, est traumatisée. Les cadavres se sont entassés dans ses rues étroites – en 1402, la peste a fait son grand retour. S'est-il porté volontaire pour enterrer les morts ? A-t-il fui, comme tant d'autres, sur les collines du *contado* ? Les pauvres sont devenus riches en pillant les maisons désertes, les vieux sont devenus jeunes, les jeunes sont morts. C'est le temps du *Corto vivere*. Le temps où l'on sait que l'on va mourir. Deux Espagnoles prennent un selfie devant le *David* de Michel-Ange. C'est un faux ; l'original est au musée. Vous êtes devant une réplique, idiotes, mais ça, vous ne le saurez jamais. Devant la loggia, un homme maquillé de blanc se fait passer pour une pierre. Une petite fille court déposer une pièce dans le panier devant lui – et ça tinte – *Galileo Galileo*, il fait un clin d'œil à Marianne en l'apercevant (elle passe devant lui presque deux fois par jour) *Galileo Figaro – Magnifico !* Elle emprunte la via Calimala. Anciens quartiers des Arts de la laine. Elle soupire, agacée, mais elle ne peut s'empêcher de regarder les robes dans les vitrines. Les boutiques de fringues ont remplacé les étalages des drapiers.

En traversant l'Arno, elle pense à Paul Vivienne. Et s'il était là, avec elle ? Elle voudrait lui écrire, relancer la conversation. Le mieux, ce serait une excuse pour lui demander de la rejoindre. Non, non. Impossible. Il finirait par attendre quelque chose en retour. S'il était à Florence... *Mamma mia let me go*. On prendrait un verre sur la terrasse d'un hôtel de luxe, au soleil couchant, on regarderait la ville. Il me dirait *Salute*. Elle tiendrait son verre de vin enlacé contre sa poitrine. Elle le dévisagerait longuement, par petites gorgées. Nous serions tout près l'un de l'autre. Paul Vivienne me donnerait sa veste dans le soir qui tombe. Ses mains vogueraient sur mes hanches, il remonterait ma jupe... Non. Non ! Arrête. Arrête ! Impossible ! Au sein même du désir, la répugnance. Le dégoût. Quand il sourit des plis creusent ses pommettes en plusieurs éclats, tout son visage s'enfonce en lui-même. Il a une narine plus grande que l'autre : Marianne fait un effort de mémoire. La narine droite. Il est gris, toujours gris, ses dents sont jaunes, on voudrait le suspendre au balcon pour l'aérer un peu. Elle regarde à nouveau la photo de profil – Vivienne jeune. Elle en a fait une capture d'écran. La dernière fois qu'ils se sont vus, c'était rue de Courcelles, le déjeuner avec Morin. Tout ce qu'il s'est avalé ce jour-là... Mais qu'est-ce qu'il bouffe ! Il en ruinerait presque mon fantasme. Lorsqu'elle se souvient de son gros ventre, Marianne renonce à lui écrire ; elle range son portable dans sa poche. Peut-on désirer quelqu'un qui nous répugne ? Et le désire-t-elle vraiment ? Est-ce lui, ou est-ce la transgression ? Vivienne dans la salle des ventes, contre la porte d'entrée, avec le maillet en ivoire. Elle se rassure : le fantasme a toujours un rapport direct avec la fonction qu'il occupe. L'âge, le pouvoir. Ce qu'elle voudrait, c'est qu'il insiste. Elle aimerait qu'il soit amoureux d'elle, c'est bête, c'est puéril, et alors ? Qu'il tombe. Qu'il passe de l'autre côté – qu'il se dissolve. Occuper chacune de ses pensées – coloniser son esprit comme un virus, et ses poumons comme un gaz toxique. Elle voudrait qu'il soit assoiffé. Qu'il perde espoir et qu'il ne renonce pas. C'est idiot, oui, c'est vrai, c'est idiot. Elle se connaît : dès l'instant où il montrera les premiers signes de faiblesse, dès qu'il flanchera, elle ne saura plus quoi en faire. Elle se sentira empêtrée – prise au piège. Alors le dégoût prendra le dessus. Mais pour l'instant, c'est plus fort qu'elle. Elle veut s'emparer de sa psyché, marcher sur la lune : planter un drapeau au sommet de son crâne.

Est-ce une question de vanité ? D'orgueil ? C'est un homme d'influence. Un homme qui a aimé les femmes. Terriblement. Quelle horreur. Bien sûr qu'elle lui plaît, c'est une évidence. Mais enfin, qu'il le dise. Qu'il l'avoue, qu'on passe à autre chose. Au milieu du pont Santa Trinita, elle s'arrête. Elle prend une photo du Ponte Vecchio et l'envoie à Paul Vivienne par iMessage.

La basilique Santo Spirito s'élève dans un informe bloc de pierre. On dirait qu'elle n'est pas terminée. Marianne entre en collision avec son petit pin's rouge sur Google Maps : l'emplacement de la boutique bio *Dalle Nostre Mani* et ses raviolis maison à la ricotta, dans les « Bonnes adresses » de *Vanity Fair*. L'experte n'a pas faim : elle est émue. C'est ici que le retable était conservé. Santo Spirito est le haut lieu de l'ordre de saint Augustin en Toscane, et dans toute l'Italie. Aucune autre église de l'O.S.A. ne possédait de chapelle assez prestigieuse pour abriter une œuvre d'or et d'outre-mer. Il est 17 heures précises quand elle franchit le seuil de la basilique. Nous sommes lundi – sur le site *basilicadisantospirito.it,* il est indiqué que la confession a lieu tous les jours entre 17 et 18 heures, et que le lundi seulement, le confesseur parle français. La nef est vide ; ses pas résonnent sous la voûte à caissons. Les arcades se déploient les unes après les autres jusqu'au chœur. Il fait frais, presque froid, la lumière est partout. La colombe de l'Esprit saint orne les fascicules à l'entrée, et au-dessus d'elle flottent les lettres du retable, O.S.A. Dans la pénombre à gauche, un moine attend derrière une vitre : il loue des audioguides.

« Parler ? Oui, bien sûr, parlons, par ici, je vous prie, allons, allons parler. »

Dans l'intimité de son bureau, le vieil augustinien déguste une *arancia* – une boule de riz au cœur de mozzarella entourée de chapelure. Vous en voulez ? Non, merci. Un café ? Non. Marianne est déçue. Elle avait imaginé un entretien à demi-voix dans un confessionnal en bois, quelque part contre un mur de l'abside. Elle lui présente une photo de la *Vierge au rouge-gorge*.

« Jamais vue.

— Puis-je avoir accès aux archives de la paroisse ?

— Non. »

Le moine s'essuie les doigts dans sa serviette, il mastique tranquillement sa dernière bouchée. Marianne est impatiente – on n'est pas au même rythme, se dit-elle. Mademoiselle, nous n'avons pas d'archives avant le XVIe siècle : tous les registres ont brûlé en 1477, quand la basilique a pris feu. Ah, vous ne saviez pas ? Pourtant, ça a marqué les mémoires. Pour les Florentins de l'époque, ça a été la goutte d'eau. La preuve du courroux céleste. Ici, seul le réfectoire est d'origine. Venez, allez venez, je vous accompagne.

Il se lève, il a mal aux jambes, il est heureux d'avoir de la visite. Plus personne ne vient se confesser. On a bien testé la confession en ligne, mais ça n'a pas pris. Marianne imagine l'incendie – a-t-on couru vers le retable, l'a-t-on enveloppé dans un grand drap ? S'est-on rué vers l'extérieur en le portant sur l'épaule ? Ou avait-il déjà changé d'adresse à cette époque ? L'ancien réfectoire est une salle obscure avec au fond, sur le mur central, une fresque monumentale d'Andrea Orcagna. Les anges tournoient autour du Christ comme des abeilles ; les hommes attendent la mort du Sauveur, ils se détachent du fond sombre, le Christ expire.

On retrouve un peu de Giotto. « Le premier à peindre en latin et non plus en grec. » L'Orcagna était son élève. L'un des seuls qui survécut à la peste. Et regardez les corps : ils sont figés. Dans la panique, il a presque oublié l'enseignement de son Maître. *Che vergogna, eh ?*

Le moine tient à la main la photographie du retable. Marianne se demande s'il est capable de réciter les leçons de ses audioguides dans toutes les langues.

« Votre Madone… Elle est plus tardive.

— Oui.

— Eh ! Ça. On voit que les humanistes sont passés par là. »

Elle hésite à lui révéler la date du panneau. Ils font le tour de l'église, il marche lentement, voûté – elle voudrait lui proposer son bras mais elle n'ose pas.

« L'humanisme est né ici, vous le saviez ? Ici même. À Santo Spirito. Pas étonnant que votre peinture vienne d'ici.

— Comment ça ?

— Ah, comment ça. Vous ne savez pas, alors. Tenez, on va s'asseoir. Asseyez-vous. (Dans l'une des rangées de la nef. Il pose ses deux mains croisées sur le rebord du banc devant lui, une habitude). Tout commence avec Pétrarque. Il était l'ami d'un frère d'ici. Ensemble, ils "refont le monde", comme on dit. Tous les jeunes un peu curieux se retrouvent là, avec eux, sur les marches du perron. Juste là, devant. Et puis Boccace meurt, et en habitué des lieux, il nous lègue sa bibliothèque. Un paquet de livres. Alors le cercle s'élargit. Les jeunes lettrés passent leur temps à Santo Spirito à débattre de la pensée nouvelle. Celle de l'antique. De là sont nés les premiers humanistes. Au tournant du siècle, juste au coin, 1399, 1400. »

Marianne note les noms du « cercle de Santo Spirito ». Elle en connaît la plupart : Coluccio Salutati, chancelier de Florence, Leonardo Bruni, Poggio Bracciolini, dit Le Pogge, Iacopo d'Angelo, Niccolò Niccoli.

« Grand copain de Pippo, celui-là, d'ailleurs. C'est lui qui l'a introduit pour le chantier.

— Pippo ?

— L'architecte. Filippo Brunelleschi. Tout le monde l'appelait Pippo. »

C'était une erreur de rechercher la mémoire de Florence dans les bureaux d'archives. Elle est là, vivante, dans les souvenirs de ses habitants. La mémoire fourmille. Les noms résonnent entre les murs. Vous ne savez donc pas que c'est Pippo l'architecte de notre paroisse ? Si, si, elle le sait, maintenant qu'il le dit. Elle contemple la nef, son ultime chef-d'œuvre. Elle imagine un homme pressé, des plans sous les bras, mesurer en passant la distance entre deux colonnes.

« Oh, Pippo, c'était un colérique. Il valait mieux ne pas se trouver sur son passage.

— Comment le savez-vous ?

— Tout le monde le sait. Comme tout le monde sait qu'il était laid. Très laid. La marque des génies disait Vasari. Mais vous pouvez aller lui faire un petit coucou si vous ne me croyez pas. Vous verrez par vous-même. Son masque mortuaire est au musée de l'Œuvre.

— Et Pippo... »

Elle sourit. On parle de ces hommes comme s'ils allaient débarquer d'un instant à l'autre, comme si nous aussi, nous faisions partie du « cercle ». Le retable trônait ici. Brunelleschi n'était pas loin. Le peintre connaissait donc l'architecte, comme elle l'avait pressenti. Peut-elle faire confiance au vieux moine ? Aux réunions du cabinet, Geneviève déplore son manque d'esprit d'équipe. Elle a tort, répond toujours Morin.

Elle a tort parce que s'y mettre à plusieurs, ça fait gagner du temps.

« On dit bien que c'est Pippo qui inventa la perspective, n'est-ce pas ?

— Oui. Et c'est son copain Donatello qui fut le premier à traduire ses lois dans son art.

— Ce n'est pas Masaccio ?

— Ah non, avant Masaccio, il y a le bas-relief de Donatello, *Le Festin d'Hérode*. Vers 1415. Dix ans avant. »

L'experte se demande comment elle a pu passer à côté du *Festin d'Hérode*. Dans un seul et même élan, elle révèle au moine l'âge du retable et la possible parenté du peintre avec Pippo et Donatello. Voilà ! Elle est soulagée. Il caresse tendrement la photographie. Ses mains tremblent, constellées de taches brunes.

« Ah ! Ah oui. Oui, je vois pourquoi vous êtes là, vous tenez quelque chose. Tout ce que je peux vous dire en ce qui vous concerne, comme ça, d'instinct, c'est que vous tenez quelque chose. »

Ils réfléchissent ensemble, et puis soudain, l'idée vient :

« C'est quand même troublant, un retable si onéreux pour un ordre mendiant… Je ne crois pas que ce soit possible.

— Que voulez-vous dire ?

— Le commanditaire. C'était un particulier. Pas un frère. »

Il s'en veut de ne pas y avoir pensé plus tôt – c'est le fondement même de sa communauté.

Le commanditaire était un Florentin qui avait sa chapelle privée au sein même de la basilique.

« Il nous suffit donc de retrouver toutes les familles qui possédaient une chapelle à Santo Spirito avant l'incendie. »

Marianne cherche sur Internet, en vain. Le vieux moine sourit. Il a désormais les yeux grands ouverts, comme si la peau de ses paupières s'était rétractée. Les yeux lumineux. Attendez, j'ai un ami qui pourrait nous renseigner : un type comme ça, assure-t-il en levant le pouce vers la voûte. Un Académicien. Il sort son portable de dessous sa soutane. Ça sonne. Attilio Sanchez – Marianne connaît le nom. Une pointure. Dans le milieu, on l'appelle « l'Oracle ».

« *Pronto ? Sì ? Ciao Attilio... Ma bé, sto bene, sto bene... Tu ?* »

Marianne gribouille. Des petits dessins, toujours les mêmes quand elle réfléchit : des fleurs et des oiseaux. Si l'on a le nom du commanditaire, on pourrait retrouver le contrat, et donc le nom de l'artiste. Un contrat établi à cette époque exigeait l'entière description de l'œuvre, accompagnée d'un croquis. Où placer les personnages, la qualité des pigments, toute innovation stylistique devait être connue et approuvée. Ce particulier avait donc lui aussi connaissance de la découverte de Pippo. C'était un initié. Le moine s'agite. Au bout du fil, les salutations d'usage se sont taries, on entre dans le vif du sujet. Attilio « l'Oracle » Sanchez n'a pas besoin de se renseigner. C'est une question simple. La liste des familles qui avaient leur chapelle chez vous en 1400 ? C'est facile, il n'y en a pas trente-six. Une petite dizaine tout au plus. T'as de quoi noter ? Le moine panique. Il fait de grands signes à Marianne, de quoi noter, de quoi noter, oui, bouge pas attends, attends ne quitte pas, hein, tu quittes pas ? Il parle trop fort, ça résonne dans la nef. Marianne lui tend son stylo. Il est prêt. *Dai. Dimmi.* Marianne regarde les lettres se former. Ces familles illustres qui avaient assuré l'immortalité de leur nom en se construisant un autel. Ces familles mortes, éteintes, leurs armoiries oubliées ; les messes que l'on prononçait pour elles se sont tues depuis des siècles. Le moine secoue les bras, il bégaie, les yeux brillants – *Sei sicuro, Atti ?* Sous son bic acerbe, il note : Niccolò Niccoli.

Frère Guido se sent soudain rempli de toute l'étendue de sa mission sur terre ; en accord avec les milliers de moines qui ont gardé avant lui la mémoire de l'Ordre. Niccoli est le seul membre du cercle de Santo Spirito à avoir eu sa chapelle dans la basilique, et c'est aussi le grand ami de Pippo Brunelleschi. « Il n'y a pas de hasard. » Selon toute probabilité, Niccolò Niccoli est le commanditaire de la *Madone au rouge-gorge*. Prenez quand même les autres noms, mais moi si j'étais vous, je me concentrerais sur celui-là. Sur l'humaniste !

Le moine est heureux. Redécouvrir un peintre, c'est comme retrouver un ami, un ancêtre de Florence, au moment même où la ville entre en ébullition. Dans le vivier de la première Renaissance. Mettez la main sur le contrat, et vous tiendrez votre peintre. Courez à la bibliothèque Laurentienne. Niccoli leur a tout légué – tous ses livres, tous ses écrits. Allez savoir pourquoi, d'ailleurs. Enfin. C'est une chance pour vous : leurs archives n'ont pas brûlé comme les nôtres. Il tend à Marianne la photographie du retable.

« Non, non, gardez-la. En souvenir. »

Elle repousse sa main avec affection, parce que c'est émouvant, cette Vierge qui rentre chez elle. Quelques jours plus tard, elle dira que ce geste fut la plus grave erreur de toute sa carrière.

Sur le parvis de la basilique, des jeunes boivent des bières assis sur les marches. Florence ocre et jaune semble immobile de l'autre côté de l'Arno. Des mouettes virevoltent au-dessus des ponts. *Fiorenza* se superpose à la Florence moderne. La ville ancienne, ses habitants, les hommes de tous les siècles. Le peintre s'est-il tenu à demi allongé, comme ce gamin au soleil, une gitane entre les lèvres ? Sur son téléphone, aucun message de Vivienne. Mais ça ne fait qu'une heure. Il va répondre. Il va répondre. Elle écrit à Ivan Zbikowski, qu'elle appelle « Zbik » – et non pas « Zbikette » comme tous les autres élèves de l'INP.

Elle a besoin de plus de photos. Zbik, envoie-moi des détails du retable, prends chaque parcelle, je vais l'imprimer en grand. En immense. Souvent les commanditaires laissent dans les œuvres un morceau d'eux-mêmes. J'ai une piste, conclut-elle. La réponse du restaurateur est immédiate :

`T'as cru que t'étais dans da vinci code ?`

3

Dans le quartier, pour faire ses courses, le Monoprix de l'Opéra est encore ce qu'il y a de plus pratique. Gabrielle se trompe chaque fois de porte : l'entrée, madame, c'est de l'autre côté. Elle est maladroite. C'est à cause du regard des autres – agacé, pressé, inexistant. Dans la rue personne ne parle à personne, les hommes et les femmes ne se touchent pas ni les hommes et les hommes, pas de main sur l'épaule, pas de tape dans le dos, aucun signe d'amitié ni d'amour. Aucun signe de vie. Elle se demande si le monde est devenu froid parce qu'elle est à Paris, ou parce qu'elle a perdu son mari. Comment créer des liens ? Les mères à la sortie du collège tiennent leur poussette en rangs serrés, comme les boucliers des armées impériales. Pas un sourire qui ne soit forcé. Elles regardent la veuve de travers, « Non mais son gamin est en cinquième, ils habitent au bout de la rue, tu crois pas qu'elle pourrait le laisser rentrer seul ? » Gabrielle a pourtant refait sa garde-robe rue Saint-Honoré.

Elle porte un manteau Céline, le sac Noé de Louis Vuitton, et des bottines à talons, bouts pointus. « Elle fiche du fromage dans des croissants, et elle lui donne ça pour le goûter, pauvre gosse. »

Elle aime Paris, oui, bien sûr. Elle a toujours su qu'un jour, elle viendrait y habiter. Comme sa mère. Une vraie Parisienne – sa mère était actrice. Morte à trente ans. Son souvenir flotte dans l'air de la ville. Bien sûr, ici, tout est plus élégant. Elle n'ose pas s'avouer que la couleur lui manque – la *terracotta* romaine, les façades éclatantes, jaunes, bleues, roses. Elle voit un psy depuis le mois d'octobre (au moins, elle pratique son français, se console la *nonna,* qui déplore les dépenses inutiles). Eh bien son psy dit que la mort de son mari lui a permis de faire le deuil de sa mère. Voilà ce qu'il dit. Gabrielle trottine entre les rayons. Il est difficile de trouver de bons produits. Son humeur change à peu près toutes les heures, comme une horloge, mécaniquement, là maintenant ça va, mais bientôt elle se sentira seule, seule et désœuvrée, angoissée par l'argent, par l'avenir, nostalgique, tétanisée.

Au rayon « poisson frais », elle hésite entre lieu noir et saumon de Norvège. Elle veut faire plaisir à son fils, alors elle prend le saumon, mais elle hésite encore, elle le repose, elle se dit qu'elle passera à la poissonnerie – et tant pis si ça fait loin – parce que son fils mérite un saumon de qualité. *Après tout ce qu'il a vécu.* Vittorio est au collège Poquelin. Poquelin, poc, poc, quel joli nom. Comme le pas d'un cheval. Elle pense qu'il va mal mais peut-être qu'il va bien : comment savoir ? Il est extrêmement préoccupé par les ourlets de ses jeans. Il porte un sac à dos Eastpack sur lequel est écrit, au Tipp-Ex, *Acta est fabula*. Et il se fait appeler Victor. Il lui manque, se dit-elle, et sa gorge se serre. Victor Cassaì, c'est beau, Victor Cassaì, il a raison, et soudain, ses pensées s'arrêtent. Un homme est posté devant elle : manteau marin, mains dans les poches – le commissaire-priseur. Paul Vivienne. Ah ! Vous ! Voilà des mois qu'ils ne se sont pas revus. Il sourit, elle cherche des yeux son panier, mais il n'en a pas.

« Je vous ai vue entrer, vous êtes passée devant moi comme une flèche… Je voulais vous saluer. »

Elle balbutie quelques mots inaudibles.

« Vous avez le temps pour un café ? »

Elle voudrait inventer une excuse mais elle ne trouve rien – dire que ce type m'a vue vomir. Moi qui ne vomis jamais. Ainsi Paul l'aide-t-il à se débarrasser des quelques articles de son caddie, et ils se dirigent, côte à côte, vers le Palais-Royal. Il pleuviote. Vous aimez votre appartement ? La rue de Montpensier ? Moi j'ai toujours aimé cette rue ; elle est coincée, secrète, on n'y accède que par hasard. Vous savez, elle a protégé les amours de Colette. La garçonnière de Cocteau aussi. Vous connaissez Cocteau ? Elle aime la façon dont il marche, la tête légèrement baissée, les mains jointes derrière le dos.

Il commande une noisette à la terrasse du Nemours et Gabrielle voudrait la même chose. Sous les colonnes, devant le parvis, elle a l'impression d'être au théâtre. La pluie est un long rideau rouge. Alors, madame Cassaì. Je suis heureux de vous voir parce que, tenez, j'ai de bonnes nouvelles. Ça s'annonce bien pour vous. La vente. Elle est de profil, assise près de lui ; il remarque pour la première fois l'extrême longueur de ses cils et les poils noirs de ses bras, mais qu'elle est velue, cette petite veuve, et sa peau si blanche, l'air est doux, et frais, devant la Comédie-Française, des musiciens attendent la fin de l'orage pour se remettre à jouer. C'est drôle de vous voir ici. À Paris. Alors dites-moi. Racontez-moi. Que faites-vous de beau. Elle ne sait pas quoi dire. Oh, rien… Que fait-elle ? Elle lit beaucoup. Notamment l'histoire de son quartier – Mazarin, Anne d'Autriche, Molière. Elle aime les romans historiques.

« Formidable. »

Cette chaleur, cette compassion, voici des mois qu'elle en manque. Elle voudrait s'épancher ; Paul Vivienne est associé au deuil de son mari. Il était là. Il a bu avec elle. S'il savait comme les journées sont longues… Et c'est encore pire depuis qu'on a changé d'heure. Elle voudrait lui confier combien il est difficile d'en vouloir à un mort – elle a beau se le répéter tous les jours, *stronzo, stronzo*, à chaque instant, elle perd en route un morceau de sa colère. Que fait-elle ? Rien. Elle attend, dans son salon minuscule. Vittorio a tenu à déjeuner à la cantine. C'est de son âge. Elle reste là, assise, elle fume en silence, elle déteste la couleur du canapé. Ils vivent dans un meublé. « C'est quelle couleur », lui demanderait-il, et elle répondrait en riant, à moitié en pleurs, « vert bouteille ». Il hocherait la tête : « ah, vert bouteille, mais comme c'est affreux. » Elle écoute les bruits de l'immeuble – parfois la cage d'escalier s'allume. L'appartement est si sombre que même la journée, elle remarque la lumière sous la rainure de la porte. Alors elle épie ses voisins à travers le judas. Elle a accroché aux murs des estampes japonaises et un poster encadré, *Woman in The Sun* d'Edward Hopper. Des moutons de poussière roulent dans les coins. Pourtant la femme de ménage vient chaque vendredi – la *nonna* a bien demandé de réduire les dépenses, de ne « prendre » personne. Mais Gabrielle a vite été dépassée par les tâches ménagères. Elle ne sait pas repasser, par exemple. Ni même faire une machine. Est-ce sa faute ? Personne ne le lui a jamais appris. Elle lui avouerait que quitter Rome, ce fut pour elle un moyen de se séparer de sa belle-mère, qui lui avait pratiquement coupé les vivres. Elle n'est pourtant pas stupide. Elle connaît sa situation : elle vit dans un appartement où le salon et la cuisine sont délimités par la transition, au sol, du parquet à la tommette. La bohème. La bohème ! Quand elle est de bonne humeur, surtout le matin, elle y trouve un charme. Comme si c'était une aventure. À la fenêtre du salon, des pots avec de la terre et quelques mégots sont suspendus à la rambarde. Les trottoirs sont si étroits que les rares passants marchent au milieu de la route. En face, un mur. La pierre est fine et tendre et souvent lumineuse même quand le ciel est gris – c'est le mur du Palais-Royal. Les vitres sont sales, il fait toujours sombre, mais dans les flaques sur la chaussée, le mur d'en face reflète toutes les gloires de la France.

« En tout cas, vous êtes radieuse. Vous avez déjà l'air d'une Parisienne. »

Un rien, un mot, et son visage prend des couleurs. Elle a bonne mine. Elle s'est même remplumée. Tout passe, se dit Paul, tout passe. Même le pire. Le meurtre a défilé en boucle aux infos jusqu'à ce que l'Italie se trouve subitement exclue du Mondial. Pauvre femme. Pauvre, pauvre femme. Elle n'a aucune notion de l'argent ni de sa propre ruine. Elle n'a jamais travaillé. Jamais rien été d'autre que l'épouse de Benvolio Cassaì. Il va falloir renflouer ses caisses au plus vite, mais ce ne sera qu'un sursis – il connaît les revers de fortune – il faut se reprendre très vite, se reconvertir, sinon, c'est terminé. Qu'est-ce qu'on pourrait bien lui trouver ? Il lui raconte les amours d'Anne d'Autriche et de Mazarin, et comment le cœur de la reine fut transformé en tableau à la Révolution. Elle écoute, le cou allongé, comme une biche. Il sent qu'elle se détend. La « chapelle des cœurs » du Val-de-Grâce fut pillée à la Révolution. Dix-sept cœurs de rois, de reines et de princes de France ont été vendus à un artiste – le nom lui échappe – les organes étaient alors réputés à l'époque pour donner un glacis incomparable aux tableaux, une fois mêlés à l'huile. Surtout ceux qui avaient macéré longtemps dans des bocaux hermétiques. Vous pouvez le voir, le cœur d'Anne d'Autriche. C'est une scène de genre. *Intérieur d'une cuisine*, elle s'appelle. Elle est au Louvre. En fin de compte, la reine n'aura jamais vraiment quitté le quartier.

« Et deux cafés ! Bien serrés l'un contre l'autre ! »

Tandis qu'il raconte ses histoires de cœur, Gabrielle observe le col de sa veste, ses boutons de manchette, le cachemire de son manteau. Ses Berluti au dégradé subtil comme le tronc d'un arbre en pleine croissance. L'élégance toute française d'un homme sans cravate, dans un long manteau marin. On ne le sait pas, à Rome. Mais les Romains sont des provinciaux. Ils n'ont aucun sens de la désinvolture. Pourtant c'est ça, le luxe véritable. Quel âge peut-il avoir ? Soixante,

soixante-cinq ? Il a belle allure. (Depuis qu'il a rencontré Marianne, il fait des longueurs à la piscine du Ritz. Un ami collectionneur le fait profiter de sa carte.) Il porte *Sang bleu* de Galion ; parfumeur depuis 1930. Paul doit mener une vie d'exception, dans un bel appartement, avec des moulures, grand train, il mène grand train, se dit-elle, parce qu'elle lit des romans du Grand Siècle. Et peut-être qu'il est seul, il ne porte pas d'alliance. *Un bon parti*. Et Paul Vivienne a certainement besoin d'une femme. Un homme a besoin d'une femme. Elle se voit l'appeler « *A tavola !* », apporter les pâtes. Lui acheter des chemises et l'accompagner, le soir, aux réceptions. Voilà ce qu'elle sait faire, songe-t-elle alors – elle sait s'occuper d'un homme. Anne d'Autriche a aimé Mazarin. Les épreuves de la Fronde les ont unis. Scellés l'un à l'autre. Mazarin a aimé Anne d'Autriche, et le Palais-Cardinal est devenu Palais-Royal. Ensemble, ils ont protégé les intérêts du petit roi. Ils ont sauvé son héritage.

« Vous avez des enfants ? » demande-t-elle.

Ah, tiens, se dit Paul. Tiens tiens. Tiens tiens tiens. *Mme Cassaì*. Peut-être ne s'en est-elle pas rendu compte, mais lui, par expérience, il le sait : elle vient de franchir une étape dans le deuil de son mari. *Vous avez des enfants ?* Une phrase simple, de politesse. « Non, non, pas d'enfants. » Une phrase de rien. Mais Paul a compris. Il n'est pas étonné, c'est un classique. La veuve fait un transfert sur son commissaire-priseur.

Tant mieux, tant mieux, c'est bon signe. Un signe de guérison. En général ça dure le temps de la vente, un peu plus parfois. Il faut les comprendre, elles se retrouvent seules, brutalement, et un type comme moi débarque et s'occupe de tout. Mais madame, c'est mon métier, de te faire la cour. Je connais ça par cœur. Elle se tient plus droite, la poitrine légèrement en avant, ses tétons pointent sous son petit pull, ses sourcils de broussaille semblent plus ouverts. Elle allume une cigarette en entrouvrant les lèvres. C'est beau des cheveux noirs quand on a la peau blanche. Le nez rose. Elle l'observe et ne dit rien. Comme une chatte. Il se sent obligé de poursuivre :

« Ma femme – mon ex-femme – voulait des enfants, mais ça n'a pas marché. Elle était enceinte, et puis... Vous comprenez ?

— Oui.

— Oui. Bon. Enfin je veux dire... c'est pas non plus un rébus. »

Gabrielle se dit alors que tout est possible ; pas de femme, pas d'enfants. Elle le regarde sans sourire, ses yeux noirs immobiles, plantés droit dans les siens. Alors Paul se souvient de son air de *pazza*, la nuit du mort. Son air suave et déchirant qui lui avait rappelé la *Judith* de Gustav Klimt. Il est troublé – il boit sa noisette d'une traite. Barbara n'a pas fait de fausse couche. Ce n'était pas une fausse couche. Elle a accouché d'un enfant mort. Mort-né, c'est le terme. On n'avait pas encore de prénom. Enfin, quelques-uns, Barbara avait une liste, elle hésitait entre Côme et Arthur, Côme Vivienne, Arthur Vivienne, on attendait de voir sa tête. C'était au début. Elle venait de s'installer chez moi, et là, elle tombe enceinte. Une femme enceinte absolument splendide. Elle était heureuse. Le bébé n'a pas de prénom. Il va finir dans les limbes, avait dit ma mère. Ma mère était désespérée. Paul se souvient des couvertures du lit d'hôpital, de ces couvertures qui grattent, même à travers le drap. Le visage de Barbara couleur de cire, vert et violet, penché vers l'enfant mort. Défaite, immobile. À demi consciente. Et lui, le père au bout du lit, incapable de s'approcher. Incapable de vivre la scène. Comment comprendre que ce tout petit être était notre fils, et qu'il n'est déjà plus ? Comment consoler ? La Femme et l'Enfant seuls sur la terre. Il se souvient d'avoir posé sa main sur la cuisse de sa femme. L'homme séparé d'eux par un monde impénétrable, celui des images, celui des ombres, où l'on finit par se demander : de quel côté suis-je ? Elle porte en elle les cicatrices. Je n'ai rien. Elle porte les stigmates et je n'ai rien. Pas une égratignure, aucun signe, comme si rien n'avait existé. Barbara croît et décroît dans la nuit blanche. La gorge rouge de l'Oiseau annonce le Sacrifice ; la naissance et la mort se rejoignent.

Lorsqu'ils se disent au revoir, il n'a pas envie de lui serrer la main mais de lui faire la bise :

ils ont traversé tant d'épreuves, les Alpes à dos de mulet, si je puis dire, elle est saine et sauve, retombée sur terre, elle semble se remettre, allez, vous et votre petit nez rose, je vous embrasse. Il s'avance. Mais Gabrielle a déjà la main tendue. Elle ne maîtrise pas encore les habitudes françaises. La bise ? Elle pensait que c'était pour les jeunes. Alors sa main devient plate et se pose contre le corps qui s'approche, juste au niveau du cœur, entre la chemise et le bord de la veste. Les magnolias sont près de s'ouvrir. L'homme qui distribue des miettes aux moineaux poursuit sa ronde. « Ils aiment les croissants au beurre », dit-il à ceux qui s'approchent, et si l'on acquiesce, on se demande : existe-t-il des croissants sans beurre ? Au milieu du Palais-Royal, en début d'après-midi. Elle touche le torse de Paul par erreur.

4

Quelques jours avant le printemps, la Madone a retrouvé l'éclat de ses couleurs. Zbik est un rapide. Les carnations irradient les visages, les bouches sont vermeilles, petites et charnues ; elles s'accordent au rosé des pommettes, au rosé des genoux potelés de l'Enfant.

« Dis-toi, j'ai pas du tout fini. »

Il tient son ordinateur bien droit devant le chevalet – Marianne est sur FaceTime. Derrière la vitre, elle aperçoit le jardin sauvage encastré contre le mur de béton.

« Tu pourrais peut-être arrondir encore les joues. Plus de rondeur, tu vois, plus souple.

— Vas-y t'inquiète. »

Le travail de Zbik est fiable et discret. Il rehausse les couleurs, il illumine, il accentue les détails susceptibles de plaire au goût du jour. Plus l'Enfant a l'air d'un enfant, mieux ça paye. La mère de Zbik traverse la pièce.

« Bonjour ma petite Marianne !

— Bonjour, madame Zbikowski !

— Ça va ma chérie ? »

On sonne.

« Oui, attends, maman, tu peux aller ouvrir ? On a une réu, là...

— Marianne, ma chérie, je t'ai mis des *pounchkis* de côté, quand est-ce que tu viens les chercher ? »

Mme Zbikowski parle fort, elle hurle presque, parce que Marianne est en Italie.

« Ah au fait Zbik je peux dormir chez vous quand je rentre ? J'ai loué mon appart sur Airbnb.

— Attends maman, va ouvrir !

— Et toi enlève-moi cette casquette quand on reçoit ! »

Hervé Morin et Paul Vivienne ont pris la pluie. L'un raconte une blague à l'autre, mais on ne sait pas lequel, parce que leurs rires se ressemblent. C'est sympa, ici. Vous êtes presque à Montmartre, finalement...

« Madame Zbikowski. C'est un honneur...

— Oui, oui, merci, merci, allez. Entrez. »

Ivan ne leur serre pas la main : il prétexte ses mains sales.

Paul sourit en découvrant « Zbik » Zbikowski. *Zbik*, en polonais, signifie « chat sauvage ». Les odeurs d'essence, de solvants, les odeurs de pigments le prennent à la gorge. Marianne lui a beaucoup vanté les mérites de Zbikowski, il travaille pour le Louvre et les Petites Écuries du roi à Versailles, l'atelier de restauration le plus prisé de France. Il a même eu son article dans *Technè,* la revue de la science au service de l'art : « Zbikowski, jeune prodige ». Aucune photo de lui sur le Net – seulement les bottines de Van Gogh, qu'il aurait restaurées, dit la légende, à coups de cirage. Ouais. Mouais. Paul s'était imaginé que peut-être, Marianne aimait Ivan, il avait souffert chaque fois qu'elle l'avait appelé « Zbik ». Grand et maigre, imbibé de térébenthine jusqu'à l'os. Des cernes. Du tabac dans les bouloches de son pull. « Va savoir ce qu'il a encore fait cette nuit, celui-là. » La mère prend les manteaux. C'est un gosse, se dit Paul. La tête toute ronde. Un poupon cosaque que l'on imagine sur un cheval, les joues cramées, entourées de fourrure. Ils entrent : après toi mon coco, non, vas-y Henri je t'en prie, après toi. Au centre de l'atelier, *La Vierge au rouge-gorge* resplendit sous la lampe artificielle, dans l'éclat du jardin mort. Il est difficile de croire que ce petit Zbikowski soit l'artisan d'une telle finesse. Paul évite de regarder l'œuvre : a-t-il peur que le tableau le transporte à nouveau dans les bas-fonds de lui-même, ou craint-il, au contraire, de ne rien ressentir ?

« Je peux vous offrir des rafraîchissements ? »

La mère est charmante. Elle a préparé des beignets. Sur la table roulante, Paul tripote le petit pot de laque de garance, mais Zbik se renfrogne. *Rubia tinctorium*. C'est une plante, coco, respecte-la.

« Bon, maman, tu nous laisses ?

— Ah oui et comment que je vous laisse. C'est quand même pas moi qui vais vous la faire, votre expertise ! »

Ils décident de s'asseoir – Morin et Paul l'un en face de l'autre, Marianne sur FaceTime devant eux. Paul la regarde en coin, elle l'ignore. Elle a honte : il n'a jamais répondu à ses messages. Ce ne sont que des photos, certes. Mais quand même. Je ne comprends pas, se répète-t-elle, un type comme lui, c'est quand même fou. Il était pourtant bien avenant à Castel Vecchio. Fou. « Bon ! » dit Morin, qui n'est pas là pour faire la papote. On récapitule. « Il » va débarquer d'une seconde à l'autre. Le plus grand spécialiste de toute la péninsule. L'Oracle. Professeur de l'Académie des Beaux-Arts de Florence. En ce moment même en train d'écrire un essai sur Masaccio – Umberto Eco en a signé la préface, juste avant de mourir. Marianne rappelle :

« Il s'appelle Attilio Sanchez.

— Atti… Comment ? Vous rigolez ? Qu'est-ce que c'est que ce nom ? »

Paul manque de s'étrangler avec son *pounchki*.

« Son père est espagnol. »

Bien sûr qu'elle aurait préféré poursuivre seule. Mais il a tenu à voir la Madone en personne. Il connaît tout le monde, il pourrait même la chasser hors d'Italie s'il le voulait. Marianne sait qu'il compromet ses recherches – sa carrière, même : il risque de s'arroger le prestige de la découverte. C'est facile, sa parole est incontestable. Il n'a pas besoin de preuves de ce qu'il avance. Mais imaginez... Si *La Vierge au rouge-gorge* figure dans son nouvel essai, c'est la consécration. Une entrée fracassante dans le panthéon de l'histoire de l'art. Paul déteste les experts – tous des têtes à claques.

« C'est une opportunité, assure Morin.

— N'empêche que si j'achète un coup de cachet, j'aurais préféré un nom rital. Rigatoni, par exemple. Ou Pepperoni... »

À nouveau, on sonne à la porte. Allez. Tenez-vous bien, les enfants. Marianne rassemble ses notes et relève ses cheveux en chignon. (Paul adore quand elle fait ça.) Attilio Sanchez, l'homme qui adoubera le retable d'un coup de stylo-plume, n'est ni en retard ni en avance. Il est à l'heure pile.

Il pleut sur la verrière. Morin se verse encore du thé. On attend en silence. Tout va bien. On est confiants. Sanchez tourne autour de la Madone les mains derrière le dos. Il prend son temps, c'est bon signe. L'air pincé, petites jambes, tête haute, buste en avant. Fin comme un tube. Son crâne oblong luit sous la lumière. Il est venu sans armes : ni lampe infrarouge ni loupe. Il est accompagné de son interprète. Un type comme lui peut faire et défaire des fortunes. Paul observe son menton marqué d'un arc en plein cintre, une sorte de U à l'envers. Pas un bruit. Seulement la pluie qui tombe, il fait sombre, et Morin ne se contient plus : il brise le silence.

« Le chatoiement des couleurs... La construction de l'espace... C'est tout à fait... »

Paul soupire. Il faut toujours les laisser venir, merde, c'est une question de bon sens, mon vieux ! Si tu parles en premier l'expert se sent obligé de te contredire. Enfin tu le sais ça quand même, depuis le temps ! Il doit savoir mieux que toi. C'est son travail. Il est gentil, Morin... Manquerait plus qu'il morde. Mais il est trop crédule. Devant Sanchez, il est à plat ventre. L'Oracle revient vers la table. Allez. C'est maintenant. Vas-y mon grand, tu peux le faire.

« *Ba bè. Un brodo senza sostanza.*

— *Come ?* »

Il a parlé. Il a parlé, il s'est exprimé, mais qu'a-t-il dit ? « *Un brodo* » se dit Marianne, c'est un bouillon. Ça n'a aucun sens. Ce doit être une expression. Paul sort de sa poche quelques pépites de tournesol qu'il éventre entre ses ongles. Morin reconnaît ce geste – c'est depuis qu'il a arrêté de fumer, se souvient-il, en 1998, après la Coupe du monde. Il avait manqué de foi en sa propre équipe : « Si on gagne, j'arrête. »

« C'est un songe creux », traduit l'interprète.

Un songe creux ? Qu'est-ce que c'est que ça ? Un mouvement pictural ? Une technique ? Sanchez se place face à Marianne dont l'image est un peu floue. « C'est depuis qu'on est passé à la fibre... » se justifie Zbikowski, adossé contre l'entrebâillement de la porte. L'expert répète : « *Un brodo senza sostanza.* » Il fait non de la tête. Qui n'a pas rêvé de découvrir le chaînon manquant entre Giotto et Masaccio ? Masaccio la comète, la fulgurance, le peintre venu de nulle part, mort avant d'atteindre trente ans, et qui changea le cours de l'histoire. Avait-il un maître ? A-t-il appris son art auprès d'un peintre illustre, qui connaissait avant lui les lois de la perspective ? Non. Ce même peintre aurait incontestablement transmis à son élève le réalisme des figures, la simplicité des corps, la pesanteur des âmes. Or cette Vierge est encore bien encombrée des influences de Sienne. Vous le voyez bien, regardez le corps de l'Enfant : hiératique. Le raccourci mal maîtrisé de son petit mollet, c'est très gothique, tout ça... Très gothique. On décèle Giotto, mmmh oui, certes, mais un Giotto lointain. Plutôt du Cimabue, d'ailleurs. Un héritage tardif. Transmis par les derniers giottesques. C'est exactement la raison pour laquelle on pense que Masaccio est né sans maître : il est inégalable. Allons ! Sanchez est formel. Le retable ne date pas de 1405, ni même de 1415, mais de 1430, au moins. Minimum. Il est postérieur à Masaccio. Il annonce, sans se mouiller, *Metà secolo* : milieu du siècle. D'ailleurs, la perspective n'existe pas en 1405 – pas ailleurs que dans les carnets de Filippo

Brunelleschi. *Mi segui ?* C'est donc tout simplement impossible.

L'interprète traduit platement, sans y mettre le ton. Morin, Paul et Marianne peinent à croire que la décision soit tombée si vite. La décision irréfutable : *1430-1450, peintre anonyme.* Du fond de son écran, Marianne attaque. Elle se défend, la petite.

« Et la preuve scientifique ?

— *La che...* ? »

Pour Sanchez, il n'y a que l'œil qui compte. *L'intime conviction.* La dendrochronologie ne constitue pas une preuve, le panneau coupé, le temps de séchage, peu importe. Vous vous fourvoyez en accordant votre confiance à des techniques de datation qui sont moins des preuves que de simples présomptions. C'est l'époque qui veut ça – on vous fait croire à la toute-puissance de la science. Le mythe des examens scientifiques. Oh, mais, n'ayez pas peur ! Faites-vous un peu confiance ! Fiez-vous à ce que vous voyez. C'est d'ailleurs la devise de l'Académie : *L'Œil ou la Science.*

Attilio Sanchez a d'abord pensé que c'était une blague – une Vierge revenue d'entre les morts, un peintre fantôme, ami des grands hommes, précurseur. Fond d'or d'un supposé Primitif anonyme. Mais oui. « *Elle* est revenue... » Frère Guido a toujours été un peu spécial. Quand il lui a montré la photographie du retable, l'expert a eu un haut-le-cœur. Comment une œuvre pareille a-t-elle pu traverser les Alpes ? Quitter le sol italien ? Quel douanier stupide, ignare, a-t-il pu laisser fuir notre patrimoine historique en toute impunité ? « Il faut la rapatrier », s'est dit Sanchez. Tout de suite. Faire en sorte que l'œuvre passe inaperçue le jour de la vente, placer un larbin dans la salle, la racheter à bas prix, sans concurrence. Et clouer le bec à la jeune femme, soi-disant experte – une jolie blonde, a dit frère Guido – qui cherche seule, depuis près d'un mois, l'identité du peintre. Un mois qu'elle fouille dans nos archives, sans même s'être présentée. À nous. Nous, les détenteurs de la mémoire. Elle dit avoir la preuve que *La Vierge au rouge-gorge* n'est pas seulement à cheval entre deux siècles, mais aussi entre deux mondes – le trait d'union entre le Trecento et l'époque moderne. Ah, je vous jure. Ils ont de ces formules. Les académiciens se sont étouffés d'indignation. Mais Sanchez s'est étouffé plus encore que les autres ; il s'est étranglé. C'est à lui que l'affront s'est adressé *directement*, par l'intermédiaire du moine de Santo Spirito. Marianne Javert pense-t-elle vraiment bouleverser des siècles de tradition écrite, toute l'œuvre des plus grands théoriciens, de Bernard Berenson à Panofsky ? Toute seule à Florence ? Allons... Comment un commissaire-priseur et un cabinet d'expertise aussi réputés peuvent-ils entrer dans son jeu ? Mais c'est qu'ils y croient !

« Je vous comprends, mademoiselle Javert. On se laisse parfois vaincre par nos fantasmes. Notre imagination. »

L'interprète a du mal à suivre. « Ça nous est tous arrivé. » Mais enfin soyons sérieux. On ne balaye pas impunément plus de cent années de recherches d'un revers de la main. « Soyons sérieux », répète l'interprète. Et l'iconographie du rouge-gorge, *Signore* Sanchez ? Montrez-moi un retable qui date d'après 1420 avec un rouge-gorge. Malgré les invectives de l'experte, l'académicien garde son calme, un ton amusé qui lui donne l'avantage. Il commence toutes ses phrases par « *Ma dai* », que l'interprète traduit par « Allons », ou « Vous plaisantez ». C'est maladroit de sa part, se dit Paul. « Vous plaisantez », en français, c'est très arrogant. *Ma dai,* tu ne sais pas ce que tu dis. *Ma dai,* le rouge-gorge, j'en connais plein, plein – ah oui, donne-m'en un, un seul. Sanchez perd patience. Et si vous aviez même besoin d'une preuve, elle est là, dans vos rapports – regardez ces radios. Vous voyez, le tracé des lignes de fuite – notamment au niveau de la table – eh bien, il a été repris. « Je sais », dit Marianne. Je l'ai vu.

« Et alors ? Vous n'en avez pas déduit que même si votre œuvre avait été plus ancienne, le travail du fond était postérieur ?

— Qu'est-ce qui vous le prouve ?

— *Ma* la perspective, *proprio,* la perspective ! Elle n'existe pas en 1405 ! »

Elle est impossible, cette femme – elle s'entête. Et la dendro, poursuit-elle, tu crois que le bois ment, le ton monte, tu crois qu'un peuplier, ça n'a pas d'âge, pas de mémoire – *ma dai*. Morin tente de calmer son experte, il parle de plus en plus fort, il couvre la voix de Marianne, mais elle s'acharne – elle enchaîne sur le cercle de Santo Spirito, sur Niccoli, sur l'outremer… Morin la reprend, « Attendez, attendez, là, quand même, Marianne… » Et les poinçons dans les auréoles ? *Ma dai !* Et… Dans un geste de panique, Morin coupe le son de l'ordinateur. Attilio Sanchez a envie de rire. La mémoire des arbres ; non, non, vraiment !

« *Barzellette !* »

Tout le monde se tait. L'interprète a un trou. Elle ne traduit pas « *barzellette* ». Paul lève les yeux au ciel – *L'Œil ou la Science*. Et voilà. En plein dans le mille. Les Anciens contre les Modernes. La jeune révolutionnaire et le vieux con, David contre Goliath, tous les mêmes. En matière d'expertise comme de critique d'art, la seule chose qui compte, c'est d'imposer son point de vue. J'en étais sûr. Je ne vous l'avais pas dit ? C'était le risque : si Sanchez avait lui-même découvert le retable, il l'aurait certainement tenu pour chef-d'œuvre. Le contexte est primordial. Ce type n'a pas fait le déplacement pour voir la Madone. Il est venu défendre son titre. On aurait dû le ferrer – lui laisser le prestige de la découverte. Mais comment ? Le moine de Santo

Spirito avait déjà tout révélé – photo à l'appui. Frère Guido a cru bien faire : il pensait que les experts perceraient le mystère main dans la main, sous les ailes blanches de l'Esprit saint.

« C'est une belle pièce, ne vous en faites pas. Authentique, assurément. Belle pièce. Et le peintre est florentin, ça, là-dessus, vous avez raison. Estimation... Voyons, dernièrement, qu'est-ce qui s'est vendu... »

Sanchez jette un coup d'œil rapide à la cote des Primitifs sur Artprice, *Le marché de l'art en prix et en images*. Voilà. Estimation haute, 20 000 à 30 000 euros. Quant à vos analyses... Non, non, je vous assure, méfiez-vous. Et pourquoi pas l'Intelligence artificielle, tant qu'on y est.

« Hein ? »

Paul a perdu le fil. Il se tourne vers Morin, qui explique, le regard las :

« C'est les Américains... Ils font authentifier les œuvres par des machines, maintenant... Elles analysent les coups de pinceau. »

Marianne fulmine du fond de son écran. Elle observe les trois hommes, enragée, impuissante. Paul se lève. Elle est jeune, Marianne. Elle s'emporte. Elle ne sait pas que ce genre de bataille est perdu d'avance. Plus on énerve Me Sanchez et plus il risque de baisser son estimation. C'est fichu, ma belle. C'est fichu. De nos jours on croit tout savoir... Mais les amis, toute connaissance est inévitablement subjective. Il ne nous reste qu'une chance : faire bonne figure. *Bella figura,* dirait Gabrielle Cassaì.

« Bon, je vous raccompagne. Mon cher maître, je regrette de vous avoir fait déplacer pour une œuvre somme toute mineure, hein, disons-le. Vous allez passer quelques jours à Paris, quand même ? Profiter ? »

Sanchez jette au retable un dernier coup d'œil. Il enverra son rapport et ce sera le bon. Mademoiselle Javert, la bonne nouvelle, c'est que vous allez pouvoir rentrer chez vous. Morin remet son manteau ; bien évidemment, il est plus enclin à croire le grand ponte que sa propre experte. Et dire que ça fait un mois que je lui paye les frais de voyage. Elle ne travaille pas, elle rêve. Elle rêve ! Elle rêvasse. Sans parler du prix de la restauration. Devant la débâcle, Ivan murmure : « C'est chaud. » Paul est quand même heureux de l'avoir rencontré, maître Sanchez, nous avons hâte de vous lire, et puis vraiment, si vous avez le temps, ce serait dommage de le rater, allez voir César au Centre Pompidou. Il pose la main sur son épaule.

« C'est bête, vous me l'auriez dit, je vous aurais apporté des pass. »

Zbik roule une cigarette sans se soucier de la toxicité des solvants dont ses doigts sont imprégnés. Marianne a refermé l'écran de son ordinateur quand elle a senti qu'elle ne pourrait plus contenir ses larmes. Elle sait que l'avis d'un Sanchez est incontestable. C'est terminé. Sa chambre ressemble à une boutique souvenirs. Que fait-elle à Florence, perdue dans cette ville minuscule ? Des cartes de musée sont accrochées au mur, et des feuilles A 4, scotchées les unes aux autres, trônent au centre de la pièce. *La Vierge au rouge-gorge* grandeur nature. « Anonyme, Florence, milieu XVe. » Et Pippo ? Et Niccoli ? « Changez de métier, Marianne. Écrivez des bouquins ou, tiens, des scénars. » Hein ? C'est pas mal, ça, non ? Qu'elle nous écrive un scénar ! crie Morin en direction de Paul qui dans le vestibule est tombé nez à nez avec une ampoule au bout d'une applique en fer : « Potence d'éclairage dite "Retour d'Afrique", 1962, Jean Prouvé. » Dites-moi, jeune homme, il paraît que votre père était dans la lumière ? Votre petite potence, là…

« Pas à vendre.

« Allez, ouste. » Morin voudrait que l'on s'en aille. Et Mlle Javert, elle ferait mieux de revenir tout de suite au bureau si elle ne veut pas que je m'énerve.

Marianne renifle ; elle se sent si seule qu'un creux ronge son estomac. Toute seule, terriblement isolée, sans amour, sans famille, sans personne. Personne. Bande de cons. Connards misogynes. Paul aurait dû la défendre. Et dire qu'elle a fantasmé sur ce type. Elle a laissé ce type, dans ses propres pensées, poser ses mains sur son corps – mais enfin il s'est regardé ? Il s'est vu, avec son bide ! T'as cru quoi, connard ! Que tu pourrais m'avoir ? Morin aussi aurait dû la protéger, après tout ce qu'elle a fait pour le cabinet, un mois qu'elle n'a plus de vie... ! Mais quelle bande de lâches... Elle est abasourdie. Les lâches. C'est insupportable. Lâches ! Il a coupé le son. Si j'étais un homme il n'aurait jamais coupé le son comme ça. Je pourrais porter plainte. La morve coule sur ses lèvres. Elle se laisse tomber contre la moquette, en boule, elle s'agrippe à elle-même. Qu'elle coule, la morve ! Mais merde ! Même Zbik aurait dû dire quelque chose. Il est resté là, planté, il les a laissés m'humilier, couper le son, mais quelle lâcheté ! Tout le monde a cru Sanchez parce que c'est un connard, un vieux connard avec son costume et son petit badge d'académicien de merde, et moi, personne ne m'a soutenue. Elle consulte un dictionnaire italien-français sur son portable. Une *barzelletta,* c'est une histoire drôle.

5

D'abord, une photographie du Ponte Vecchio. Ensuite. Les divinités marines estropiées du bassin de Neptune, dans les jardins de Boboli. Paul fait défiler les images de sa conversation avec Marianne sur son téléphone. Il a chaussé ses lunettes pour mieux comprendre. Elle m'envoie des photos. Un bout de mur, une fontaine, une glace *fior di latte* (sur cette dernière, il peut voir sa main, ses ongles peints en rouge). Jusqu'alors, il n'y a pas trop fait attention : il pensait qu'elles étaient destinées à tous ses contacts, et qu'il était automatiquement inclus dans la boucle. Mais aujourd'hui, il a reçu *Adam et Ève chassés du Paradis*. Masaccio au Carmine. Les deux personnages s'en vont lamentablement, déchus, mortels, l'un contre l'autre. Pratiquement main dans la main. Et si ces photos n'étaient que pour moi ? Et si elles m'étaient personnellement destinées ? Que veut-elle ? Est-ce un clin d'œil à la débâcle de l'atelier Zbikowski ? Paul soupire – quelle indécence. Marianne, ma belle, vraiment, quelle indécence ! Elle m'envoie le premier nu de la peinture moderne. Est-il en train d'inventer ? De trop y croire ? *Ils ont croqué la pomme.* Est-il en train de fantasmer ? Il se regarde dans le miroir et se sourit, ces joues flasques, ces poches sous les yeux, tout se casse la gueule. Il penche la tête en tentant de retrouver un air de famille avec son propre visage – « Quel con », murmure-t-il. C'est impossible.

« Voilà monsieur Vivienne là je pense que ça a bien pris on va pouvoir rincer. »

Paul se lève, enveloppé dans un peignoir, une serviette autour du cou. Il suit la demoiselle. J'espère qu'elle sait ce qu'elle fait, cette petite. Elle a promis que ce serait discret : poivre et sel foncé, on touche pas aux tempes – ça donne du caractère. Ça fait naturel. Chaque mèche est enveloppée dans du cellophane, badigeonnée de produit. Vous avez des cheveux magnifiques, monsieur Vivienne. Elle a raison ; les autres sont tous devenus chauves. Tu regardes Becquerel, Rivette, Morin, c'est terrible. Une hécatombe. La coiffeuse défait les mèches et puis elle rince, Paul se sent bien. Il est bien. Que veut-elle, Marianne ? Elle trouve que c'est injuste. « Une injustice pour l'histoire. » Elle ne veut pas rentrer, Morin la menace, elle résiste. Elle tient le front. Elle est persuadée qu'en poursuivant ses recherches… Paul est attendri. En vérité ma belle, tout le monde s'en fout. Il n'y a que les experts pour accorder de l'importance à dix années de différence entre la date présumée et la date réelle de la découverte de la perspective, il y a six cents ans. On s'en fout. Je t'assure. Vous pinaillez. Vous en faites une question d'orgueil, c'est toujours comme ça, avec vous. Une affaire personnelle. Quant à l'estimation, qu'est-ce que tu veux que je te dise. Il faut savoir accepter de passer à côté d'œuvres exceptionnelles. Il ferme les yeux. La coiffeuse le masse derrière les oreilles. Ses petits doigts s'insèrent dans le creux de son crâne, ils en épousent la forme, il s'imagine auprès de Marianne. Comme il aimerait la revoir. Prendre un café en terrasse, entendre sa voix, se laisser grignoter doucement, au soleil. Leurs mains seraient posées sur la table et se frôleraient peut-être. J'ai aimé la Madone. Elle portait l'enfant mort, le printemps, et toi dans la cour près du puits, si blonde et si chatte. J'y ai cru. C'est tout le problème de l'intuition : on ne sait pas quand il faut s'y fier. *La Vierge au rouge-gorge* est un retable parmi cent autres. Il faut l'accepter. Ne t'en fais pas. Tu verras passer tant d'objets qu'il faut bien que certains t'échappent. Et tu finiras par les laisser partir. Tu ne peux pas revenir sur l'avis d'un Sanchez. A-t-il raison, a-t-il tort ? Quelle importance ? C'est le jeu. C'est trop tard. L'authenticité ne dépend que de la réputation de l'expert. Paul avait bien dit qu'il fallait se méfier – il croit au pouvoir des noms. Les syllabes qui s'enchaînent, leur mélodie, le rythme des voyelles : Barbara. Douce et sévère, droite, grande, citadine, immeuble haussmannien. Sac Birkin. Très mince, très fine. Couleurs froides. « Marianne Javert » : élégante et traître, marron glacé, jour pluvieux. Seine qui déborde. Des bruits de pas dans la nuit. Gabrielle : nez rose, pigeons, cheveux noirs. Elle est espiègle, elle est dans son bain, elle pince le téton de sa sœur. Elle est fragile, Gabrielle, c'est là toute sa force. On a envie de la protéger. Attilio Sanchez : n'importe quoi. Ah mais franchement. Nom fourbe. Impossible d'en tirer quoi que ce soit, complètement absurde.

« C'est pas trop chaud ? C'est la bonne température à votre convenance ? »

Oui, oui, ça va, ça va. Il aime les doigts de cette femme ; il se demande si elle est en train d'observer les rides de son front se plier et se déplier sous la pression du massage. Il entonne *Oh ma Lou, oh Marilou,* pour faire diversion, mais elle ne comprend pas. Vraiment, vous ne connaissez pas cette chanson ? *Petite gueuse, shampouineuse de mes rêves ?* Non. Elle ne connaît pas. Et elle trouve ça limite.

Il essaye de ne pas réfléchir trop longtemps. Penser à Marianne, c'est un moyen pratique d'échapper à ses préoccupations. À la déconfiture. Il est perdu, quand même. La fête est finie. Et la pauvre veuve. La vente. Cette petite enflure de fils Becquerel. Dans cent ans les Primitifs seront à nouveau prisés et je t'en foutrai, moi, des *Tintin au Tibet*... Tant pis. Je vais l'acheter moi-même, cette saleté de Madone. Moi-même contre moi-même. Pas de quartier. Je fais monter jusqu'à 100 000, j'adjuge. Personne ne le saura. Et mon clerc ? Je dirai que j'ai un ordre. C'est risqué, ils vont vouloir savoir ; Becquerel va se douter de quelque chose : je les ai toutes faites. Et puis... Où trouver 100 000 balles ? À l'idée de se séparer de l'une des œuvres de sa collection, il sent ses muscles se raidir – l'épaule droite. C'est simple. Son Cézanne contre sa réputation. Non. Cézanne, jamais. Ça me rappelle un jour heureux quelque part dans les souvenirs de Barbe. Utrillo. Ou mon Derain, tiens ? Mon Derain contre un fond d'or de malheur qu'il me faudra planquer quelque temps dans un port suisse, franc sous douane.

Alors que la jeune femme lui présente l'arrière de son crâne dans un miroir ovale, il la félicite, c'est très naturel, très réussi, non, vraiment, c'est très bien. Elle lui assure que ça change tout, et sa collègue passe et répète : « C'est fou comme ça change tout. » Il se sent encouragé. Une nouvelle fois, elle lui caresse la nuque. *Ils ont croqué la pomme.* Ils s'en vont tous les deux, tous les deux nus pour la première fois. Cette photo, ce détail de fresque, ce n'est pas anodin. C'est un signe. Il se sent léger, et c'est grâce à elle. À Marianne. Elle ne veut pas rentrer. Elle s'accroche, c'est incroyable, cette détermination, elle risque de perdre son travail, et tant pis, elle est sûre d'elle, elle y va. Tout est à nouveau possible. Le monde est à nouveau possible. Et c'est le printemps, ma belle, c'est le printemps ! Des fils imaginaires se tissent entre eux ; presque palpables. Comme les fils de ver à soie, ou d'araignée, translucides, presque du vent. Presque rien. Ne dis pas que c'est faux, tu les sens aussi. Tes petites cartes postales numériques, envoyées sans mot, sans rien, ce sont des appels de phares. Tu es trop maligne pour ne pas savoir. Trop belle pour jouer l'ingénue. C'est le printemps, Marianne ! Jamais Paul n'aurait imaginé plaire à une femme comme elle. Avant, oui, mais aujourd'hui... Jamais il n'aurait rêvé de l'atteindre. Peut-être est-il plus jeune qu'il ne le croit. Il offre à la coiffeuse un large pourboire. Les clochettes de la porte du salon de coiffure tintent et annoncent son entrée dans un jour nouveau. Désormais les autres ne sont plus des spectres – il peut les atteindre. Les toucher. La rue est déserte, il est encore tôt, l'île Saint-Louis flotte à la dérive, on a largué les amarres, se dit-il, tant il est léger, léger, sans attaches. Et Morin ? Et Becquerel ? Et le retable ? Tout à coup, il n'y voit plus aucun intérêt. Mais alors, aucun. Auctionès peut bien devenir le fief de cette petite crapule de Rivette, *auctioneer/dj,* je m'en contrefous. Et la veuve ? Elle n'a qu'à travailler, comme tout le monde. Plus rien n'a d'importance. Il est fichu, et alors ! Il se sent vivant – il est vivant. Plus il y pense et moins le doute résiste : Adam et Ève, quand même. L'un contre l'autre. Nus. Il ne lui reste plus qu'à répondre. « Quand rentrez-vous ? » Il écrit, il efface. « Rentrez-vous bientôt ? » Il écrit, il efface.

`J'espère vous revoir.`

Envoyé. Il aurait pu mettre *vous revoir vite,* mais il s'est dit que *vous revoir, point*, c'était plus poétique. Il sifflote, il salue les commerçants, le boucher, la bouchère, tant pis pour son Derain, tant pis pour le retable, le monde des objets est éternel, se dit-il. Comme la Madone est éternelle. Comme Marianne est éphémère.

6

Le train entre au matin, à sept heures, dans la gare de Santa Maria Novella. Paul s'est rasé de près dans la cabine, il a tapoté ses joues de lotion, puis il a endossé sa chemise blanche, demeurée toute la nuit suspendue au crochet de la porte. M'attendra-t-elle sur le quai ? Tomber amoureux d'une jeunette, prendre le train de nuit, c'est inespéré.

Il a dormi comme dans un rêve et s'est félicité de n'avoir pas choisi l'avion, parce que les quais, c'est romantique. Il est prêt. Une voix annonce l'entrée en gare, et Paul se dit que c'est ridicule, cette peur au ventre, cette appréhension. *Elle m'a demandé de la rejoindre.* Le train s'immobilise. Les compartiments s'ouvrent les uns après les autres. Paul est assis sur son lit défait. Les mains à plat sur sa valise à roulettes. Il regarde défiler ces hommes et ces femmes qui vont quelque part. M'attend-elle vraiment sur le quai ? Trois textos ont suffi. Trois petits coups de pouce.

Mais peut-être a-t-il mal compris, peut-être que ce qu'elle veut, c'est poursuivre les recherches, elle pourrait avoir seulement besoin de son aide, « C'est une obsessionnelle », avait prévenu Morin. Non. Non, non, elle m'a attiré jusqu'ici. Il n'ose pas descendre. Et si quelqu'un lui avait subtilisé son portable et envoyé des messages à sa place, pour lui faire une blague ? Lui jouer un tour ? Un amoureux peut-être, ou son copain restaurateur, là, son Zbikowski ? Paul respire mal – il défait les deux premiers boutons de sa chemise et pose la main contre son torse. Non, je ne peux pas : il est incapable de quitter sa cabine. J'ai trop espéré, trop attendu. Ne vaut-il pas mieux protéger ses fantasmes ? Flotter le plus longtemps possible dans l'ambiguïté, quand rien n'est encore sûr ? Sacha Guitry disait : « Le plus beau dans l'amour, c'est la montée des escaliers. » Oui. Il a raison. Oui – Paul soupire. Oui... Et ben oui, génial. Cite-moi donc Guitry tout seul dans ta cabine. Vieux con.

Il tente encore une fois de se raisonner. Son corps refuse d'obéir. Il est paralysé. Impossible, impossible. Il ne descendra pas. Il n'a qu'à attendre là, caché, elle finira bien par faire demi-tour, et puis il reprendra le train dans l'autre sens. Vers Paris. Oui, oui, vers Paris, c'est beaucoup mieux. « Zou », dirait sa mère. Allez, on rentre. Il imagine la scène, une chambre d'hôtel, elle dans une robe noire à bretelles fines, et lui pétrifié, à l'autre bout de la pièce. Elle va toucher mon corps. Non – non, non. Je ne peux pas lui faire ça. Son corps flasque, son ventre, ses poils blancs. Il regrette. Il aurait dû aller deux fois par semaine à la piscine du Ritz. Il regrette toutes les olives du bar Hemingway après ses longueurs. Je n'aurai qu'à garder ma chemise, se dit-il. Éteindre la lumière. Il se demande comment font tous ces hommes au bras de femmes si belles – Becquerel et ses maîtresses ; est-il conscient de son aspect physique ? Et l'autre, là, Armand de Salles de chez Christie's ? Toujours avec des rousses magnifiques, cet imbécile. Fait-il abstraction de lui-même au profit de son seul désir ? Paul défroisse sa chemise avec ses mains. Et merde. Elle va vouloir me l'enlever.

Il se décide à descendre lorsque le contrôleur lui assène quelques phrases en italien, qu'il ne comprend pas. Il n'a pas envie de s'expliquer. Sur le quai, sa valise roule et tape contre ses chevilles. Le blanc du matin se heurte au bitume. La gare est sale, des mégots partout. Du papier toilette sur les rails. Il fait semblant de ne chercher personne. Il fouille toutes les silhouettes du coin de l'œil. Qu'est-ce qu'il y a comme pigeons ! Marianne est une femme que l'on remarque. Il l'imagine comme dans un vieux film, avec un chapeau, du rouge aux lèvres, un petit tailleur à gros boutons, surgissant entre les brumes d'un train à vapeur. Un type crache un mollard que Paul contourne avec sa valise. Le hall est immense. Les hommes et les femmes se bousculent. Il sent déjà la nostalgie lui serrer la gorge, tout le monde parle italien, il est étranger, les mots lui viennent sous forme de poèmes, *Plus que le marbre dur me plaît l'ardoise fine*, ressasse-t-il comme chaque fois qu'il est en voyage, *Et plus que l'air marin la douceur angevine*. Elle n'est nulle part. Nulle part. A-t-elle vraiment dit qu'elle viendrait ? Est-elle déjà partie ? Paul s'en veut : combien de temps a-t-il attendu dans la cabine ? Il presse le pas, dépasse les voyageurs qui retrouvent leur famille au bout du quai. Les hommes d'affaires se dirigent vers des panneaux qui portent leur nom. Les fumeurs fument. Il contrôle toutes les issues en cherchant sa silhouette : elle n'est pas venue. Voilà, elle n'est pas venue, il en était sûr. Il faut dire qu'il est tôt. Elle doit dormir. Paul se dirige droit vers la sortie. Eh, redescends, mon vieux. Faut pas rêver. Tant mieux, d'ailleurs. Tant mieux. Il n'a envie de rien – pas de café, pas de *cornetto*, rien. Pas même le journal. Il se sent presque rassuré par son absence. Il se frotte les yeux, dehors c'est une sacrée pagaille, tous ces bus, la pollution, les travaux, les vendeurs de bricoles à touristes, et puis il hèle un taxi, au St. Regis. Oui, je sais, j'aurais pu commander une voiture avec mon portable, et alors ? Parfois la technologie est moins pratique que le monde ancien, ne vous déplaise. La borne est juste là, merde ! « Comment ? Mais je descends toujours au St. Regis », s'insurge-t-il, tandis que le taxi refuse de le prendre. L'hôtel est à cinq cents mètres. *Ma vai a piedi !* Et puis quoi encore !? Il s'énerve, il s'emporte, il claque violemment la portière. La façade de Santa Maria Novella manque de se décrocher. Je ne sais pas ce qu'ils ont tous avec Florence. C'est sale, c'est gris, c'est… Marianne se tient là, debout devant lui, armée de son grand sourire.

7

Paris compte trois cent soixante-seize kiosques à journaux. Celui du faubourg Saint-Honoré ouvre à 4 h 30 le matin. Tous les vendredis, il est donc le premier à recevoir, dans son emballage de plastique et sous forme de pile, *La Gazette Drouot*. La couverture du vendredi 13 avril 2018 est particulièrement attrayante : ainsi le kiosquier choisit-il de la placer au premier rang des magazines de la section Art et Histoire. « Ah ben oui, ça claque », marmonne-t-il, les poings sur les hanches. Il y a peu de monde encore, les noctambules, les chauffeurs de taxi, chacun boit son café comme chacun l'aime. Le soleil se lève d'abord sur le trottoir, puis les rayons montent. Ils chassent l'ombre des étaux et s'étalent contre le *vert Paris* du kiosque. Lorsque les Parisiens se lèvent et marchent, lorsqu'ils entrent et sortent du métro, ils passent devant la couverture éclatante de la *Gazette*, brillante au soleil : un fond d'or de la Renaissance italienne. *La Vierge au rouge-gorge*. En lettres capitales, le titre est un mystère –

CHEF-D'ŒUVRE RETROUVÉ :
LE REFLET D'UNE FENÊTRE.

Alors ? C'est pas beau, ça ? C'est pas de la dynamite ? Morin présente le journal à tous les membres du cabinet. Il en a acheté quinze exemplaires. Regardez, même vous, Geneviève, qui n'avez pas l'habitude de lire *La Gazette*, avouez que là, vous auriez envie de l'acheter. Je vous l'avais pas dit ? Qu'est-ce que je vous avais dit ? Un vrai limier, la petite. Regardez-moi ça. Non mais regardez-moi ça ! J'en étais sûr.

Il a suffi d'une phrase. Une phrase perdue dans l'un des deux cents journaux intimes écrits entre le XIIIe et le XVIIe siècle, une phrase à la volée dans le *diario* d'un apothicaire, pour retrouver l'identité du peintre de la Madone. Mais ouvrez, enfin, ouvrez-le ! Morin tourne frénétiquement les pages sous le nez de Geneviève qui est bien embêtée parce qu'elle a du travail, et qu'elle n'a pas que ça à faire. Elle n'est même pas là, l'héroïne du jour. Ah bah non forcément, dix heures c'est trop tôt pour Marianne, elle n'est jamais là avant la demie. Ah ! Regardez. Voi-là. Morin donne une pichenette au papier : la Madone en pleine page, et puis l'article, pas une, ni deux ni trois, mais quatre pages d'article, tout le dossier, la photo de Santo Spirito, un topo sur les

Primitifs, et là, dans le petit encadré, un rappel des dates. Ils ont même tenu à interviewer Marianne Javert. « La belle Marianne. » Vous tournez, allez-y, tournez, tournez ! Voilà. Vous tombez dessus. Marianne Javert *du prestigieux cabinet Morin dans le 8ᵉ arrondissement de Paris.* Eh. Geneviève. Quand même. Hein ? Quand même.

Pendant plusieurs mois, l'experte s'est entièrement consacrée à la recherche du peintre au rouge-gorge. Elle a arpenté toutes les églises de Florence. C'est parmi les onze mille manuscrits de la bibliothèque Laurentienne, entre les textes de Virgile et les papyri d'Égypte, aux côtés d'un Horace annoté par Pétrarque et du livre d'heures de Laurent le Magnifique, qu'elle a découvert le journal intime de l'apothicaire. Ses *ricordanze*. Le journaliste donne le cadre. « Il fait monter la sauce », dit Morin. La salle de lecture se trouve dans l'enceinte du monastère San Lorenzo. Dessinée par Michel-Ange. On y entre par la cour, le petit jardin bordé de colonnes marmoréennes. Au fond à droite, le vestibule, son escalier tripartite, et la salle surélevée, juste au-dessus des cellules des moines. Michel-Ange a isolé ces dernières par des voûtes pour éviter que la collection ne brûle en cas d'incendie – avec toutes ces bougies chez les frères, on ne sait jamais. Onze mille manuscrits, un journal. Vous imaginez le travail. Dans son interview, Marianne explique n'en avoir lu que quelques-uns – ce n'était pas un hasard. Les apothicaires sont liés aux peintres, ce sont eux qui fournissent les pigments. D'ailleurs souvent les peintres sont affiliés, comme eux, à la guilde des médecins. « Je cherchais une commande de lapis-lazuli », explique Marianne. Et plus précisément dans le fonds Niccoli de la bibliothèque. Et elle la trouve. Elle la trouve ! *Jacopo Coluccino da Lucqua, medico, giornale delle sue Ricordanze, 1364-1405*. Jacopo, médecin de Lucques. Section 146. Sans doute le médecin de la famille. Marianne a parcouru son journal debout devant une stalle, avec un pointeur de lecture et une paire de gants. Personne dans la salle, le bibliothécaire voûté derrière son bureau, quelques étudiants perdus sous des livres immenses, des écouteurs dans les oreilles. Marianne témoigne : le cahier est recouvert de cuir. Les pages sont fines, la plupart ne sont pas reliées. Tout se détache. Papier bruni, perforé par endroits, il gondole. L'écriture est lisible (pour une habituée des manuscrits anciens) et les mots sont simples – c'est écrit dans un italien de la rue, aux tournures hors d'usage, mais parfaitement compréhensibles. Jacopo débute *in medias res*. Sans introduction, sans reprendre toute l'histoire des ancêtres de la famille. Aucune invocation religieuse ni formule rituelle. Seulement les chiffres, les recettes, accompagnés parfois des commentaires du jour. « Choses qu'il me plaît d'écrire, à moi qui écris, parce qu'il m'appartient de les connaître, et, par la suite, à ceux de mes descendants qui me suivront. » Mariage de son fils. Dépenses. Un chat qui mange un nouveau-né, les Ciompi qui s'entretuent, Marianne a lu des heures entières, debout, reliée au temps par les ombres sur le bois des murs et les chuchotements des étudiants. Comptes, recettes, crises de goutte. *Cose strane* – les choses étranges. Un pendu n'est pas tout à fait mort, il agonise des jours entiers sur le parvis de Santa Maria Novella. Elle a lu jusqu'en 1400 – Le jubilé. Puis elle est entrée dans le siècle nouveau, 1400, 1401. Foires annuelles, bétail, draps et laines, curiosités, retour de la peste. 1402 : duel de Brunelleschi et de Ghiberti aux portes du Baptistère. La mort subite du duc de Milan sauve Florence in extremis de la conquête. Une intervention divine. Et puis, *en l'an du Seigneur 1405, le 23 septembre*.

En haut du feuillet, une adresse se détache sur le fond brun, le fond taché, l'encre est presque passée : *Via Larga.* C'est une commande à livrer. *38 fiorini larghi d'oro* de couleurs et d'or. Deux livres d'*ultramarinum*. Le bleu d'outremer. Deux livres ! Selon l'apothicaire, *Messer Niccolò Niccoli* a payé comptant, 75 florins d'or. Trente-huit pour les pigments et le cadre, dont il énumère le décompte. Sous son tableau, de ses pattes de mouche, il écrit : 37 florins d'or pour le peintre.

Le jeune *Masino*. Le nom est souligné. Ses commentaires se résument à deux lignes :

Una scimmia ossessionata dalla mimesi della natura sin nel più piccolo dettaglio.

Un singe obsédé par la copie de la nature dans ses moindres détails. La seconde ligne est encore plus troublante. « Masino » a une manie. *Una mania particolare.*

Dipinge nei occhi delle figure il riflesso d'una finestra

Il peint dans les yeux de ses personnages le reflet d'une fenêtre.

C'est tout. Plus rien. La page est un recto simple, rien au verso, et jusqu'à la fin du journal, plus aucune référence n'est faite à Masino ni à Niccoli. « C'est fou, quand même. » Morin a la jambe qui pendouille, la fesse posée sur les dossiers de Geneviève. Le souffle coupé. Dès qu'un homme peut laisser sa trace, il hésite pas, hein, c'est plus fort que lui. Ses mains dans une grotte, son tag dans le métro, son cadenas sur les ponts – vous savez, avec les initiales. Et jusque dans l'œil de la Sainte Vierge (s'il était croyant, là, tout de suite, il se signerait). Oui, c'est ça, conclut Morin. C'est une manière de signer. Or à cette époque, la signature était extrêmement rare. Quand il y en avait une, on la sculptait sur le cadre. En dehors de l'image. Ce Masino signe dans l'œil même de ses personnages ; vous imaginez la révolution ? Le tableau n'est plus une icône, c'est une œuvre d'art. Ce qui fait de Masino le premier artiste de la Renaissance.

Geneviève tente de bifurquer sur la polémique des cadenas contre la mairie de Paris, et « de tous ces imbéciles » qui font couler les ponts, mais ça ne prend pas. Morin la coupe – Marianne a épluché tous les écrits de Niccoli, toute sa bibliothèque, rien. Aucune référence à Masino ni à la commande d'un retable. Elle a fouillé les livres de comptes d'autres apothicaires de la même période, rien non plus. Une recherche officielle est lancée, tous les musées d'Italie sont à ses trousses. Mais pour l'instant, le seul document qui retrace l'existence du retable de la *Vierge au rouge-gorge*, c'est cette commande d'or et de pigments de 1405, du « *jeune Masino* » pour le compte de Niccolò Niccoli, et les deux lignes qui l'accompagnent. « Je suis rentrée le jour même à Paris », assure l'experte. Au chevet de la Madone. On imagine bien son appréhension, et si l'œil avait été vide ? « Tout cela ne tenait à rien. Mais au moins, je savais où chercher. » *La Gazette Drouot* présente un gros plan des yeux de la Vierge : les cils, les paupières, le contour et l'intérieur de l'œil minutieusement détaillés. Dans le rond de ses pupilles, quatre minuscules carreaux blancs sont délimités par une croix noire.

Becquerel fils, clope électronique au bec, poursuit à voix haute : « Le mystère Masino reste entier. Le peintre n'est connu d'aucun registre – aucune mention de son nom dans les archives des guildes, aucune autre œuvre attestée, mais cette certitude : Masino est le premier peintre à traduire en peinture les lois mathématiques de la perspective. » Becquerel père frappe dans ses mains. Non, ça, c'est trop fort !

« Attends, attends, c'est pas fini : "La vente Castel Vecchio promet d'être spectaculaire. On estime le retable de Masino entre 450 000 et 500 000 euros." »

Quelques-uns des trésors du château apparaissent en photographie, la mappemonde, la pendule, et deux marines du XIXe siècle, que les amis de Paul Vivienne auraient pu apercevoir chez lui, dans le couloir menant à la cuisine. Une collection « hétéroclite », commente l'article, seulement dictée par l'humanisme de son propriétaire, Benvolio Cassaì. « Un personnage haut en couleur, dandy célèbre des nuits romaines, ruiné comme le sont les hommes trop généreux. » Grandeur et décadence. (J'allais pas t'écrire « vacation d'un Rital endetté, assassiné au troisième sous-sol d'un centre commercial », s'est justifié Paul. Un peu de fable, un peu de mythe, mon vieux !) *La Gazette* annonce la succession Cassaì sous le *marteau charmeur du grand Vivienne* (c'est du réchauffé, dit Becquerel, qui a déjà lu ça quelque part), *légende de l'hôtel des ventes dans les années 1990,* le lundi 21 mai 2018 à 14 heures, dans la salle n° 1 d'Auctionès.

« Et voilà. »

Le fils repose le journal. Tu parles d'un coup de com. La une de *La Gazette*. Et sans bakchich, hein, et ça, c'est fort, rappelle le père. Seulement grâce au communiqué de presse : l'histoire a tant plu aux journalistes qu'ils n'ont pas hésité – la couv. Carrément. Le dossier spécial. Ne vous fatiguez pas, Paul n'attend pas d'excuses. Il n'est pas comme ça. Mets le champagne au frais, mon grand, c'est tout ce que je demande. Le retable a quitté l'atelier Zbikowski ; il est présenté dans le hall de la maison de ventes derrière une rambarde en velours, et les visiteurs affluent. Le fils a eu l'idée formidable d'installer un écran plat à côté de l'œuvre. Un film passe en boucle le détail de l'œil.

« Faut faire une télé. Il faut qu'on ait une télé.

— Oh mon Paul, il va adorer ça, il a toujours été très à l'aise pour ce genre de…

— Non. Pas Paul. On envoie la fille. Papa, il faut faire la promo avec Marianne Javert. Là, t'es dans le glam. Là, tu casses l'image d'un milieu fermé. »

Ce n'est pas tout de créer le mythe. Le fils Becquerel dit qu'il faut « surfer sur la vague ». Les maintenir en haleine jusqu'à la vente, tu comprends ? C'est comme dans les affaires de meurtre. Les médias ne lâchent jamais toutes les infos en même temps. Ils attendent une semaine, le temps que ça prenne bien, que les blancs montent, et puis bam ! Un scoop.

« Un scoop ?

— Trouver d'autres pistes, un autre Masino, je sais pas, moi... Il nous faut un rebondissement. Plus on étonne et plus on fait monter la cote. Papa. Appelle Vivienne. Dis-lui de mettre un coup de cravache. Qu'ils se bougent, tous ! »

Becquerel père est fasciné par les jeunes générations. Fasciné.

Marianne n'était pas en retard au bureau. Seulement, Paul a souhaité la rejoindre au Starbucks Saint-Philippe-du-Roule, à la sortie du métro. « Juste cinq minutes. » C'est là qu'elle commande son cappuccino à emporter tous les matins – et il le sait. Il est arrivé *La Gazette* sous le bras – Marianne avait l'intention de le réprimander, lui dire qu'ils ne devaient pas être vus ensemble, surtout dans le quartier, mais en découvrant la couverture *Chef-d'œuvre retrouvé : le reflet d'une fenêtre,* elle s'est mise à rire. Son visage est devenu rond ; c'est fou, a pensé Paul, ce visage si pointu, qui devient rond quand il rit, comme ces poissons qui gonflent quand on s'en approche. Instantanément, il aurait aimé revivre la scène : cette infime seconde où Marianne s'est illuminée en l'apercevant. Ça valait bien un petit billet ou deux aux mecs de *La Gazette*. Elle s'est éveillée d'un seul coup. Il s'est alors souvenu du petit matin à l'hôtel St. Regis, son dos nu, ses cheveux contre l'oreiller. En pagaille. Elle a murmuré plusieurs fois de suite « Non c'est pas vrai », une main sur la bouche, si délicate, et puis elle s'est approchée doucement, et elle l'a enlacé. Une bouche immense. *Et les citrons amers où s'imprimaient tes dents,* s'est-il récité. Capable de l'avaler tout entier. *Et la grotte fatale aux hôtes imprudents.* Une nouvelle fois, il a senti ses seins contre son torse et entre ses bras ses épaules molletonnées, comme dans les portraits de Renoir.

8

Inutile de revenir sur l'humiliation d'Attilio Sanchez. Dans l'ancien Ospedale di San Matteo, qui fut aussi un couvent, la vieille Académie garde son calme. La cour est vide. Un élève du Conservatoire de musique répète en boucle le même air. Les cordes crissent. Les notes traînent, et tardent, elles finiront par tomber. Au premier étage, la porte de la cuisinette est ouverte sur l'escalier monumental. Un buste de marbre antique trône au-dessus des marches. Un vrai ? Une copie ? On n'ose plus se poser la question. Dans la pièce exiguë, debout, comme des bêtes, les trois professeurs se partagent les restes froids du poulet de la veille.

Sanchez n'a pas faim mais il se force. Son unique réconfort, se répète-t-il, c'est qu'Umberto Eco soit mort avant de voir son ami passer à côté de la découverte la plus spectaculaire du siècle en matière de retables. *Madre dio* – Ne sois pas si dur avec toi-même, Atti, lui a conseillé sa femme : tu ne peux pas connaître par cœur tous les journaux intimes de nos concitoyens – *questo no, no, non è possibile*. Il reçoit des appels de toute l'Italie. Le pays est à feu et à sang, assène-t-il à chacun de ses interlocuteurs *qui ne comprennent pas* pourquoi l'Académie de Florence n'a pas fait de communiqué. Qu'est-ce qu'on attend ? L'histoire de Masino est en train de se répandre chez les collectionneurs comme une traînée de poudre. Tous les possesseurs de retables ont sorti leur loupe, et tous sont persuadés de constater « un éclat inhabituel » dans les pupilles des saints, de la Vierge, du bœuf et de l'âne. Et qui demande-t-on ? La Française. On appelle l'Académie pour avoir le numéro de la Française. L'experte en passe de devenir Sanchez à la place de Sanchez. La *fanciulla francese*. « C'est fou, si jeune, d'accéder à une telle renommée », a expliqué le commissaire-priseur.

« Oh vous savez l'erreur est humaine, hein, *errare humanum est,* comme vous dites.

— *Posso... aiutare* ?

— Ben non, ha ha, mon vieux, alors vous, vous, je pense que vous en avez assez fait comme ça ! »

Au téléphone, Paul Vivienne a rigolé. Sanchez grignote son pilon les sourcils froncés, comme un ogre suçant dans sa taverne les os de ses petits camarades.

« Allez, vous en faites pas, va. Qui a trouvé quoi, au final, ce qui compte, c'est la découverte, n'est-ce pas ? Et puis Marianne Javert a déjà fait le boulot, alors... Vous l'avez vue à la télé ? Formidable... Et c'est pas fini ! Qui sait où elle est en ce moment même, devant quelle œuvre... Attendez. Vous avez un mail ? Je vais vous envoyer ses notes. Comme ça si vous avez des choses à dire, vous compléterez, et moi y a pas de problème, je veux bien mettre votre nom quelque part. »

« Vous compléterez. » L'Oracle a l'impression de côtoyer le vide – un grand fossé dans lequel il pourrait basculer la tête la première. Un précipice. Un cauchemar. La race des marchands d'art, et plus précisément celle des commissaires-priseurs, est la pire qui soit. Ils ne connaissent pas l'Art. Le Beau, le Vrai, non. Non, non. Sanchez les plaint, ces gens-là. On ne peut pas demander à des commerçants de s'élever au-dessus d'eux-mêmes. Ils ne comprennent que les chiffres. « Vous compléterez... » Sait-il au moins à qui il s'adresse ? Connaît-il ses visions, son pouvoir ? Sanchez est né dans les églises de Florence. Il n'a pas peur des Français. Il signera un traité, ou rien. Et vite.

Toute l'Académie est mobilisée. On a appelé Sienne, Lucques, la Brera de Milan, les musées du Vatican, les tours jumelles de San Giminiano. Les plus éminents conservateurs d'Italie sont en ce moment même perchés sur des tabourets à la recherche du fameux signe : la croix noire et les carreaux blancs. La plupart des regards peints de cette époque ne comportent même pas de reflet. Rien. Les yeux sont vides. Fouillez aussi les sacristies ! Les chercheurs et les bibliothécaires de la ville numérisent tous les textes écrits entre 1400 et 1410, cahiers, journaux, comptes, essais, on a même retrouvé des recettes de cuisine. Dans le milieu, on n'a pas l'habitude de travailler contre la montre. Le directeur des Archives se félicite : on est en train de faire un bond en avant, comme la médecine en temps de guerre.

Dans la cuisine, l'humeur est moite. Les professeurs ont détaillé scrupuleusement le rapport de l'experte – très mal écrit, au demeurant. Le plus jeune est assis sur le plan de travail, penché sur l'écran de son portable – il y a un hashtag Masino sur Instagram, maintenant. Les deux autres se répètent les indices comme une incantation :

TOMMASO DETTO « MASINO »
NATO CIRCA 1370
MAESTRO IN 1405
O.S.A.
NICCOLÒ NICCOLI
PIPPO BRUNELLESCHI

Masino n'est pas un prénom, c'est un surnom. Un surnom donné à un homme s'appelant *Tommaso*. Thomas. Un surnom comme Masolino, le Thomas frêle, ou Masaccio, le gros Thomas. Masino, c'est le petit Thomas. Nous cherchons donc un maître prénommé *Tommaso*, prétendument de petite taille, « jeune » en 1405 selon l'apothicaire, probablement entre vingt et trente ans.

« *Un amico del Brunellesco.* »

Pour les académiciens, c'est la clef. Puisque le retable est attaché à Niccoli et aux premiers humanistes, Sanchez a fini par admettre l'hypothèse selon laquelle le fond et les personnages ont été créés en même temps, par un seul maître. Un peintre maîtrisant la *perspectiva artificialis*. Allons. On reprend les sources. Toute la vie de Brunelleschi au peigne fin. Le premier Tommaso qui traîne, son compte est bon. On l'érige en héros national. *Dai*. Lavez-vous les mains, on y retourne.

En 1405, Pippo est à Rome. Il a fui Florence après sa défaite de 1401 au concours des portes du baptistère. Ghiberti, l'ennemi de toujours, a gagné, et tant que son orgueil pourrira l'air de la ville, Pippo ne reviendra pas. Ce dernier est accompagné de son ami Donatello – *le faiseur de figures en marbre*. On les surnomme *les chercheurs de trésors,* ils creusent la terre pour étudier les fondations des monuments enfouis. Pippo passe le plus clair de son temps allongé sur le sol du Panthéon, les yeux rivés vers la coupole et son oculus central, « le divin trou », le trou de lumière. À Florence, les grandes commandes commencent à pleuvoir. Les artisans, les guildes, les ateliers, tout le monde s'affaire, la concurrence est rude, on orne les niches d'Orsanmichele de statues monumentales. Où est Pippo ? Que fait Pippo ? Il est en train de tout rater. Il ne rentrera chez lui qu'en 1417 – plus de quinze ans d'exil, et seulement pour se présenter au concours le plus prestigieux de son siècle : la construction de la coupole du dôme.

« *Ȇ scomparso. Dell'anno 1402 al 1417, proprio, è scomparso.* »

Voilà des années que Sanchez a constaté cette « zone obscure » dans l'œuvre de Brunelleschi. La période romaine n'est pas claire. Qu'a-t-il fait pendant toutes ces années ? Peut-on savoir ? Pas un édifice, pas une sculpture, aucune œuvre attestée. Il est difficile de retrouver sa trace, il brûlait ses carnets. La moindre de ses notes. Selon des témoignages contemporains, il était de nature méfiante, pour ne pas dire paranoïaque. Il craignait qu'un concurrent ne lui vole ses découvertes. Nous n'avons rien : aucun plan, aucune maquette. La structure autoportante du dôme, sans cintrage, est un mystère. On ne sait toujours pas comment il a construit sa coupole.

« *Molto interessante.* »

Sanchez conspire en appuyant ses doigts les uns contre les autres, calé dans son fauteuil. Si nous n'avons aucun écrit de sa main, comment sait-on ce qu'il a réellement inventé ?

En 1434, Alberti publie son *De Pictura,* qu'il dédie à Brunelleschi. Pourtant, s'il y explique les lois de la perspective, il ne les attribue à personne. Ce n'est qu'en 1475 qu'un certain Antonio Manetti, qui fut un élève de Brunelleschi, entreprend d'écrire une *Vie de Pippo*. La renommée de ce dernier est déjà mythique ; il est enterré à Santa Maria del Fiore au milieu des évêques. Manetti y raconte comment son maître inventa la perspective aux portes de la cathédrale. Le jeune professeur présente le tutoriel YouTube qui reproduit la fameuse expérience : on y voit un acteur se placer exactement *tre braccia*, trois bras à l'intérieur du monument. Il tend devant lui une planchette percée d'un trou, ornée d'une peinture du baptistère en son dos. Pippo « avait peint de sa main tous les compartiments du revêtement mural fait de marbres noir et blanc incrustés, et qui diminuaient avec une grâce singulière ». Devant la planchette, il place un miroir. En regardant à l'intérieur du trou, on observe, dans le miroir, la peinture se superposer à l'édifice. Exactement. Mathématiquement. C'est ainsi que Pippo comprit : il avait réussi à rendre parfaite l'illusion de la réalité. Le trou est au centre de la planche, à l'endroit même du point de fuite. Les traités du siècle le nommeront *il punto dell'occhio*.

Voyez, ce qui me chatouille, explique Sanchez, c'est que Manetti écrit plus de cinquante ans après les faits. D'ailleurs, au moment des faits, il n'était pas né. Et pourtant il jure avoir assisté à l'expérience et tenu dans ses mains la peinture du baptistère. Mais cette œuvre, déjà perdue au temps de Vasari, existait-elle encore en 1475 ? Il mâchouille la gomme de son critérium. Et je dirais même que Manetti n'est pas tout à fait impartial dans son apologie, puisqu'il fut désigné successeur de Brunelleschi au chantier de Santo Spirito. Hein ? Alors.

« *Attilio, dai, che dici...* »

Pippo n'était pas à Florence lorsque la perspective fut inventée, mais à Rome. Alberti ne lui en attribue pas la paternité. Une seule personne assure qu'il fut à l'origine de la découverte, cinquante ans après, et c'est son successeur. Tous les autres écrits sont postérieurs – tous, Vasari compris, n'ont fait que reprendre l'assertion d'Antonio Manetti. Notre devoir, messieurs, n'est-il pas de remettre en question nos certitudes ? *Sì. Eh. Sì*. Voilà. C'est ainsi que l'on écrit l'histoire, *bambini*. Nous devons manipuler la tradition avec des gants. Alors, oui, la légende fonctionne. On impute *traditionnellement* la découverte de la perspective à l'*Inventor* de Florence.

« *Tradizionalmente*, répète Sanchez.

— *Atti...* »

Les deux professeurs ont besoin d'une petite pause – mais Sanchez insiste. Attilio mon ami, tu patauges dans la semoule. Tu es en train d'insinuer que le plus grand maître de Florence, la fleur de lys personnifiée, n'a pas été le génie qu'il a été ?

« *I fatti sono i fatti*, déclare-t-il solennellement.

— *Ma che fatti, scusa* ? »

La vérité, mes chers, c'est que l'on en sait rien. Tout ce que l'on sait, c'est que Masino a connaissance en 1405 d'une loi dont on attribuera l'invention, un demi-siècle plus tard, à Pippo Brunelleschi. On a fait de ce dernier le père fondateur de la Renaissance, le héros de son récit d'origine. Le Maître de la coupole – plus de cent ans qu'on l'attendait. L'homme qui couvrit de son ombre tous les peuples toscans. Mais en vérité personne n'était là pour le vérifier. Imaginez une seconde. Oui, cela aurait été commode de voir en Brunelleschi le créateur de toutes les découvertes ! *Ma pensaci*. Les hommes ont tendance à simplifier les faits ; à créer des mythes. Sanchez plisse ses petits yeux noirs en deux fentes infernales. Son crâne oblong luit d'un nouvel éclat. Il se lève d'un bond vers la bibliothèque, ses confrères se regardent sans comprendre – Ah, ah ! Ça y est. Il dégaine le *De Pictura*. Dans le premier traité du monde moderne, Leon Battista Alberti formule les principes théoriques de la nouvelle manière de peindre. Sanchez tourne les pages qu'il connaît par cœur, frénétique, à la recherche du paragraphe qui confirmera son hypothèse. Comment construire une perspective – du latin *perspicere*, « voir au travers », hein, n'est-ce pas – Là ! C'est là ! Lisez vous-mêmes. Il dépose victorieux le traité sur la table et les deux professeurs se penchent en avant. De son doigt, il pointe le passage :

Je trace d'abord sur la surface à peindre un quadrilatère de la grandeur que je veux, fait d'angles droits, et qui est une fenêtre ouverte par laquelle on puisse regarder l'histoire.

La fenêtre est divisée en parties proportionnelles, en carreaux, puis le théoricien y place *il punto dell'occhio*. Le point de l'œil, le point de fuite. *Voir au travers.* La fenêtre d'Alberti donne à voir l'illusion de la chose vraie. N'est-ce pas une allusion directe à Masino ? Si l'apothicaire connaissait la signature cachée, c'est que bien des gens devaient la connaître, Alberti en tête. C'est une évidence. Et voici la preuve. Dans les pupilles de ses personnages, le peintre a immortalisé sa découverte. La perspective *est* une fenêtre. Et d'ailleurs, d'ailleurs ! Il est fort possible que d'autres initiés aient eu connaissance du reflet dans l'œil et de sa signification, tenez, écoutez Léonard de Vinci, qui savait les secrets du temps : « La perspective n'est rien d'autre que la vision d'une scène derrière une vitre plane et bien transparente. »

« *Lu-mi-no-so* », murmure le plus jeune en prenant peu à peu conscience de la révolution à laquelle il participe. *Luminoso.*

L'autre professeur est dubitatif : il n'y a que l'Oracle pour oser de pareilles déclarations. Mais pourquoi Alberti aurait-il caché son message ? Pourquoi n'aurait-il pas mentionné Masino ? C'est encore lié à Brunelleschi, réfléchit

Sanchez. Il a peut-être censuré le théoricien – oui ! Oui. Voilà. C'est ça. Il a censuré le théoricien pour laisser planer le doute, et comme l'ouvrage lui était dédié, on en a conclu qu'il en était l'inventeur. Ah, la crapule ! Pippo était un caractériel. Obsédé par le succès. Meurtri et humilié depuis 1401. Jaloux de tous ceux qui réussissaient. Manetti lui-même le concède : « *Fu persona irascibile, litigiosa, riservata.* » Un homme irrascible, litigieux, réservé. Il a fini par se fâcher avec Donatello quand ce dernier s'est mis à exceller dans son art. Sanchez a besoin d'un verre. Dans le petit cabinet, au fond de la grande salle, il ouvre les portes du minibar. Pippo s'est approprié la perspective des peintres. C'est peut-être même lui qui a convaincu son élève, son premier biographe, de le consigner pour les générations futures ! Et tous les historiens qui ont suivi n'ont pas pensé à mettre ses paroles en doute… Tous, jusqu'à moi.

Tandis que les deux professeurs se regardent, les yeux écarquillés, Sanchez entrevoit la trame de son prochain essai – *Perspectiva artificialis.* Une enquête au cœur de la Renaissance. Il n'aura qu'à conserver la préface d'Umberto Eco consacrée à Masaccio, le sujet est plus ou moins le même : la naissance d'un génie, d'une comète, une fulgurance.

On frappe à la porte. Le secrétaire de Sanchez apparaît, un énorme cahier dans les bras : les registres de la paroisse de la via Larga (la via

Cavour actuelle), qui contiennent l'acte de naissance de Filippo Brunelleschi, né en 1377. *Via Larga* : c'est bien la rue stipulée dans les comptes de l'apothicaire. Sanchez s'en empare sans prendre la peine d'enfiler ses gants ; il le pose sur la table, c'est un document lourd, restauré au XIXe siècle par des moines soucieux de conserver le patrimoine national. La couverture de vélin a un jour été douce comme la peau d'une pêche. Le livre s'ouvre sur la page de l'illustre famille, la seule plastifiée – tous les autres noms peuvent disparaître. Brunelleschi, lui, ne mourra jamais. Sanchez reste debout, penché, la cordelette de ses lunettes se balance dans l'air. Il sent quelque chose – l'intuition. Le flair. Les deux professeurs sont conscients d'assister à un moment historique – toute leur carrière semble les avoir menés jusqu'à cet instant, comme les lignes d'horizon se rassemblent en un seul point. Et peu importe, se disent-ils en leur for intérieur, s'ils ne sont pas tout à fait persuadés, leur avis n'a aucune importance.

Bon. Alors. Pippo est fils du notaire Ser Brunellesco di Filippo Lapi et de Giuliana Spinelli. Selon le registre, il avait deux frères : le premier, sans nom, devint prêtre. Le second, le petit Maso, était un *sempliciotto*. Un simple d'esprit. Le petit Maso. Le *petit* Maso. *Masino*.

9

Les filles de la com sont redoutables. C'est ce que dit toujours Jean-Louis Becquerel lorsqu'il les voit passer dans les couloirs : « Ah, ces filles-là, elles sont redoutables. » Les *millenials* ne connaissent pas de frontières – elles ont compris que le monde de l'art ne s'arrêtait pas au monde de l'art. Et ce qu'elles savent et que les autres ignorent, en ce moment précis de l'histoire, c'est une petite bombe : Beyoncé et Jay-Z préparent un album surprise dont le clip se déroulera au musée du Louvre. Comment l'ont-elles appris ? Peu importe. Les vieux musées sont la prochaine tendance.

À l'annonce du thème du MET GALA 2018 – *Fashion and The Catholic Imagination* – elles ont décrété que l'occasion était trop bonne. Elles n'ont plus qu'un seul objectif : Masino doit fouler le tapis rouge. Elles ne font rien d'autre, ne s'intéressent à rien d'autre, c'est le MET GALA, ou rien.

« Le quoi ? a demandé Vivienne.

— Euh, allô, juste l'événement le plus important de l'année. »

Il a levé les yeux au ciel. C'est bien joli mais en attendant vous passez à côté de mon interview dans le *Burlington Magazine*, qui pourrait vous ouvrir beaucoup, mais beaucoup de portes. Les filles de la com ont souri, aimablement. « Bon sang, a commenté Becquerel. C'est du génie. »

Chaque année, le premier lundi du mois de mai, Anna Wintour, présidente du Costume Institute au MET museum de New York, invite les célébrités les plus en vue de la planète à jouer aux déguisements. « L'imaginaire catholique. » Elle souhaite créer un dialogue entre la mode et les chefs-d'œuvre de l'art religieux, un mélange de costumes papaux et de robes signées McQueen. Des croix partout sur le corps doré de Kim Kardashian. Les Clooney, mitre sur la tête, en prière dans la galerie médiévale. Les filles de la com ont une idée, simple et efficace : elles ambitionnent de faire porter à une célébrité locale la *Vierge au rouge-gorge* transposée sur une robe, comme cette it-girl américaine arborera le plafond de la Sixtine dans une création Vera Wang.

« Bon, qu'est-ce qu'elle fout, Cotillard, là, merde !

— Elle s'en fout, Cotillard. On n'y arrivera pas. Les tenues sont prêtes depuis des mois.

— C'est trop con que Rykiel soit morte. »

Elles comptent désormais sur un accessoire, « que t'ajoutes au dernier moment », ou une coiffure à la Marie-Antoinette – une extravagance bien française, avec au sommet de la perruque, une miniature du retable. Et pourtant rien ne bouge. Une semaine avant la soirée du MET, elles sont contraintes de se rendre à l'évidence : une relique du Quattrocento n'intéresse personne.

« Et un Italien ? Dolce & Gabbana ?

— Pas répondu.

— Et *Vogue* ?

— Non plus. Ils disent que *rien* ne s'ajoute au dernier moment.

— Bon. Clope ? »

Elles descendent aux *Invendus* – toutes en jupe, ça c'est bien, constate Paul qui les croise dans les couloirs. En sortant d'Auctionès, elles se montent les unes contre les autres. Et alors je croyais que t'avais des contacts, eh ben c'est pas moi qui passe ma vie aux States, t'avais dit que tu connaissais New York, et toi tu dis rien, c'était ton idée et maintenant on est dans la merde – sur la place de Valois, toutes les trois s'arrêtent en même temps. Elles demeurent suspendues, immobiles, elles s'agrippent par les bras : Meuf ! Mate la petite table du bout. Derrière la vitre du café, elles aperçoivent le dos rayé de Jean-Louis Becquerel. Il est penché en avant, intime, tout proche d'un visage familier. Blond platine et souriant, vêtu d'une marinière, *l'amateur de beautés insolites* en personne : Jean-Paul Gaultier.

Tandis qu'elles s'accoudent au bar, bien en vue du patron, ce dernier leur lance un clin d'œil qui ne laisse aucun doute. « Du Becquerel tout craché », se disent-elles. Toujours prêt à donner un coup de pouce, dans l'ombre, en toute discrétion. « La classe. » Elles n'apprendront jamais qu'en cet instant, Jean-Louis Becquerel est en train de brader une œuvre de sa collection personnelle pour obtenir de son ami un petit service très amusant, qui leur promettra à tous les deux une belle publicité.

Le premier mardi du mois, Paul prend son petit déjeuner au Saint-James. Il a commencé sa cour. Ma chance, se dit-il, c'est la date de la vente : le 21 mai. Deux jours après le mariage du prince Harry. Toutes les grandes fortunes seront en Europe. Après avoir soigneusement étudié le dossier *Collectionneurs* de son iPad, il a constitué une liste de *Poissons à ferrer* sur son carnet de cuir. Tous les clients qui pourraient potentiellement être intéressés par un retable du Quattrocento. Alors voyons. Où en étais-je.

MME BICK.

Ah oui, tiens. La baronne. Ma petite baronne. Une passionnée. Mme Bick a épousé l'un des fils du baron Bick, créateur du célèbre stylo Bic et autres accessoires jetables. C'est un fait : moins le métier est élégant, plus grande est la collection. On a honte d'avoir fait fortune dans les savons Cadum ou dans les biscuits Lu. Alors on a de « formidables Poussin », des Turner, je vous présente la baronne Bick, si vous n'avez pas vu son Richter, en vérité vous n'avez rien vu... Et elle glousse. Elle adore. Pour elle, collectionner a été un moyen rapide de brûler les étapes sociales. Paul se souvient des après-midi dans son hôtel particulier du Trocadéro, et de ce jour terrible où le baron avait oublié sa sacoche. Heureusement qu'il est mort, celui-là aussi. *Heureusement qu'il est mort.*

« Allô baronne ?

— Ah mais c'est mon chéri-chéri ! »

Sa voix lui évoque immédiatement l'odeur du hareng Bismarck de chez Lipp, son plat favori. Le grand intérêt d'une Mme Bick pour la profession, c'est l'éclectisme de ses goûts. Il suffit des bons mots pour lui refourguer à peu près tout et n'importe quoi.

« Dis-moi j'ai rien compris, j'ai reçu ton livret, là... Mais qui c'est, ce Castel Vecchio ? »

Deux mille catalogues ont été envoyés. Le château et ses cyprès en couverture, gros grain, *Succession de prestige.* Paul susurre dans le combiné. Il fait tournoyer son stylo Mont-Blanc, édition Scipion Borghèse, entre ses doigts. Allons... Vous n'avez pas oublié ? Toujours s'intéresser au lot n° 9 : c'est la place stratégique. Vous le voyez, ce retable ? Demain, il vaudra des millions.

« Mais tu sais bien que je suis contemporain, moi, alors...

— Mais justement ! Justement ! On doit entrer dans une collection comme dans un voyage.

Les œuvres doivent se répondre avec subtilité ; un fond d'or à côté d'un Lichtenstein, quoi de plus parfait, voilà, le goût, voilà, l'harmonie, Josiane ! »

Elle aime quand il l'appelle Josiane – c'est un clin d'œil au passé.

« Ah tu crois ?

— Josiane, les collections les plus cotées sont celles qui construisent des ponts entre les œuvres. Des ponts invisibles. Accessibles seulement à l'œil initié. »

Il insiste sur le mot *initié*.

« Bon. Et dis-moi... Qui d'autre est intéressé ?

— Ah non ! Vous savez bien que je n'ai pas le droit !

— Ah, mais... Tu peux me le dire, à moi, mon chéri... »

C'est pas sympa, vraiment. Vous exagérez. Je me fais tout le temps avoir. Elle savoure. Certaines choses ne changeront jamais, se dit-elle.

« Bon. D'accord. Je vais vous le dire. Vous êtes contente ? Vous avez gagné. Vous abusez de moi, comme d'habitude. Mais vous ne dites rien, hein, je vous fais confiance...

— Mais oui ! »

Paul fait durer le suspense jusqu'à ce qu'elle s'impatiente, puis il murmure :

« Le Grec.

— Le Grec... Le Grec... Non... ! Niarchos ?

— J'ai rien dit.

— Ah, oui... Je comprends... Les icônes, les Grecs aiment bien... C'est pas étonnant. »

Voilà – c'est ça. Elle mord. Philippe Niarchos détient l'une des plus grandes collections privées au monde. XXe, post-war et contemporain. Et pourquoi pas un Quattrocento, après tout ? Niarchos *pourrait* être intéressé. Ou n'importe quel autre Grec, d'ailleurs, c'est elle qui a choisi celui-là. Mais ne pensez pas à Niarchos ni à personne. Pensez à vous, Josiane.

« Et souvenez-vous, je n'ai rien dit !

— Bisous, promis, bisous, bisous, mon chéri », répète-t-elle dans le vide.

Paul a déjà raccroché.

Hector porte les journaux à sa table, comme d'habitude – mais le commissaire-priseur est occupé. Il remet ses lunettes et recommence « la manipulation » : onglet Instagram, voilà, j'ouvre, je suis sur mon compte. Et là, là, alors là, il y a un problème. Une erreur dans le système. Chaque seconde, de nouveaux followers affluent, les likes pleuvent. Les chiffres ont triplé. Centuplé. Son dernier post, le détail de l'œil et du reflet dans l'œil, a été liké 237 654 fois. Neuf cent trente-quatre commentaires. Il regarde autour de lui. Un couple de touristes petit-déjeune à la table à côté de la sienne, le jardin calme, à travers la vitre, s'éveille aux premiers rayons. Paul se lève en trombe – depuis toutes ces années, se dit Hector, c'est bien la première fois qu'il oublie de laisser un pourboire.

Sur la petite place de Valois, on fait la queue. Le matin, c'est rare – ce doit être pour Rivette. Sa vente « Pop ». Je crois que c'est aujourd'hui. Le vigile d'Auctionès se tient les jambes écartées, un doigt contre son oreillette. Mais... Enfin ! Ne poussez pas ! Le vigile tend les bras pour laisser passer Paul – bon, bon, ça va, Thierry, je suis pas Omar Sharif, non plus. À l'intérieur, une foule est groupée devant le retable comme au Louvre devant Mona Lisa. D'ailleurs, on ne voit même plus le retable. Seule la colombe de l'Esprit saint vole au-dessus des têtes. Pardon, excusez-moi, pardon... Il atteint péniblement les escaliers. Mais qui sont ces gens ? Des fous, des...

« Ah Paul, voilà Paul ! »

Ils sont tous tombés du lit. Becquerel père et Becquerel fils, les clercs, Agnès, les catalogueurs, ils tournent en rond devant la porte de son bureau et dès qu'ils l'aperçoivent, ils applaudissent. Bravo mon grand. Cette nuit, Masino est devenu viral.

« Un coup de chatte.

— Louis ! »

Tiens, il y a même Mme Becquerel.

« C'est grâce à hier soir.

— Mais quoi, hier soir, quoi, quoi ?

— On se demande où tu vis, toi, parfois. »

Les images sont partout – sur les réseaux sociaux, dans la presse, dans le *20 Minutes* (ceux qui ont pris le métro brandissent leur exemplaire), et bientôt dans le *Vogue* US. Devant l'air satisfait des filles de la com, Paul comprend que le fameux MET GALA s'est déroulé la nuit dernière, et se déroule peut-être même encore à l'heure actuelle, à New York.

« Alors ? »

On lui fourre une tablette entre les mains. Les photos défilent. Des femmes habillées n'importe comment, toutes plus indécentes les unes que les autres. Katy Perry déploie des ailes d'ange. Jared Leto en Dieu le Père. Tout le monde s'extasie, mais Paul ne reconnaît personne.

« Et elle, tu vois pas qui c'est ?

— Non. »

Becquerel fils met l'image en plein écran.

« Ah, si... Si, si, attends... Fais voir ? »

Paul éloigne la tablette : c'est Madonna. Becquerel père lui tend sa propre paire de lunettes : ah, oui ! Gonflée à l'hélium, certes, mais c'est bien Madonna. Il reconnaît son sourire, ses dents du bonheur – l'outremer de ses yeux.

« Et alors ?

— Appuie sur "play". »

La vidéo s'enclenche. On s'agglutine autour de lui. Madonna porte un froc dont dépassent deux longues tresses blondes qui flottent contre la bure. Elle se tient sur les marches de l'escalier principal, entourée de chœurs encapuchonnés – une armée de moines. Dans un silence religieux, sous le haut plafond du MET museum et devant les invités les plus célèbres du monde, elle entonne, a cappella :

Life is a mystery
Everyone must stand alone
I hear you call my name
And it feels like home

Soudain, la musique éclate. Son large sourire tressaille sous ses pommettes. Madonna laisse tomber son costume d'un geste vif : sous la bure, elle porte un corset noir sur un collant résille, et elle se met à danser. Sur ses seins magnifiques, deux yeux énormes, en amande, deux yeux peints. Paul est hypnotisé. Autour de lui, on crie, on s'embrasse, on sautille – allez là ! Allez là ! Il est obnubilé par la poitrine de la chanteuse. Les yeux de la Vierge. Son air mélancolique. Il revoit l'Enfant, le rouge-gorge, le retable tout entier. Le fond d'or immatériel, le puits de Castel Vecchio et les couvertures de l'hôpital ; la musique ; l'année 1989 – *Like a Prayer* à la radio. Le clip condamné par le Vatican, censuré en Italie, Madonna en déshabillé embrassant un Christ noir, et des croix en feu, des croix géantes embrasées. C'était le temps où il conduisait un cabriolet ; il revoit son propre visage – fin, carré, une de ces touffes. Il était avec cette fille qui s'appelait… Comment s'appelait-elle ? Une liane. Des jambes interminables. Tout était possible. Cette énergie de folle à lier, les femmes entraînent les hommes, elles nous bousculent, et paf, on danse. Elles n'ont peur de rien. Comme Gabrielle Cassaì le soir de l'enterrement. Comme Marianne à Florence. On écoutait *Like a Prayer*, et cette fille-là, elle portait des lunettes papillon, on roulait à 120 en pleine campagne. C'était une autre époque : tout était *vraiment* possible. À 120, en pleine campagne. Madonna dansant, incandescente, la poitrine blanche au milieu d'un gospel. Le fils Becquerel s'empare de la tablette et fait arrêt sur image.

« Alors ? C'est pas beau ça ? C'est pas de la folie, ça ? »

Les yeux immenses. Les pupilles rondes, le reflet d'une fenêtre.

« Elle est bien faite, pour son âge, remarque Mme Becquerel.

— Ah nan mais un corset ça marque n'importe quelle taille, commente Agnès.

— Son costume est l'un des plus commentés du gala. Une collab inédite entre Madonna et Jean-Paul Gaultier, forcément, on adore. »

Paul ne comprend rien. Pourquoi ? Pourquoi on adore ?

« Mais parce que leur amitié est légendaire, enfin Paul ! Tu ne te souviens pas du fameux corset aux seins pointus ? C'est i-co-nique ! »

Ah oui, c'est vrai. Paul s'en souvient. Donc là, il a enlevé les cônes, et il a mis des yeux à la place.

« L'image a été diffusée partout sur les réseaux sociaux. Tout le monde l'a commentée. Tout le monde.

— Attends regarde ! »

Le fils Becquerel lance une nouvelle vidéo : Madonna et Gaultier main dans la main sur le tapis rouge après la performance.

« *My costume ? You wanna hear about my costume ?* »

Elle raconte en quelques mots une « *amazing story about a guy who was a genius and then he was murdered by his evil brother* », et le contexte ahurissant de la découverte. « *There was a note, in a diary.* » Gaultier reprend : *I mean* c'est très amusant. Très, très amusant, cette histoire. Masino était un hérétique. Peindre un détail trivial dans l'œil d'un personnage sacré, à cette époque, c'est un blasphème. Vous imaginez ?

« *Unbelievable.* »

Madonna est émue. Nous, les hérétiques, nous contribuons à la diffusion de la foi catholique. « Même mon chapelet anal, ça leur fait de la pub. » Elle explique : les génies dans l'art sont ceux qui portent en eux une telle originalité qu'ils finissent par transfigurer le monde. Jean-Paul Gaultier est un révolutionnaire. Masino est un révolutionnaire. *Madonna loves art*. #fashion-devotion. Ce costume, « *it's an* hommage » au MET, aux artistes qui font scandale, et bien sûr, à la Sainte Vierge.

Tandis que les filles se mettent à danser sur *Like A Prayer,* Becquerel explique que la révolution numérique est une nouvelle Renaissance – seule Agnès fait semblant de l'écouter – la troisième depuis l'histoire de l'homme ! Si vous comptez la première, l'invention de l'écriture il y a cinq mille ans, puis la deuxième, celle de l'imprimerie au XVe. Eh bien ! Nous vivons la troisième !

« C'est la magie de notre époque, conclut-il.

— Un buzz.

— Un coup de chatte.

— Louis ! »

Une fois seul, Paul se laisse couler dans son fauteuil en imaginant sur le corps en bronze de son Maillol la tête de Marianne. Agnès a l'habitude : dans les périodes d'extrême agitation, il oublie de fermer la porte de son bureau. Il ne parle pas vraiment seul : il s'adresse à des personnes précises, ou à des allégories, comme si elles étaient dans la pièce.

« T'es tout le temps là à trifouiller ton téléphone, tu peux quand même répondre à un message, non ? »

Elle ne répond pas. Elle m'ignore. Marianne m'ignore. Qu'a-t-il fait de mal ? Il ne comprend pas. Dire qu'il y a encore trois semaines, nous dînions tous les deux, tous les soirs, dans la petite *osteria* près du Ponte Vecchio, *I Due Ladroni* – Aux deux voleurs. Il se souvient mal ; le voyage à Florence était un rêve. Une vapeur étrange qui revient par bribes et qui s'estompe. Est-ce déjà la fin ? Elle dit qu'elle est occupée, elle voyage, tous les musées du monde ont trouvé « un regard suspect » dans une œuvre de leur collection. Elle passe aux infos presque chaque semaine. La dernière fois, c'était pour confirmer la thèse de son éminent confrère de l'Académie de Florence, Attilio Sanchez, « qu'elle estime profondément », a-t-elle spécifié : Masino serait le frère caché de l'architecte Filippo Brunelleschi. Ah ça, quelle performance ! Fallait la trouver, celle-là. La magie de notre époque… Trois cent mille personnes ont aimé ma photo, sauf elle. Je l'ai rendue célèbre. J'ai fait décoller sa carrière. Si elle est devenue quelqu'un, c'est grâce à moi. La tête de Marianne, les tresses de Madonna, *La Vierge au rouge-gorge*, cette liane sur le siège passager du coupé-cabriolet, mais comment s'appelait-elle bon Dieu cette fille, c'est insupportable, Marianne, réponds, merde !

10

Castel vecchio, succession

Objets d'art et d'ameublement,
tableaux anciens, argenterie, horlogerie,
vins et spiritueux, tapis, tapisseries.

Quand on vous dit 14 heures, c'est 14 heures pile. Une minute par lot en moyenne – si vous venez pour le lot n° 9, soyez donc là à 14 h 09.

Les chaises sont en rangs serrés. Point de Hongrie, fenêtres hautes. On se croirait dans la galerie des Glaces. Au centre, un lustre monumental, et près de la porte, Arnaud Rivette, entre le père et le fils Becquerel : la Trinité au grand complet. Eh. Rivette. Arrête avec le soleil, tu vas finir tout fripé mon vieux. Paul est perché sur son estrade. Il attend que la salle se remplisse en jetant des coups d'œil à sa montre d'un air décontracté. Il n'est pas comme ces types qui débarquent au dernier moment. Il n'a pas de grigri – pas de formule magique ou de rituel avant d'entrer en scène. Rivette, par exemple, parfume son marteau. Je vous jure. *Chanel n° 5*. La vente est publique mais le videur d'Auctionès a des consignes – le beau monde d'abord. Le commissaire-priseur salue chaleureusement ses habitués des premiers rangs : les petits vieux. Il mémorise l'emplacement de ses « pions », des types qu'il a payés tout exprès pour être là ; par exemple ce mec, là, troisième rang à gauche, c'est le larbin de l'expert Objets d'art de chez Christie's – on le voit et on se dit « Ah, merde, je suis peut-être passé à côté de quelque chose ». On attend du monde – il est 13 h 50, c'est quand vous voulez. Quand vous voulez. Le type des enchères en ligne s'installe derrière son ordinateur, il vérifie ses réglages. Paul écoute les bruits feutrés, les chaises qui bougent, les conversations, il est concentré. Concentré. Il dévisage la caméra placée devant lui – il ne faut pas qu'il l'oublie, celle-là. Soudain, Marianne Javert fait son entrée par la grande porte. Qu'elle est belle. Elle serre des mains, on la présente à Rivette, Paul sent des flèches lui transpercer la chair – ou des flammes lui brûler la peau, un sac plastique envelopper sa tête, couper sa respiration, une main qui l'étrangle – ah, ça y est, c'est fini, elle s'élance. Veste cintrée, chemise blanche. Chignon doré. Elle marche à l'impériale, les épaules en arrière, tac, tac, elle sait, elle sait, elle savoure – *L'adorer à genoux*, murmure Paul – c'est un vers de Verlaine – *Lui cravacher la face*. Ils se saluent d'un signe de tête. Un léger sourire. Elle prend place à sa table, sa petite table d'experte à côté du premier clerc. En face, l'armée des téléphones : quatre employés d'Auctionès devant quatre combinés, prêts à répondre dans toutes les langues.

Au fond de la salle, Paul reconnaît les marchands. La brochette a fait le déplacement – comme avant. Comme à l'époque ! Ils sont là, debout derrière tout le monde, regroupés par clans – les Parisiens du quai Voltaire, les Anglais de Bond Street, et puis à droite les New-Yorkais de la 57e. Tous les mêmes. L'art d'enchérir sans regarder l'estrade une seule fois durant toute la transaction. Ils discutent ensemble, n'essayez pas, vous n'existez pas. Et hop 20 000, 30 000, 40 000, « et là j'arrive et je lui fais vas-y chérie t'es sérieuse », 50 000, « elle fait ouais je suis sérieuse » 60 000, « je lui dis t'es une malade », 80 000, j'adjuge. Des mal élevés. Leur objectif est de vous faire croire que vous ne les intéressez pas. Une telle gymnastique leur demande une concentration extrême – et moi, je cherche le signe. La main, le doigt, parfois même le sourcil. Le commissaire-priseur parcourt les visages des arrivants. « Les Tribales » de Dior aux oreilles de la dame, un modèle rare, premier rang. Le vieux derrière, c'est un Belge qui a fait fortune dans la téléphonie mobile. Le roi de l'oreillette. Il collectionne les œufs de Fabergé en mémoire de sa mère. À côté, c'est l'autre timbré avec sa canne porte-bonheur. Interdit bancaire. Derrière lui, à gauche : le plus jeune fils d'une famille très ancienne, drogué paraît-il, paye comptant. Les jumelles sont là – en noir, comme d'habitude. Elles disent avoir été les amantes des frères Giacometti dont elles collectionnent les sculptures. Les fidèles de Paul Vivienne, rassemblés comme avant. Mais la baronne Bick n'est nulle part. 13 h 55. Il déteste les chaises vides – du calme ! Ça ne veut rien dire – les temps ont changé, les gens sont là quand même, tu ne les vois pas, c'est tout, mais ils sont là, derrière leurs écrans. L'heure est au virtuel. 13 h 58. Il boit une gorgée d'eau. On allume le micro, le crieur se lève. Au premier rang, une vieille lui commande une Marie Brizard. Non, madame. 13 h 59. Bon. Allez. Merde. On va passer en ligne – que quelqu'un m'appelle Thierry. Dites-lui de faire monter les touristes. Attendez ! Prenez les mieux sapés. Allez, allez, il faut remplir. Allez ! À 14 h 01, toutes les chaises sont prises. Des Américains, des Japonaises, une flopée d'étudiants. Encore, encore, bourrez ! Je veux du monde partout. Et dans la foule, sous des lunettes noires, Paul reconnaît le petit minois de Gabrielle Cassaï. Qu'est-ce qu'elle fait là ? Assister à la dissolution de ses propres biens... ? Elle lui sourit, si chatte, et c'est pour elle, tout à coup, qu'il a envie de se battre (il se demande si ce n'est pas une ruse du père Becquerel, de la lui avoir fichue sous le nez). Comme la vie est bête, se dit-elle en feuilletant le catalogue. Benvolio n'a jamais voulu que l'on utilise ce service – ces assiettes-là ? Jamais. C'était trop précieux, il ne fallait pas abîmer. Et maintenant, voilà, bravo.

« Mesdames et mesdemoiselles, messieurs, nous allons commencer, merci d'être venus nombreux pour cette vente de prestige, la collection Castel Vecchio ; un bien joli château en Toscane, bordé de cyprès, bordé d'oranges et de citrons amers, mesdames, il y a même de la lavande, et nous commençons tout de suite avec le lot n° 1, lot n° 1 cette mappemonde d'exception signée Vallardi, fin XIXe, et nous commençons les enchères à 10 000. »

Vivienne est fidèle à lui-même : enjoué, élégant, une touche d'irrévérence. Ludo, le déménageur, dirige ses garçons. Ils placent la mappemonde sur la table ronde à gauche de l'estrade. Les marchands font du bruit derrière les rangs, les téléphones sonnent les uns après les autres, Paul annonce 12 000, le crieur reprend : « 12 000 l'enchère est à 12 000 le monsieur en vert devant la porte », Paul a un ordre, 13 000, le monsieur en vert lève le doigt, « l'enchère est à 14 000 contre moi dans la salle », 14 000 l'enchère est à 14 000 que dit-on, que dit-on allons 14 000, et soudain le type sur l'ordinateur crie : « Internet 15 000 », Paul relaye : « 15 000 sur Internet l'enchère n'est plus en salle mais sur Internet contre nous 15 000 que dit-on », et le crieur reprend :

« Internet, 15 000. » Le monsieur en vert, galeriste de la rue de Seine, poursuit sa discussion avec ses camarades. Il raconte une histoire de P.-V. et de stationnement interdit, Paul a le bras levé et bat la mesure, et puis soudain, il se souvient de son anecdote :

« Sur la petite île à côté de Madagascar il est écrit HIC SVNT DRACONES, c'est la preuve de l'authenticité de cette œuvre majestueuse, la maison Vallardi allons messieurs que dit-on, 16 000 c'est bien vu monsieur en vert, Internet 17, monsieur 18, 19 ? 20, 20 000 l'enchère est dans la salle au fond monsieur en vert c'est bien vu, Internet 22, 22 000 pour la mappemonde 22 000, 23, 24, 25, 26, 30 000, 30 000 j'adjuge à 30 000 personne ne couvre l'enchère, 30 000 une fois, 32 000 Internet, 33 000 monsieur, 33 000 j'adjuge, 33 000 pour le monsieur en vert au fond de la salle, une fois, deux fois, 33 000 adjugé. »

Achever l'homme en douceur, dans une chute longue et légère, fracassante. Le marteau tombe. On commence très bien. Très bien. Le lot n° 1 donne le ton – du haut de son estrade Paul observe Marianne, si studieuse avec ses petites lunettes, elle griffonne ses notes, puis il regarde la salle. Rivette et le fils Becquerel se montrent des images sur leur téléphone, de nouvelles têtes s'entassent dans les allées ; Paul dirait que fondamentalement, il a l'attention du public. Ils sont intrigués. Lot n° 2 messieurs-dames lot n° 2 et nous débutons l'enchère à 12 000, ça monte, ça monte, Paul ne ressent rien. Il ne pense à rien. Il n'est ni nostalgique ni heureux d'être là, non, il est à sa place, flottant sur la salle comme il pleut sur la ville, lot n° 3, lot n° 4 j'adjuge, lot n° 5, ça monte, il se demande si Madonna regarde, si le prince Harry regarde, et surtout, si Barbara regarde. Et tant pis si je me casse la gueule. Il lève le bras et se penche sur la tribune avec fougue, le marteau en l'air, moins pour chauffer les premiers rangs que pour se chauffer lui-même. « Adjugé ! » Il frappe – entre à ce moment précis la baronne Bick au bras d'un type qui pourrait être son fils, mais avec elle, se dit Paul, on ne sait jamais. C'est dans la poche. Confiance. Lot n° 6, Paul se sent libre. Il décolle. Il est à la fois en lui-même et au-dehors, conscient et inconscient, détaché, présent, et c'est alors qu'il retrouve son éclat, sa force, sa brillance. La passion de la scène. Et voici le moment. Le moment phare, précieux, Ludo fait un signe et les garçons déposent *La Vierge au rouge-gorge* sur le chevalet à côté de l'estrade. Paul laisse à la foule le temps de l'admirer. Caméra au poing, un homme s'approche. Les photographes se mettent à shooter. Les journalistes détaillent, pour les téléspectateurs du monde entier, l'émotion qui règne dans la salle. « On est très, très suivis », confirme le type d'Internet.

« Et voici l'œuvre. »

Gabrielle Cassaì n'a jamais partagé la dévotion religieuse de son défunt mari. Elle a même souvent pensé que Benvolio ne s'isolait dans sa chapelle que pour passer des coups de fil – être croyant, à notre époque, ça donne un style. Pourtant aujourd'hui, dans son halo de lumière, sous les flashs et les projecteurs, *La Vierge au rouge-gorge* irradie d'un éclat mystique. Est-ce parce qu'elle a été restaurée ? Parce qu'elle est désormais connue ? Mystérieuse ? Peinte par le frère d'un homme célèbre ? Paul est prêt – ses clercs aussi. Prêts à dégainer les téléphones. Il est exactement 14 h 11 et débute, dans un silence religieux, la vente du retable de la Madone. Marianne, c'est à vous. L'experte se lève et lit :

« Retable dit de *La Vierge au rouge-gorge*, Florence, 1405, destiné à orner la chapelle Niccoli de la basilique Santo Spirito, exécuté par Tomaso Lapi di Ser Brunelleschi, dit Masino. Signature apparente dans les yeux des saints personnages, le reflet d'une fenêtre. Figurera dans le prochain catalogue raisonné de l'Académie de Florence ainsi que dans l'essai du professeur Attilio Sanchez, *Perspectiva Artificialis*, à paraître. Et nous débutons les enchères à 500 000 euros. »

À peine a-t-elle le temps de s'asseoir que Paul enchaîne, et la machine s'emballe.

« 500 000 euros nous débutons à 500 000 euros que dit-on 500 000, oui 550 000 dans la salle, 550 000, 600, 650, 700, 700 000, 700 000 dans la salle pour le monsieur au parapluie 700 000. 750 000 par moi, l'enchère est contre vous 750 000, 800 000 monsieur, 900 000 sur Internet c'est bien vu 900 000. »

Bon, quand est-ce qu'elle se réveille la baronne ? Agnès répond au téléphone : elle a des indications précises. C'est bien, Tête-Creuse. En anglais, lentement, distinctement. Paul continue : 900 000 en ligne, que dit monsieur au fond, l'enchère est contre vous ! Le marchand ne va pas tarder à lâcher. D'ailleurs, il lâche. Il ne suit plus. Paul est affable, généreux, accoudé à l'estrade avec sa nonchalance légendaire, il plaisante avec le premier rang tout en faisant tourner dans sa main son marteau d'ivoire. Seuls ses coups d'œil à Becquerel traduisent l'angoisse insupportable qui monte, qui monte, comme une petite bête. L'angoisse qu'il exècre et qu'il adore. Allez, là ! Qu'est-ce qu'elle attend, cette conne ?

« Personne ne couvre l'enchère, 900 000, Agnès au téléphone que dit-on ; voi-là c'est bien vu 950 pour Agnès, Internet que dit-on, Internet 1 million en voulez-vous, Internet 1 million en voulez-vous, oui ! Oui ! 1 million c'est pour vous en ligne, dans la salle toujours rien dans la salle, attention le téléphone, 1,1 million, pour Masino messieurs-dames, c'est bien vu 1-100 l'enchère est au téléphone, Internet, Internet… »

Le type derrière l'ordinateur fait un signe discret – l'acheteur s'est déconnecté. Paul ne laisse rien transparaître. Il reste tranquille, détaché

– et vous alors, votre Marie Brizard, vous l'avez eue ? Non ?

« Allez attention je vais adjuger, je vais adjuger une fois, 1,1 million pour le retable florentin de *La Madone au rouge-gorge* je vais adjuger deux fois à l'enchérisseur d'Agnès au téléphone, que dit Internet, Internet ne suit plus, attention j'adju... »

Et soudain comme une fleur, habillée d'une robe Chanel croisière à carreaux jaunes, la veste de tweed assortie, la baronne Bick se décide. Elle lève la main – Paul soupire. Elle me fait le coup chaque fois ; il laisse éclater son grand sourire et repart, tout égaillé, d'un nouveau souffle, dans un nouveau corps à corps. À nous deux ma belle.

« 1-200 pour la baronne que dit Agnès, l'enchère est dans la salle à 1-200, attention 1,3 million au téléphone, 1-3, 1-3 baronne, allons c'est bien vu le retable du jeune Masino le peintre révolutionnaire, le peintre qui conquit Madonna la sacro-sainte, que dit votre mystérieux acquéreur Agnès... »

La secrétaire murmure en anglais et reste suspendue au téléphone, le regard froncé, concentré, son stylo à la main – Paul et la baronne échangent un regard de connivence : elle est persuadée que Niarchos est au bout du fil. Niarchos ! Le Grec.

« 1,4 million, 1,4 million au téléphone, que dit-on baronne, 1,5 million, oui, 1,5 million Agnès l'enchère est contre vous, 1,6 million, baronne que dit-on 1,6 million ? Oui, magnifique elle y va 1,7, 1-7, 1-7, que dit-on Agnès ? »

Il n'y a plus un bruit. Plus un bruit dans la salle. Paul est penché en avant. Les Becquerel, Rivette et les marchands se taisent, Marianne est rouge, son front transpire. Gabrielle Cassaì sent des larmes couler le long de ses joues, elle n'y peut rien. Agnès est en train d'atteindre la limite fixée par le commissaire-priseur : 1 800 000 euros. Elle acquiesce.

« 1 800 000 ! 1,8 million au téléphone, que dit-on baronne l'enchère est contre vous à 1 800 000 euros, 1 900 000 euros baronne, c'est bien vu ! »

Agnès plante ses yeux dans ceux de Vivienne, qui décide, parce qu'il sent l'instant, de pousser un peu plus loin – la baronne ne montre aucun signe de fatigue. Nous sommes frais, nous sommes neufs, on peut pousser jusqu'à 2 millions. Fa-cile. Agnès se plie à la décision du maître. Elle donne des petits coups de menton, le combiné collé à son oreille.

« Oui ! Oui ! 2 millions, madame ! 2 millions au téléphone ! Que dit-on dans la salle va-t-on plus loin 2,1 millions ? 2,1 millions une fois ? Oui, 2,1 millions c'est bien vu ! La baronne Bick ! 2-100 ! 2-200 au téléphone, 2,2 millions, oui baronne 2,3 millions ! 2-4 Agnès, oui, oui, c'est un oui au téléphone, 2-4, attention baronne l'enchère est contre vous 2-4, 2,4 millions baronne en voulez-vous, 2,4 millions d'euros ? »

Une autre ligne retentit – celle de la catalogueuse. Elle lève l'index en l'air à l'attention de Paul – c'est le signe d'un acheteur étranger, elle ajoute son majeur, un Européen. Un Européen. Le crieur reprend la bataille tandis que Vivienne se concentre tout entier sur l'identité du nouveau venu – un Européen, au téléphone, il débarque comme ça en fin de partie, sans préambule, c'est un gros, un gros, un gros poisson, attendez voyons voir… Il griffonne « RITAL ? » sur un bout de papier qu'il fait passer au clerc à sa gauche, qui lui-même transmet à Agnès, puis à Clarisse. D'un hochement de tête, elle confirme. Rital. Ah tiens ! Les voilà ! Ils viennent récupérer leur chef-d'œuvre ! On va pas se laisser faire. Hein, baronne ? Ça reste en France. C'est peut-être même ce petit imposteur de Sanchez au bout du fil. On va leur faire payer – hein, hein, baronne, vous êtes là ? 2,5 millions ? Le crieur regarde Paul et lui fait comprendre que non – on l'a perdue. Quoi ? Mme Bick regrette : elle n'a pas supporté le surgissement soudain de cet autre acheteur, continuez sans moi, oh là là les enfants, c'est trop, c'est trop, je m'arrête ici mes chéris. Je n'y tiens pas. Non, non, je vous assure, je n'y tiens pas. Et puis moi en plus, je suis *contemporain*, alors ! Coup d'œil au fond de la salle, Jean-Louis secoue la tête : arrête tout. Tout de suite. Lâche. Lâche ? Non. Hors de question – je la sens, cette vente. Paul est seul. Seul sur son estrade, seul contre les Italiens, contre toute l'Italie. Il n'a jamais été si puissant. Eh bien, en selle !

« 2,5 millions nous sommes à 2-5 au téléphone avec Clarisse, que dites-vous Agnès, Agnès que dites-vous ? »

Elle ne dit rien. Elle murmure, elle baragouine en anglais, sa main est moite, elle s'accroche au combiné mais elle a peur de trembler, de mal décoder les signes, doit-elle rester impassible, elle attend, elle espère, elle n'ose plus bouger.

« Allons Agnès que dit-on au téléphone, Agnès l'enchère est contre vous, 2 500 000 euros je répète, 2 500 000 contre vous par Clarisse au téléphone. »

La secrétaire lève les yeux vers le commissaire-priseur et dodeline de la tête entre haut et bas et droite et gauche, ah zut après tout, qu'il interprète comme il veut ! Paul s'étonne – et ben alors Tête-Creuse ? Qu'est-ce que c'est que cette danse ? Elle commence à craquer.

« Oui ! Oui ! 2,6 millions pour le Masino, oui, 2-6 que dit Clarisse, 2-7 Clarisse dit 2-7, Agnès 2-8 en voulez-vous ? (Il ne lui laisse plus le temps de répondre) ; Clarisse 2-9, Agnès, Agnès ? »

Il s'arrête exprès, il module. Il laisse la salle respirer – c'est beau, ces visages contrits, ces cris d'étonnement, la grimace de Rivette et les larmes de la veuve. Agnès à deux doigts de la syncope. Paul a confiance : elle conservera son air concentré jusqu'à ce que le marteau tombe. C'est tout ce qu'on lui demande. Alors ? Elle acquiesce, le commissaire-priseur a de la marge, les Italiens n'ont pas d'argent, mais quand même, c'est certainement le musée des Offices au bout du fil. Oui. Oui !

« 3 millions Agnès ! 3 millions d'euros ! Que dit-on Clarisse ? 3,2 millions en voulez-vous pour 3,2 millions d'euros ? Oui ? Oui ! L'enchère monte à 3-5 Agnès 3-5 que dit-on ? Oui 3-5 sans hésitation l'enchérisseur au téléphone 3,5 millions d'euros pour l'enchérisseur d'Agnès, Clarisse l'enchère est contre vous que dit-on ? »

Et soudain, comme une machine qui se met à tousser, tousser, et qui s'enroue, Clarisse fronce les sourcils. Attendez. Elle écoute, elle fronce, personne ne bouge, et Paul sent son cœur lâcher tout à coup. Bam. Une balle rebondissante à l'intérieur de sa poitrine. Comment, que se passe-t-il ? Il manque de faire tomber son marteau. A-t-il été trop loin ? Il n'a plus fait attention, il s'est senti maître – il avait même presque oublié que la ligne d'Agnès était coupée. Si Clarisse fait non de la tête, là, tout de suite, si elle fait non, ou rien qu'une moue, si elle baisse les yeux, je serai contraint d'adjuger à l'enchérisseur d'Agnès pour 3,5 millions d'euros, et comme il n'y a pas d'acheteur, l'œuvre sera ravalée. Mme Cassaì repartira avec son panneau sous le bras – et personne ici n'est au courant. Personne ici sauf les Becquerel et tous les membres d'Auctionès qui savent bien que par tradition, la secrétaire du coco s'occupe toujours de *l'enchère au lustre*

– le petit nom que l'on donne à l'enchère fictive. On s'adresse au lustre. Clarisse fait pianoter ses doigts contre la table, tous les regards sont rivés sur elle – au téléphone, les Italiens délibèrent. Combien rapportera Masino, s'il est présenté aux Offices ? Combien de temps l'engouement durera-t-il ? Les caméras retransmettent en direct à des milliers de spectateurs les doigts de Clarisse pianotant sur la table. Quel con ! s'exclame Becquerel père, c'est cuit, il est allé trop loin. Mais quel con ! Paul se retourne vers le patron d'un geste sec – il comprend à son tour. Tout s'arrête. Clarisse dit non. On lit dans ses yeux la déception, l'accablement, Vivienne a tout raté, ça ne l'étonne pas. Et là, dans un seul et même élan, elle raccroche. Terminé. Fini. Fini, c'est terminé. Allez, remballe ! Marianne tente de dissimuler son malaise. Paul doit faire bonne figure – faire semblant. *Bella figura*. Il regarde Mme Bick quitter sa place, traînant son beau derrière elle, Paul est lessivé, rincé, les flashs, les projecteurs, la veuve qui se croit déjà riche, à l'abri, mon Dieu ! Je suis foutu. Foutu. Rivette tapote le dos de Becquerel fils. Les deux hommes semblent rire de sa chute ; ils ont peut-être même parié contre lui, et ils ont gagné. Tout sourire, Paul reprend :

« Je vais donc adjuger le retable de Masino, *La Vierge au rouge-gorge*, mesdames et messieurs dans la salle et vous qui nous suivez sur Internet, 3,5 millions d'euros, parce que les objets sont éternels et qu'ils n'ont pas de prix, une fois, deux fois... »

Il fait traîner, Agnès pleure – oui bon bah ça y est, elle pleure – Marianne voudrait que tout s'arrête, et puis il abdique, d'un coup de marteau tranchant comme la mise à mort du taureau dans l'arène, tant pis, ça y est, j'adjuge. Qu'on en finisse. Abrégez mes souffrances. 3,5 millions d'euros à l'enchérisseur au téléphone, adjugé. Bam. Et ça soulage. Paul a les genoux qui tremblent. Terminé. La salle n'a pas le temps d'applaudir – les garçons n'ont pas le temps de retirer la Madone de son chevalet qu'un homme se lève, trois, quatre, cinquième rang à gauche, un diable dans une boîte à ressort.

« En vertu des pouvoirs que nous tenons de la Direction des musées de France, nous demandons à exercer le droit de préemption ! »

Paul et Marianne se regardent, sous le choc. Becquerel s'écrie – ah putain c'est pas vrai ! Agnès raccroche enfin ; elle s'affale de tout son long contre le dossier de sa chaise. Dans la salle, l'étonnement, la surprise, un sourd vrombissement qui, très vite, se transforme en tonnerre. Ah ! Ah oui ! Oui ! Magnifique ! Gabrielle est perdue ; elle ne comprend rien – *Ch'è successo ? Ma ch'è successo* ? Est-elle riche ? Est-elle pauvre ? L'homme à côté d'elle la prend en pitié :

« Attendez, regardez, qu'est-ce qu'ils font... (le crieur se saisit de la carte de l'homme debout, et la porte au-dessus de sa tête) : Oui, c'est le

Louvre. C'est pour le musée du Louvre. Vous comprenez ? Les musées nationaux n'enchérissent pas. Ils exercent leur « droit de préemption », c'est-à-dire qu'ils se substituent au dernier enchérisseur et remportent l'objet à sa place. Là concrètement, la France va débourser 3,5 millions d'euros, et c'est tant pis pour le type au téléphone. Mais pour la maison de vente, quel privilège ! Et pour Masino ! Pour Masino ! Vous vous rendez compte ! Il entre au Louvre !

— *Santa Madonna* », murmure Gabrielle.

TROISIÈME PARTIE

« *Mundus vult decipi, ergo decipiatur.* »
Le monde veut être trompé, alors qu'il le soit.

1

Florence, 24 juin 1405, fête de la Saint-Jean

Piazza della Signoria, cinq heures. Une prière s'élève. Les enfants de chœur sont au centre – les plus jeunes se frottent les yeux. Le cortège les encercle, les villes sont rassemblées sous leurs bannières, Pise, Arezzo, Volterra, Cortone, Florence est reine. Aux quatre coins de la place, des tours de bois doré sont montées sur des charrettes. De l'intérieur, des hommes agitent au-dessus des créneaux de figurines : des chevaliers, des bergers, des boulangères et des filles qui dansent. Partout dans les ruelles on arrive en courant, la foule grossit, la prière monte. Masino débarque de la via Francesca. Il est soulagé : la porte du palais est fermée, il n'a pas loupé l'entrée des seigneurs. Près de la tribune de la Signoria, cent oriflammes sont accrochées aux anneaux de fer. Il distingue à peine les toges blanches des enfants de chœur. Même un jour de foire au Mercato Vecchio, on ne voit pas tant de monde. La fête du Baptiste est le jour le plus attendu de l'année. La ville comptait cent vingt mille âmes avant la Grande Peste ; nous sommes aujourd'hui moins de cinquante mille. Comment faisait-on tenir ici tout Florence ? Il imagine des squelettes se faufiler partout, aux balcons, entre les jambes, sur les tours. Il n'a jamais vu de pestiféré : il y a quelques années, lorsque le fléau est revenu, son père a loué une maison à Pise pour vingt-huit florins d'or.

La foule s'écarte : les portes s'ouvrent. Les seigneurs sortent à cheval les uns après les autres et se rangent en ligne. Le chancelier, le gonfalonier, les huit prieurs et les douze bons hommes. De loin Masino ne reconnaît que le gonfalonier de justice : il porte la bannière blanche à la croix rouge. Trompettes. Les frères du Carmine ouvrent la procession. Ils soulèvent le Christ monté sur un char, cloué sur la Croix, les Florentins se signent. Le cortège se met en route. Les cymbales et les tambourins accompagnent les frères. Les femmes resplendissent. Aujourd'hui seulement, les lois somptuaires les autorisent à porter leurs belles étoffes, leurs faux cheveux, leur maquillage et ces tresses, magnifiques, à leur front. Le poids de leurs bijoux est compté. Aux balcons, des guirlandes de fleurs. Les bergers font sonner les cloches. Les pères portent leur fils sur leurs épaules : tout Florence voudrait s'agrandir de quelques centimètres pour admirer le char du Seigneur. Malgré la fanfare entre les ruelles et les cris des enfants, la marche est solennelle. Masino fait demi-tour. Il court dans une rue parallèle pour cueillir le début du cortège au coin de la via Porta Rossa. À l'angle, devant le barbier, il aperçoit les frères et le Christ sculpté, un pied cloué sur l'autre. Le char est précédé d'un enfant à la toge écarlate. D'un pouce, Masino trace une croix sur son cœur ; une pensée pour le gosse de l'an dernier. On l'avait peinturluré de la tête aux pieds, tout en or, même les paupières. Debout sur le char, il avait tenu la pose. Des heures de procession. Un honneur pour la famille ! Mort dans la journée : empoisonné par l'or. Choc toxique. À mesure qu'ils approchent, Masino distingue les rubans rouges s'échapper des Cinq Plaies du Rédempteur ; ils volent au-dessus des têtes et coulent dans les calices de filles vêtues comme des anges. Derrière le char suivent les quatre cents cavaliers de l'art de la laine.

Masino reconnaît le prieur de Calimala sous son mazzocchio rouge écarlate, dont le pli retombe le long de sa joue. Il cherche Flora du regard, en vain – la fille du prieur. Rien ne serait arrivé si Pippo n'était pas parti à Rome, se répète-t-il. La fille du prieur… Si son frère avait été là, rien ne serait arrivé.

Il se fraye un chemin jusqu'à la place Saint-Jean ; tout le monde se bouscule. Les prêtres attendent sur les marches de la cathédrale, entourés de vieillards assis sur des chaises. Les frères déposent leur fardeau face aux portes du baptistère. Vingt-huit bas-reliefs frappés du marzocco, le lion armé. Masino grimace – c'est à cause de ces maudites portes que son frère a quitté la ville. Les capitaines du parti guelfe ont l'honneur de la première offrande. Suivent les chevaliers, puis les ambassadeurs, et enfin les drapeaux, portés chacun par un homme à cheval : ils offrent à l'église leur bannière. Le tribut des cités soumises. C'est long. Un vendeur de châtaignes distribue ses cornets pour quelques pièces. Là, devant, sur la première marche du parvis, Masino aperçoit enfin Flora : elle porte la robe de ses fiançailles. Sa coiffure entortillée de rubans soutient la masse de ses cheveux sombres. Elle regarde distraitement défiler les brocarts de la Compagnie de la laine ; les fils d'or mêlés à la soie, le pourpre, le vert, la porte rouge sur fond blanc qu'elle a elle-même brochée vingt-quatre fois. Deux ans de travail, 18 livres le palmo. Une réputation de Pénélope devant sa toile. Il voudrait lui faire un signe, mais il n'ose pas. La fille du prieur. La future femme de Pippo. Son frère reviendra-t-il un jour ? Flora ne mérite-t-elle pas le mariage ? À défaut de l'union sacrée, Masino lui offre un peu d'amour. Il frissonne en pensant à la vieille folle devant le Ponte Vecchio, sous la statue de Mars : chaque fois qu'elle le voit passer, elle lui prédit sa mort prochaine, un jour de Saint-Jean. Un jour de Saint-Jean ! Non, non, se rassure-t-il. Flora n'est pas encore ma sœur. Même si l'on découvrait qu'elle n'est plus vierge, peut-être se contentera-t-on de m'amputer d'un membre. On me laissera même certainement choisir : la main ou le pied ? Le soleil se lève sur la façade de la cathédrale ; le pied, se dit-il, sans hésitation.

Enfin, l'archevêque entame le divin office. Sa voix frappe le marbre jusqu'au sommet du campanile de Giotto. Toute la ville se tait. Masino admire le nouveau pavement du baptistère, financé par l'Arte dei Medici pour 2 000 florins d'or. À l'intérieur, les chefs-d'œuvre des peintres devenus Maîtres dans l'année sont exposés. La Vierge au rouge-gorge *trône au milieu des Madones et des saints. Toute la ville défilera devant elle au moment de tremper ses doigts dans l'eau bénite. Masino ne craint pas la critique : il connaît la valeur de son art. Depuis qu'il a capturé l'oiseau pour reproduire ses ailes, plume à plume, ses amis l'appellent Le Singe. Des heures entières devant la nourrice et son panier de nouveau-nés qu'elle prenait au sein à tour de rôle.* La Vierge au rouge-gorge *est au centre : Niccolò Niccoli, désireux de montrer l'étendue de sa fortune, a soudoyé les curés.*

« Les peintres sont fourbes par nature. Si tu ne les surveilles pas, ils te tromperont. » Niccolò s'est rendu lui-même chez l'apothicaire pour vérifier sa commande. Ce dernier connaît les artisans : « Si tu exiges que le rouge soit tiré de la gomme, ils prendront de la bourre de soie – ils te roulent, parce que tu ne sais pas. Et ils gardent pour eux la différence. » Ainsi Niccolò a-t-il choisi de

garder chez lui les pigments, et de les distribuer au compte-gouttes. Il voulait être certain que ses deux livres d'ultramarine soient distillées dans la robe de la Vierge. Et comment s'assurer du temps qu'ils passent à travailler pour vous ? « Laisse-leur le moins de temps possible. Ils n'auront pas le choix. » Trois mois jour pour jour à compter de la date de la signature. Trois mois : le retable n'est pas encore tout à fait sec. Niccolò s'est rendu chaque semaine dans l'atelier du peintre. Il a trouvé Masino toujours à son poste, obsédé par les rayons de lumière sur les plis du manteau – une étoffe superbe, un prêt de la confrérie des drapiers. Niccolò a bien tenté de lui inculquer quelques notions de la pensée nouvelle. Tu comprends, petit. L'homme est au centre de la représentation, au centre du monde. Ne t'embarrasse pas des fioritures ni des ornements. Arrête avec les poinçons ; ce que je voudrais, c'est que tu te débarrasses du fond d'or. Non, pas tout à fait, d'accord, tu ne peux pas, l'Église ne comprendrait pas – mais je voudrais que tu places la Sainte Vierge dans un appartement. Une maison réelle, un sol réel, une table, des objets. Humaniser la Vierge. Je veux qu'elle pense. Qu'elle respire – et les saints des panneaux latéraux, je veux qu'ils vivent.

Qu'ils vivent ? Une maison réelle ? Messer Niccolò semble oublier qu'il n'a devant lui qu'un morceau de bois. Il voudrait que je copie l'œuvre de Dieu. Masino passa des jours entiers à tenter de comprendre comment transposer les carreaux du sol sur son panneau, comment retranscrire les odeurs, les sons, la chair d'une femme. Tandis que Niccolò dissertait sur les sentiments de l'homme dans un tableau d'église, Masino rêvait en silence de voir sa Vierge devenir Miraculeuse, comme celle d'Orsanmichele qui a le pouvoir de guérir les paralytiques. Comme la Madone d'Imprunta qui préside au Conseil de la Seigneurie, où son avis compte. A-t-on remarqué son travail ? Obtiendra-t-il d'autres commandes ? Enfin, sur le parvis du Dôme, l'archevêque élève l'hostie de paix. Les cinquante mille âmes de Florence tombent ensemble à genoux.

L'instant d'après, le recueillement fait place à l'euphorie. La foule se déverse comme un torrent jusqu'à Santa Maria Novella. Masino achète une bouteille de vin à un vendeur de rue. Les jeunes filles se mettent à danser. Elles ont du fard aux joues, des colliers de corail, leurs cheveux sont teints en blond. Blond comme les limonades qu'elles sirotent en claquant la langue. La course de chars ne débutera qu'à midi mais chacun cherche la meilleure place ; au plus près de la piste. Masino entreprend de retrouver ses amis – des orfèvres, des apprentis, des sculpteurs et des peintres – ils seront immanquablement derrière le cloître, à la dérobée, là où le florin d'or fait tourner les têtes – « la maudite fleur », disait Dante. Là où les changeurs prennent les paris, où les pièces passent de main en main sous les capes :

le jeu est interdit dans la ville. Des trompettes annoncent l'arrivée du chancelier sous la loggia, au milieu des prieurs. Les Florentins l'acclament, parce qu'ils sont heureux, parce que c'est la fête. Tout le monde aime Coluccio Salutati, malgré la rumeur : on dit que sa famille se serait enrichie en vendant des ordonnances miraculeuses pendant la Grande Peste.

Masino n'a pas le temps d'arriver jusqu'au cloître. Dans la cohue, il sent sur son épaule un bâton de bois. Il lève la tête : le coup vient d'en haut. C'est le prieur de la laine et son mazzocchio rouge, sur l'estrade de la loggia, qui l'interpelle du bout de sa canne. Sa fille est près de lui. Leurs regards se croisent, une seconde seulement – de sa tribune, vue da sotto in su, *Masino lui trouve un petit air vicieux. Il sent la sueur de son dos coller à sa chemise, et tandis qu'il se plie presque jusqu'à terre des fourmis envahissent sa nuque, là où le prieur vient de retirer sa canne. Derrière le père et la fille, la croix rouge du gonfalonier flotte au vent, cette croix qui fait régner l'ordre et la morale. On lui fait signe de monter. Il est perdu. Il devient blanc ; ses doigts se crispent, ses muscles se raidissent – comment rejoindre l'estrade ? Il ne sent plus ses jambes. Trois fois de suite, il murmure :* NOSTRA DOMINA DE HUMILITATE. *Flora sourit tandis que son amant s'apprête à les rejoindre. Alors, c'était vrai, se dit Masino, en montant les marches. Je vais mourir pendu le jour de la Saint-Jean.*

2

« *Ma che cazzo*... Masino est mort pendu ?

— Mais j'en sais rien, moi...

— Et il avait une histoire avec la fiancée de son frère ! »

Paul lève les yeux au ciel. Ah, j'te jure.

« Qu'est-ce que c'est que ça ?

— *Masino le Maudit*. »

Sur la couverture du livre, la Madone et son nimbe crucifère, l'œil et l'éclat dans l'œil, et le nom de l'auteur : Pierre Saragosse de l'Académie française.

« C'est bien ?

— C'est très romancé, quand même. »

Qu'est-ce que ça veut dire très romancé ? Je croyais que c'était tout l'intérêt d'un roman historique. Ne plus distinguer l'imaginaire du réel. Non, chérie, je ne crois pas qu'il soit mort pendu, on aurait des archives... Enfin je pense... Allongé sur un transat dans son long peignoir blanc, il regarde la mer. Le soleil sur la mer. Il y a du monde aujourd'hui, à la plage. Les sables de Santa Giulia sont constellés de parasols, et de la terrasse on dirait des coquelicots. Son pied bat la mesure : de la chambre de Vittorio s'échappe cette musique qu'il a appris à aimer, le beat estival d'un groupe français dont le nom ressemble à tous les autres.

Paul attrape sa menthe à l'eau ; il admire les ongles vernis de Gabrielle, son maillot de bain tendu et son foulard de soie enturbanné comme une auréole. Et il trouve que c'est beau. Elle est gracieuse, oui, ma belle, ce n'est qu'un bout de tissu – mais voyez comme elle a emballé ça. On se croirait au Louvre un soir de nocturne, devant *La Femme au turban* de Jean-Auguste Ingres. « Pierre Saragosse de l'Académie française », grimace-t-il en observant à nouveau la couverture du livre. Ils ont été rapides. Impressionnant. Le type a mis trois mois pour écrire son truc, et hop, sous presse, puis sur les étagères des Relais H. Juste à temps pour les départs en vacances.

« Il dit que c'est Masino, le véritable maître de la coupole. Son frère lui aurait volé ses plans.

— Et ben oui, il a raison, pourquoi se priver.

— Tu y crois, toi ? »

Paul ne répond rien. Il a chaud. La thèse de l'un, la thèse de l'autre, oh, mais *baste, baste,* comme disent les Corses (ce qui amuse beaucoup Gabrielle), qu'ils se débrouillent. Chaque semaine, ils nous inventent quelque chose. Plus l'artiste est maudit, plus on l'aime. Masino, trahi, évincé, oublié de l'histoire. L'œuvre s'enrichit des souffrances qu'il a traversées. Il n'y a qu'à voir Van Gogh – l'oreille coupée a fait exploser sa cote. Ou Frida Kahlo : l'amputation, le mari bourreau qui finit par avaler ses cendres. Warhol criblé de balles, Rothko suicidé, Basquiat et son overdose… Alors oui, ce pauvre Masino, quitte à ce qu'il soit le frère caché de Brunelleschi, autant y aller jusqu'au bout. Une récente étude montre que l'épithète « *sempliciotto* » des registres de la paroisse aurait été ajoutée *a posteriori*, avec une encre différente. Masino aurait été rayé volontairement de la mémoire de ses contemporains. Déclaré « simple d'esprit » pour que l'on ne s'en soucie plus. En d'autres termes, il aurait subi ce que les Anciens appelaient une *damnatio memoriae.* Son frère lui a volé ses travaux, et puis il est mort dans des circonstances obscures. Comme Caravage.

Paul soupire. Il suce entre ses lèvres un glaçon qu'il fait rouler contre sa langue. Il contemple les jambes de Gabrielle, ses pieds l'un contre l'autre. Quand elle est habillée, on ne pourrait pas imaginer son corps si charmant, si galbé. Un parfum d'eucalyptus envahit ses poumons. Les fruits de mer et les cours de tennis ont affiné sa silhouette. Il est bronzé. Le soir sur le port, il porte une chemise blanche et un short à motifs de tortues. De vieilles connaissances le saluent de leur yacht, de grandes fortunes, échouées comme tout le monde à Porto Vecchio.

Ils se promènent tous les trois, un homme, une femme, un fils. Plusieurs fois, il a été tenté de poser sa main sur l'épaule de Vittorio – mais il n'ose pas. Ce dernier est trop grand pour qu'on l'emmène manger une glace, et pas assez pour une virée au casino. Comment créer un lien ? Comment l'intéresser ? « Ça viendra », promet Gabrielle. Laisse-lui le temps.

Paul joue aux échecs – son portable n'a presque plus d'autre utilité. On ne me consulte pas, on ne me demande rien. Comme si je n'étais pas concerné. Moi aussi, si je voulais, je pourrais écrire un livre. C'est quand même moi qui ai découvert Masino, ils sont marrants, eux… Ils oublient que l'intuition primordiale, ce fut la mienne, dans la chapelle humide de la veuve ici présente et de son défunt mari. J'en aurais, moi, des choses à dire. Des révélations. Je pourrais raconter comment tout s'est vraiment passé. Personne ne connaît Masino tel que je le connais. Personne. Et ils risquent d'avoir des surprises. Je raconterais toutes les combines à pétrole. Les trucages derrière la légende. Le voyage à Florence. Elle et moi dans la nuit, sa robe à bretelles fines, son impatience. Tout ce qu'elle m'a fait.

« Qu'est-ce qui te fait sourire ?

— Ah ? Rien, rien, chérie… Rien. On déjeune bientôt ?

— *Ma… Certo.* »

Ça ferait un sacré bouquin, se dit-il. Un polar un peu cul, et en même temps très technique, pointu, avec un coup de théâtre à la fin. Les dessous du monde de l'art. Masino préempté par le musée du Louvre. Paul se réjouit, parce que son histoire, c'est un best-seller. Le commissaire-priseur qui révèle au public les mirages de son propre milieu. L'idée est bonne. Excellente. Et puis, il faut bien qu'il se trouve une occupation. Retourner pointer chez Auctionès à la rentrée, à la recherche d'un nouveau trésor ? Recommencer la ronde, la course, la quête ? Non, non… L'histoire de Masino n'est pas terminée. Ils n'ont encore rien vu. Ils veulent des rebondissements ? Ils vont en avoir. Je ferai la promo, se dit-il en nettoyant dans sa manche les verres de ses lunettes de soleil, comme Saragosse à « La Grande Librairie ». On dira que mon travail est *jouissif*. Sans concessions. Au vitriol. Je reprendrai mes droits sur Masino et sur tous ceux qui ont entrepris de créer son mythe. Saragosse a déclaré « être entré en connexion » avec Masino. Marianne délivre ses certificats d'authenticité comme des petits pains, elle est devenue la garante de son œuvre, dont elle prépare le catalogue raisonné – ah, elle n'a plus besoin de moi ? Aucune nouvelle, aucun message depuis la vente. Rien. Il se demande parfois s'il n'a pas rêvé le voyage d'Italie. M'a-t-elle vraiment désiré ? A-t-elle fait semblant ?

Salope. C'est une salope, se dit-il, sans y croire, car il est impossible qu'elle n'ait rien ressenti.

« *Amore mi metti un po' di crema* ? »

Il lui faudrait un planning. Des heures consacrées au travail, un travail quotidien, quatre ans avec une romancière, je sais quand même comment ça se passe. Barbara avait une routine. Voilà ce qu'il lui faudrait. Une routine. Le calme absolu, le repos, après les vacances, se dit-il, il s'y mettra pour de bon. Il racontera tout. En imaginant l'effort monumental qui l'attend, il savoure le molletonné de son peignoir brodé du nom de l'hôtel, le Don César. Le goût de la menthe à l'eau. Les montagnes et les oliviers. La crème solaire de Gabrielle Cassaì, qui voudrait se faire appeler Gabrielle Vivienne, et pourquoi pas, ma belle, c'est vrai que Gabrielle Vivienne, c'est un très joli nom.

3

3, quai de l'Horloge à Paris, on déménage. Les nouveaux locaux de Saint-Denis réuniront bientôt les sept départements de la police scientifique.

« Alors vous excuserez le désordre, hein, faites pas attention. »

Marianne connaît les lieux par cœur ; le labo est au sous-sol. Personne ne parle dans l'ascenseur. Ivan Zbikowski enlève sa casquette en pensant à sa mère. L'inspecteur lui sourit. Quand les portes s'ouvrent sur l'open space, Marianne éprouve un léger dégoût en même temps qu'un profond soulagement. Les chercheurs la saluent sur son passage ; elle a fait carrière. Ca-rrière. Elle a désormais son propre bureau au cabinet Morin, avec son seul nom sur la porte. Son essai, *Le Génie retrouvé*, a consacré son entrée dans le prestigieux cénacle des historiens de l'art. Elle est une personnalité publique. Le fils Becquerel avait raison : on adore ce contraste entre ce métier poussiéreux et sa beauté juvénile. On l'invite partout. Et surtout, Marianne, en un an, est devenue riche. Ça se sent. Ça se voit. La plupart de ses anciens collègues n'en sont pas étonnés, ils ont toujours su qu'elle réussirait. Elle était faite pour être riche. Désormais, Masino a un prix : entre 300 000 et 400 000 euros le certificat d'authenticité. Et le commerce des attributions est florissant. Outre *La Vierge au rouge-gorge*, que l'on appelle désormais « le Masino zéro », six panneaux de bois font déjà partie du catalogue raisonné. Six en un an. Les conservateurs ont tout simplement détruit les anciens cartels, qu'ils ont arrachés des murs, pour les remplacer par le nom flambant neuf. Ainsi, une *Madeleine pénitente* du MET Museum, un Gentile da Fabriano du musée des Offices, un Bernardo Daddi, un *Couronnement de la Vierge* à Saint-Pétersbourg, les plus grands musées du monde détenaient sans le savoir des Masino, et Marianne, une loupe à la main, les a tous découverts.

« En tout cas ça fait plaisir de vous revoir ici. »

Elle se félicite d'avoir entretenu ses connexions à la brigade. « Ça sert toujours. » Grâce à l'inspecteur, les douaniers français disposent d'un mandat d'arrêt pour tout Masino traversant les frontières, à l'import ou à l'export.

« On l'a chopé à Roissy, il arrivait de Berlin. En règle. Tous les papiers. L'authenticité, l'autorisation, les frais de douane, tout le toutim.

Bardé de diplômes, comme on dit. Le type qui transportait l'œuvre est un galeriste. Pignon sur rue à Charlottenburg – Fritz quelque chose. Enfin ça vous avance pas, ils s'appellent tous Fritz. »

Le panneau est posé à plat sur la table centrale ; d'un coup d'œil, l'experte reconnaît saint Augustin. L'évêque d'Hippone porte son habit rouge, la mitre et la crosse, et dans sa main gauche, il tient son attribut : le cœur enflammé percé de trois flèches. Elle se poste à ses pieds ; Zbik reste près d'elle, légèrement en retrait. *Flèche ! en platine dans ma poitrine,* chante-t-il dans sa tête : *L'Indien* de Juliette Armanet. Les chercheurs s'agglutinent le long des bords de la table. Le saint paraît immense. Démesurément long, calme, tout absorbé par son monde intérieur. Son visage ovale, légèrement penché vers la gauche, rappelle l'air mélancolique de *La Vierge au rouge-gorge*. Pommettes saillantes, yeux en amande étirés vers les tempes, cheveux fins travaillés mèche à mèche, un sourire au coin des lèvres. Le vêtement coule jusqu'à terre ; au sol, le même pavement que dans le panneau de la Vierge : des carreaux creusent la profondeur. Le travail des poinçons dans le nimbe crucifère est un tour de force.

« C'est ouf, dit Zbik. Regarde ça. La technique du filigrane. »

Un orfèvre. Une formation d'orfèvre, comme Filippo Brunelleschi, et probablement comme son frère Masino. Marianne est ébranlée. D'où vient cette œuvre ? Se peut-il qu'elle ait été peinte par la même main que le retable de Castel Vecchio ? Plus encore que tous les autres panneaux qu'elle a authentifiés, elle en a la certitude.

« Tiens, regarde voir. »

L'inspecteur lui tend le certificat d'authenticité : il est signé Attilio Sanchez, de l'Académie de Florence.

« Mais non ! L'autre Rital, là ? demande Zbik. »

Marianne n'est pas étonnée. Qui d'autre ? En matière de Masino, c'est soit elle, soit lui.

Saint Augustin en costume d'évêque,
Panneau latéral gauche de La Vierge au rouge-gorge,
Masino,
1405.

« Ah, carrément ! Il en fait un élément du *Masino zéro.* Au moins c'est pratique.

— Et les analyses ?

— Rien. Ou c'est pas dans le rapport.

— *L'Œil ou la Science,* murmure Marianne. Bon. Et nous ? Qu'est-ce qu'on a ? »

L'un des chercheurs intervient :

« La dendrochronologie date la planche autour de 1395. Le bois est abîmé, c'est difficile d'avoir une année claire. Les pigments ne trahissent aucune matière suspecte. C'est de la *tempera* je dirais tout à fait classique, avec du blanc d'œuf. »

Marianne déploie sa loupe dans les yeux du saint. Dans chacune des pupilles, le reflet caractéristique.

« Stylistiquement, on est bons, poursuit le chercheur. L'iconographie tient la route. »

Les panneaux latéraux de *La Vierge au rouge-gorge,* comme tout retable de cette époque, représentaient deux saints en pied : un à droite, un à gauche. Le plus souvent, on choisissait le saint protecteur du commanditaire. Le plus probable dans le cas du *Masino zéro,* c'est que l'on ait préféré le saint patron de l'ordre de Santo Spirito, Augustin. Or, si l'on a Augustin à gauche, on peut deviner Jean-Baptiste à droite. La ville et sa paroisse.

« Et ça ? »

Un phylactère. C'est un long parchemin déroulé aux pieds du saint, orné d'une inscription latine.

« Une sentence d'Augustin, assez commune. Roger, t'as la traduction ? »

Il fait sombre, le plafond du laboratoire est bas. De ces plafonds qui sont ornés de grilles, et quand on lève la tête, on aperçoit une espèce de tuyauterie grisâtre et poussiéreuse. Roger lit ses notes :

Cherchons-le pour le trouver, parce qu'il est caché.
Et après l'avoir trouvé,
Cherchons-le encore, parce qu'il est immense.

Cherchons-le pour le trouver… Parle-t-il vraiment de Dieu ? Si c'est un faux, le mec est gonflé, pense Marianne. Et c'est peut-être un signe : les faussaires se croient toujours plus malins. Ils aiment taquiner. Ils se prennent pour des alchimistes, songe-t-elle en admirant le travail de l'or. Capables de réaliser le rêve millénaire de la transmutation. Le plomb en or, le faux en vrai. Le Grand Art. Elle se penche, nez à nez contre le bois. Elle renifle : un faux sentirait le vernis, peut-être même l'essence de térébenthine. Les toiles et les panneaux s'imprègnent des odeurs des lieux qu'ils habitent. Celui-là est inodore, ou presque : il sent le vieux. Le renfermé. Marianne donne des petits coups, elle écoute la résonance. Le coffre.

« Techniquement, on est impec, annonce le chercheur. La reproduction des poinçons comme ça, c'est impossible aujourd'hui.

— Qu'est-ce qui est impossible ? »

Elle est sèche, Marianne. Elle l'a toujours été.

« Ben… Il faut être béton, quoi.

— Tout ce qui a été fait de la main de l'homme peut être reproduit. »

Sa phrase fétiche.

« Ce qui ne trompe pas, ce sont les craquelures, ajoute Zbik. »

Marianne les analyse à la lumière rasante : elles sont régulières comme les rides sur la peau d'un vieillard, infiltrées par la poussière du temps.

« Et les radios ? »

Elle regarde instinctivement du côté du tableau lumineux : rien n'a changé, ici. Tout est à sa place. Les radiographies du retable y sont accrochées par des aimants. Elle s'en approche, l'équipe la suit. Aucune trace de repeint, rien en dessous, le squelette est sans tache. Marianne n'a besoin que de quelques secondes.

« C'est pas le même retable.

— Comment ? »

L'inspecteur pensait avoir tout étudié –

« Le panneau ne provient pas du *Masino zéro*, c'est pas le même retable. »

Devant les regards interloqués et parce qu'elle adore ça, elle explique : regardez les lignes horizontales, là, jusque sur la tranche. Les galeries creusées par des insectes. Je me souviens très bien – d'un pouce, elle fouille dans ses mails jusqu'à retrouver la radio de *La Vierge au rouge-gorge*. Je me souviens des... Elles étaient beaucoup plus basses. Voilà ! Tenez, voyez. Elle brandit son portable, et les chercheurs constatent. Les lignes ne se recoupent pas, elles se chevauchent, pas une seule galerie ne se poursuit d'un panneau à l'autre. Les deux planches ont été découpées de deux retables différents.

« Elle est forte, dit Zbik. Elle est très forte. »

Il voudrait applaudir, mais il sent que ce n'est pas l'ambiance. L'experte a tous les sens en éveil. Elle a une réputation à tenir, il faut qu'elle aille vite, et qu'elle soit sûre d'elle. On s'écarte sur son passage. Elle parcourt la surface peinte avec ses doigts. De long en large. Elle recommence avec le bombé de ses ongles. Ils attendent. Elle pourrait se sentir oppressée par ces blouses blanches autour d'elle, la brigade au grand complet, les bras croisés. Mais les regards des autres décuplent ses forces. Elle tourne autour du saint gisant sur la table, aveuglé par le spot comme un coupable en plein interrogatoire. Elle observe la barbe finement taillée, les cils peints un à un, les longs doigts fins agrippant le cœur. Le manteau de l'évêque est constellé de points blancs décoratifs. Des petits ronds de peinture déposés à la pointe du pinceau, des pois sur la surface lisse, comme il y en a souvent, c'est un héritage de la manière siennoise. Le goût de l'ornement miniaturiste. Elle appuie avec son ongle sur l'un d'entre eux, et son ongle s'enfonce. Le relief de la peinture plie sous la pression.

« C'est un faux. »

Un murmure parcourt l'assemblée – les chercheurs se donnent des coups de coude. « Je te l'avais dit. » « Ouais bah j'en étais sûr. » « Tu me dois cent balles. » L'inspecteur serre le poing en signe de victoire. Il se réjouit d'une telle prise dans son service : de quoi démontrer toute l'efficacité de la brigade, et justifier les nouveaux locaux aux yeux du gouvernement. Ça tombe à pic. Marianne reste concentrée :

« Un tableau peint *a tempera* il y a six cents ans serait absolument sec. Le point aurait dû se détacher, ou rester inflexible. En aucun cas il n'aurait laissé pénétrer mon ongle. C'est impossible. Plus la masse des couleurs est dure, plus l'œuvre est considérée comme ancienne.

— Un faux contemporain, alors.

— Plus que contemporain – il a été fait cette année. La "signature" dans l'œil en témoigne – avant Masino, un tableau pareil n'avait pas de valeur. Personne ne se serait donné la peine de prendre de tels risques. Aujourd'hui, un panneau du maître est estimé entre 6 et 8 millions, voire plus, selon la provenance. »

Comment l'artiste a-t-il pu atteindre un degré si parfait de ressemblance ? Imiter les craquelures, se procurer une planche de 1395 ? Elle a peur. Tout son empire est soudain menacé : combien de faux Masino sont en circulation ? Elle est parvenue à déjouer celui-là ; et si d'autres lui échappaient ? Si elle se trompait ? Elle pourrait authentifier un faux pour un vrai, un vrai pour un faux, sa parole deviendrait nulle, et que lui resterait-il ? Il faut qu'elle se diversifie, se dit-elle. Elle doit ouvrir son propre cabinet, écrire un autre livre, asseoir sa position. Et si Sanchez s'était mis à fabriquer des armées de saints dans son Académie ancestrale, et qu'il envahissait le monde de ses certificats ? Il faut qu'il tombe. Qu'il disparaisse. D'où vient cette œuvre ? Comment arrêter le faussaire ? Un peintre exceptionnel, de toute évidence. Maîtrise parfaite des usages en vigueur en 1400, technique de reproduction à la pointe, jusqu'à l'apposition de la feuille d'or au bol d'Arménie dans le nimbe crucifère.

« Franchement, je suis bluffé, dit Zbik. Bluffé. »

4

« *Aber ich weiß nichts ! Ehrlich* ! Bordel de merde ! »

Fritz Hammer est un fou dangereux. Marianne ne sait plus ce qu'elle fait là ; dans ce café sombre, sur un fauteuil en similicuir. *The Sunny Side of The Street* de Peggy Lee en fond sonore. Huit heures et huit minutes de TGV pour rencontrer le galeriste de Charlottenburg qui s'est insurgé avant même d'avoir commencé l'entretien.

« Bordel de queue de merde ! C'est quoi, ça, alors ! Je demande une chose, une chose ! Mais non, aujourd'hui, on a décidé de bien me... *Ohé ? Fräulein ?* »

La serveuse du Luftbrücke Cafe est une jeune femme aux cheveux lilas, longiligne, avec une salopette. Elle reste plantée devant la table, son plateau à la main. C'est vrai qu'il avait pourtant bien insisté, se dit Marianne. La bouche de Fritz est ronde et minuscule. Un menton si luisant qu'on a l'impression qu'il bave. Il prend un air pincé, ironique, et dans un effort pour contenir sa rage, il demande :

« *Die Aprikosenkonfitüre.* »

La serveuse reprend soudain ses esprits et tourne les talons. Marianne ne dit rien. Zbik avait raison : elle n'aurait jamais dû venir. Il s'essuie le front avec son mouchoir Vichy. Il place devant lui sa tasse, le sucrier, et sa cuillère bien alignés *comme ils devraient l'être.*

« Alors. Où en étions-nous ? »

Un gros bonhomme engoncé dans une chemise à motifs cachemire. Le col est noué par un foulard de soie jaune – *la couleur de l'or, comme le ciel divin,* pense Marianne, qui a lu Pierre Saragosse comme tout le monde.

« Vous m'expliquiez comment vous avez rencontré Sanchez.

— Ah oui. *Ein saudummer Kerl.* Hein ? Ah ! Ah ah ! Le salopard ! Mon beau salaud, ah, ah, mon salaud ! Attilio Sanchez ! Je vous l'ai dit. J'ai reçu le panneau par coursier. De Cologne. Il arrivait de Cologne. Vous pouvez demander à ma stagiaire, elle était là. C'est elle qui a ouvert la boîte. C'est tout le temps elle qui s'occupe de ça. À l'intérieur il y avait saint Augustin, un mot de Licht, mon intermédiaire, et *Perspectiva Artificialis* d'Attilio Sanchez. »

Plusieurs pages en étaient cornées : toutes celles susceptibles de s'appliquer au panneau qu'il venait de recevoir. Fritz Hammer défroisse un papier de sa poche intérieure – ce n'est que la photocopie, le bureau 454 de la police judiciaire de Berlin a tenu à conserver l'original. Bah. Si ça peut leur faire plaisir. Je vous dis qu'il n'y a rien d'extraordinaire : quelques phrases jetées sur la feuille, vous souhaitant bonne réception, une infinie reconnaissance, et la signature, P. Licht.

« On vous a donc suggéré Sanchez », conclut Marianne.

Pourquoi a-t-on fait appel à l'Italien plutôt qu'à elle ? Pourquoi *Perspectiva Artificialis* plutôt que *Le Génie retrouvé* ? Le faussaire a mal joué. Tant pis pour lui : j'aurais été moins regardante. Le petit point blanc, je n'y aurais pas enfoncé mon ongle.

« Oui, je l'ai appelé le jour même. Ah ça, rien à dire. Il est venu tout de suite.

— Ben c'est sûr, pour une fois que c'est lui qu'on demande. »

La course aux Masino s'est intensifiée. Plus la cote grimpe et plus on espère mettre la main sur un original avant qu'ils ne soient tous découverts. Sanchez, malgré son livre, n'en a trouvé aucun : Marianne est sur tous les fronts.

« Il n'a eu besoin que de quelques minutes, remarquable, je me suis dit, c'est remarquable. Ça s'est passé très vite. L'intuition. Il était absolument sûr de lui. "Je vois le Maître" a-t-il dit, et c'était fini. Il a signé tous les papiers. »

Ils sont de mèche, se dit-elle. Sanchez et le faussaire, Fritz et Sanchez, ils sont tous impliqués. On appelle ça « l'échiquier du faux » – un faussaire tout seul ne peut rien. Il a besoin d'acteurs, de « sachants », et d'un type au carnet d'adresses bien fourni qui fasse figure d'autorité.

« Combien a-t-il touché pour le certificat ?

— Huit pour cent.

— Huit pour cent de combien ?

— Écoutez, mademoiselle, hein, bon. Hein ? Ça va. Je n'ai pas à vous répondre. Huit pour cent du prix. Voilà. C'est tout. *Aber ich weiß nichts*, bordel de chiotte. Un peu de respect. Je ne suis qu'un pigeon dans cette affaire. »

Un pigeon peut-être, mais aussi l'unique suspect, celui qui traverse la frontière avec un faux dans ses bagages.

« Qui a acheté le retable ? Un Français ?

— Ah, mais vous êtes pas croyable, vous ! Et puis, de toute façon, désolé, je ne peux rien vous dire. Mon client tient à garder l'anonymat. »

Ah, bien sûr. La fameuse opacité du marché de l'art. Personne ne doit savoir qui a acheté quoi ni à quel prix. Les collectionneurs convoitent les mêmes pièces. On craint les vols et la concurrence, et par-dessus tout, le contrôle fiscal. Mais vous n'aurez pas le choix, Fritz Hammer. Recel de faux ça s'appelle. Quand la serveuse revient sans la confiture, en expliquant de son air désinvolte qu'il n'y en a plus, Marianne craint que le cirque ne recommence. Contre toute attente, très calme, il commande, *dans ce cas-là*, une assiette de frites – et rien d'autre. Tenez. Vous pouvez reprendre vos toasts.

Comment peut-on remplacer des toasts par des frites, à dix heures du matin ? Qui ferait confiance à un gars pareil ? Marianne est fatiguée. Depuis l'apparition du saint Augustin, elle est victime d'insomnies. Elle passe des heures à stalker des gens sur Internet. Sa nouvelle cible : Gabrielle Cassaì, la veuve de Castel Vecchio, bras dessus, bras dessous avec Vivienne. Insignifiante. Elle n'a pas trouvé sa taille exacte mais elle suppose qu'elle lui prendrait deux têtes et ce, même si cette dernière portait des talons.

« Allez donc poser vos questions à Peter Licht si vous n'êtes pas contente. »

L'accent allemand, ça met dans l'ambiance. Fritz dit n'avoir jamais rencontré le propriétaire du retable. Il aurait été contacté par mail, par ce fameux Peter Licht, qui désirait une expertise. Photo en pièce jointe.

« C'est tout. »

L'homme s'est présenté comme l'ami proche « d'une vieille famille rhénane » souhaitant demeurer discrète quant à la dissolution de ses biens. Sur le contrat, ils s'étaient accordés pour marquer « X » au nom du propriétaire. Le mystère fait TOUJOURS monter la cote.

« Votre devoir, c'est quand même de vérifier la provenance des œuvres que vous vendez.

— Eh bien ! Eh bien ! Et… Alors ? Ce n'est pas un crime, à ce que je sache, de respecter l'honneur d'une grande famille ! Un peu d'humanité ! De compassion ! Vous connaissez, mademoiselle, la compassion ? Ah, si je le retrouve, cet *Arschloch* de Peter Licht, je vais…

— Mais monsieur Hammer… Vous n'avez donc pas compris ?

— Compris quoi ? Hein ? Quoi ? Compris quoi ? »

Son excitation est contagieuse : elle se rend compte qu'elle parle elle-même de plus en plus vite.

« Mais qu'il n'y a pas de Peter Licht ! Peter Licht n'existe pas. Son compte Gmail a été créé dans un cybercafé de Cologne, le Rhein Kiosk. Le long des rails du tramway.

— Mais quelle conne !

— Pardon ?

— *Scheißkerl ! Scheißkerl de scheißkerl* de merde ! »

L'inspecteur du LPS a interrogé le propriétaire de l'établissement, en vain – « avec tous les touristes qui passent… Et encore, vous avez de la chance de pas être tombé à la période de Noël, parce que alors là… » Dès le retour de la serveuse, Fritz attrape une poignée de frites et l'enfourne dans sa bouche en sortant la langue ; une langue énorme, rosée – Marianne s'imagine la couper avec des ciseaux. Tchak ! De gros ciseaux en fer comme on en trouve dans les boîtes à couture, et la langue frétillerait sur la table. Il s'essuie les doigts dans son mouchoir. Il mastique, il respire fort.

« Écoutez, Attilio Sanchez est venu, et il a dit : “Je vois le maître”, alors quoi, il fallait que je me méfie d’un type qu’on appelle l’Oracle ?

— Allez là... Vous savez très bien comment ça marche, vous n’avez pas débuté hier...

— Qu’est-ce que vous insinuez ? Vous m’accusez ? Vous m’accusez d’être malhonnête ? Hein ? C’est ça ?

— Oh, ça va...

— Et moi je crois que ce retable, c’est un vrai. Voilà. Ça c’est mon intime conviction, vous ne pourrez rien y faire. Un vrai, et certifié. Seulement vous, vous l’avez mauvaise, mais ça ma petite, ça vous regarde. »

Tandis que la serveuse dépose la bouteille de ketchup, Marianne remarque son tatouage sur l’avant-bras : le portrait schématique de Néfertiti, la reine d’Égypte, conservée au Neues Museum. Elle attrape son poignet si soudainement que la serveuse pousse un petit cri. Une seule table dans tout le café, se dit-elle. Et il faut que ce soit une table de fous.

« Cette statue, monsieur Fritz Hammer, vous la voyez, cette statue ? Expertisée par les plus grands égyptologues des deux derniers siècles ? Ben c’est un faux. Bam. Voilà. Dans ta face.

— *Nefrotete* ? »

Allons, allons, lâchez-moi cette petite. Marianne sourit poliment, voilà mon grand, tu vois, moi aussi, je peux me montrer caractérielle, moi aussi, je traite les gens comme je veux.

Fais pas le malin, Fritz Hammer. La serveuse s'éloigne en levant les yeux au ciel.

« Oui, Néfertiti ! La “Mona Lisa de Berlin”. »

Il ne savait pas qu'on l'appelait comme ça. Tandis qu'il se bat pour faire descendre le ketchup en tapant sur la bouteille, Marianne prend sa voix d'institutrice :

« C'est connu, à la brigade. C'est même un cas d'école. La première leçon que l'on nous enseigne : le passé ne meurt qu'une fois. Un faussaire ne peut pas investir la pensée d'une autre époque, son œuvre reflète malgré lui l'esthétique de son siècle. Vous l'avez bien en tête, Néfertiti ? Le cou démesurément long, les yeux ourlés de khôl, la bouche pulpeuse... C'est le style Art déco des années 1900.

— Et alors, dans le saint Augustin, vous voyez notre siècle ?

— Non, justement. C'est tout le problème. On n'est pas conscient de son propre goût. C'est la raison pour laquelle un grand nombre d'historiens pense qu'on ne peut découvrir un faux qu'une trentaine d'années au moins après son exécution. »

Néfertiti est découverte en 1912 dans l'atelier d'un sculpteur de Tell el-Amarna, par des archéologues allemands. On croit aujourd'hui qu'ils n'y ont en réalité retrouvé que les outils, dont ils se seraient emparés pour réaliser le buste. Leur intention était peut-être moins de tromper que d'analyser la technique. Mais peu après, le prince de Saxe et sa femme visitent le chantier. Tous les deux tombent en adoration devant Néfertiti – ou Néfertoto, ou comment vous l'appelez –

« *Nefrotete*. »

Voilà. Le couple royal s'éprend de la statue : normal, elle reflète leur idée du beau. C'est bien la raison pour laquelle l'œuvre des faussaires plaît encore plus que les originaux, puisque l'on y retrouve sa propre sensibilité. Seulement ce jour-là, personne n'ose les contredire. On l'estampille XIVe siècle avant J.-C., comme les autres. L'œuvre est acheminée vers Berlin, elle devient le joyau de vos collections. Et pourtant, monsieur Fritz ! Fritz ! Et pourtant ! Dès son arrivée en Allemagne, elle suscite la controverse. Les experts sont sceptiques : jamais un Égyptien n'aurait tronqué les épaules d'une reine ; on n'en connaît aucun autre exemple en trois mille ans d'histoire. Jamais il n'aurait peint un œil et pas l'autre, c'est un crime de lèse-majesté. Un artisan d'Akhenaton ne peut pas représenter un visage incomplet, même s'il s'agit d'un modèle ou d'un prototype, comme on a voulu le faire croire. Vous ne savez pas ça ? L'image peinte, dans l'Égypte antique, vaut pour l'image réelle. C'est la raison pour laquelle on grave sur les parois des tombes des miches de pain, du linge propre et des esclaves. Pour que les morts ne manquent de rien dans l'autre monde. Et la pierre utilisée ? Du calcaire peint ? Non mais vous plaisantez ! Des années que Le Caire crie au scandale. Et comme par hasard, le Neues refuse d'entreprendre la moindre analyse. Vous imaginez bien : si l'on prouvait la supercherie, il perdrait son million de visiteurs par an.

« Salauds d'Allemands. »

Il sourit. Elle n'est pas sérieuse, cette experte. Déjà, parce qu'elle est blonde. Ensuite parce qu'elle a l'air d'une écolière. Et enfin parce que sa manière de l'interroger est bien étrange : un peu décousue, je dirais. Elle s'y croit. Oh mais moi je les connais, les petites dans son genre, avec leurs manières de dames, moi on me la fait pas, moi, on ne me raconte pas d'histoires, bien sûr, vous savez mieux que nos conservateurs, qui tromperaient sciemment tous les touristes du monde. Allons bon. Tout ce qu'il demande, lui, de toute manière, c'est d'être blanchi, si c'est un faux, que l'on retrouve les coupables et qu'on lui foute la paix. Moi, que ce soit bien clair, je me fous de ce tatouage.

« Oh, ne vous vexez pas, c'est pareil partout. On estime que dix pour cent des œuvres présentées dans les musées sont des faux. Dix pour cent. Et le chiffre double ou triple dans la sphère privée.

— Oui, eh, eh, du calme, hein. Faites pas celle qui sait tout avec moi, car je peux vous dire, moi aussi j'en connais, des choses. »

Elle sent qu'elle n'ira pas plus loin avec cet homme. Il n'a pas l'envergure. Où chercher ?

Elle est découragée. Tout lui semble si lointain, les banquettes en formica, au Luftbrücke Cafe, et le bruit des couverts contre les assiettes. Cette petite ambiance rétro. Elle a mal dormi. « Ce n'est pas à toi d'aller jusqu'à Berlin interroger ce mec, t'es sérieuse ? Tu crois vraiment qu'il va te balancer des trucs ? » Zbik avait raison, c'était inutile. « Laisse faire l'inspecteur ! » Elle ne supportait pas l'attente. Huit heures de train à remplir des sudokus. Les poinçons dans les auréoles. Autour d'elle, le papier peint à fleurs volontairement jauni, une lampe Art nouveau allumée en plein jour. On pourrait être en 1930. Entre deux guerres. Avant la guerre, après la guerre. On pourrait être n'importe quand. Pourquoi veut-on toujours échapper au présent ? En quoi saint Augustin ressemble-t-il à un homme d'aujourd'hui ? À la brigade, on a déjà démasqué des faux parce qu'ils avaient pris pour modèles des actrices du XXe siècle. Marianne jette un œil à son fond d'écran : le saint ne ressemble à personne.

« Je suis pas d'accord. Je suis pas d'accord avec vous. Vous dites que le faussaire se trahit parce qu'il ne se débarrasse pas de son époque. C'est bien ça ? Hein ? Eh bien moi je crois que vous avez tort. Vous n'avez pas compris parce que vous êtes obtue. Voilà. À mon avis, vous êtes obtue.

— On ne dit pas obtue pour une femme. On dit obtuse.

— Bon ! Peu importe. C'est exactement ce que je dis : vous ne voyez les choses que théoriquement. Sans y mettre le cœur. Typique des filles comme vous, ça. (Elle ne répond rien.) Quand un faussaire se trahit, c'est parce qu'il laisse un morceau de lui-même. Époque ou pas époque. Faut pas chercher si loin, comme ça... Vous vous fatiguez. C'est un artiste. Il dépose dans son œuvre son empreinte. *Verstanden* ? La trace de sa vanité. »

Essaye-t-il de m'avoir ? Fait-il semblant de coopérer ? Elle observe son costume, son mouchoir vichy, il me suffit d'un détail, se dit-elle, pour tout comprendre. Elle n'est pas loin – elle le sait. C'est sous ses yeux. Un collectionneur rhénan. Un intermédiaire nommé Peter Licht, créé de toutes pièces à Cologne. Un galeriste allemand. Saint Augustin, le cœur percé de flèches, Charlottenburg. Attilio Sanchez. *Cherchons-le encore, parce qu'il est immense*. Le réseau de craquelures et ce petit point blanc pas tout à fait sec. Les insectes bouffeurs de bois. Fritz n'est effectivement qu'un pigeon, conclut-elle : s'il avait su qu'il transportait un faux, il n'aurait pas accepté d'endosser tous les risques. Il se serait présenté à la douane avec un complice, ou mieux, il aurait envoyé quelqu'un à sa place. Elle se sent perdue – que sait-elle, après tout ? Ce n'est pas son travail d'émettre des suppositions de ce genre, elle n'est pas détective ; elle ne supporte pas l'air satisfait du galeriste qui a placé ses grosses mains l'une sur l'autre et rentré sa tête dans son cou. *Un pigeon*. Elle demande l'addition d'une voix déconfite. *Die Rechnung, bitte*. Le poignet de la serveuse. Néfertiti. *La trace de sa vanité*. L'atelier d'un sculpteur, Peter Licht, l'atelier... Et tout à coup, elle comprend. Elle entrevoit la vérité. Un tout petit filet de vérité, imperceptible, insaisissable, c'est impossible ! Impossible. Mais c'est ça. Sous ses yeux. Elle se répète instantanément le chemin de sa pensée de peur de le perdre, oui c'est ça, un fil, un seul fil, elle le solidifie, le sculpteur, les outils, l'échiquier du faux. Le long des rails du tramway... C'est ça. C'est horrible. N'y a-t-il pas une autre explication ? Comment en être sûre ? Elle voudrait se lever, quitter la ville, mais elle a soudain la nausée. Une nausée violente qui la cloue à sa chaise.

« Eh bien... Cette fois, il n'y a plus de ketchup, constate Fritz en agitant la bouteille. »

Marianne, furibonde, prend son manteau.

« Vous expliquerez ça aux juges. »

5

Gabrielle Vivienne n'a presque rien changé au plateau du petit déjeuner. Elle fait cuire ses œufs sept minutes, puis elle beurre des tartines qu'elle coupe en diagonale pour obtenir des triangles. Benvolio et Paul aiment tous les deux le jus d'orange pressé. La seule différence est dans le café : Benvolio prenait son café noir. Paul l'adoucit d'un nuage de lait. Quand elle couche avec lui, songe-t-elle soudain, elle ne ressent presque rien. Trop doux, trop tendre. Trop mou. Elle fait semblant. Encore heureux que le commissaire-priseur n'ait pas l'appétit de son défunt mari. Elle s'est vite habituée aux mouettes du quai Voltaire et aux statues monumentales dans la cage d'escalier. Quatrième et dernier étage, celui de Bacchus. Regarde, ma belle : fais attention. La dernière marche est ébréchée – tu n'imagines pas combien de fois j'ai failli me casser la gueule.

« Mais il faut faire venir quelqu'un !

— Oui, oh, tu sais comment ça se passe avec les copros… »

Quelqu'un… Mais qui ? Elle n'a trouvé personne. « T'emmerde pas, va. Il suffit de contourner. » Combien de fois a-t-elle téléphoné au syndic ? Tout heureuse au début, ravie de répéter : « Oui, bonjour, Mme Vivienne à l'appareil. » Et puis à chaque appel, un peu plus excédée. « Oui, allô ? C'est Mme Vivienne. » La marche est devenue insupportable. C'est très français, ce laisser-aller. On ne vous rappelle pas. On vous laisse mariner en clamant que la procédure est en cours, mais Gabrielle ne sait pas ce que c'est, *la procédure*. Pour son psy, la marche est un symbole. À votre arrivée dans l'immeuble, il y avait une brèche. Une fêlure chez cet homme. Votre incapacité à la refermer, n'est-ce pas votre frustration à ne pouvoir réparer Paul Vivienne ? Désormais chaque fois qu'elle trébuche, elle enrage.

« *Cazzo*… ! »

Un mois seulement après leur retour à Paris, elle a fini par embrayer, sans préambule :

« On devrait déménager.

— Déménager ? »

Elle a d'abord prétendu ne pas aimer le quartier.

« Ah bon ? Ah bon parce que l'île Saint-Louis, ça ne te plaît pas ? »

Non. Et puis ici, a-t-elle avoué plus tard, elle sent la présence de l'ex-femme. C'est Barbara qui a choisi la couleur des murs. Les carreaux du sol. Et ce meuble, il est à Barbe, et ce truc dans la cuisine, il est à Barbe, le robot mixeur, le micro-ondes, tout est à Barbe. Même tes tableaux, et la grosse bougie Diptyque que tu n'allumes jamais, et les rideaux, et la chambre de Vittorio, c'est affreux, c'était celle que vous aviez préparée pour...

« Tais-toi. »

Elle s'est tue. Temporairement.

« Moi je n'ai plus rien des affaires de mon mari », a-t-elle hurlé au milieu d'une mémorable crise de larmes, qui fut pour Paul le premier signe de la décadence.

(Cette femme se met dans des états que vous n'imaginez pas.)

« Tu vas quand même pas m'accuser d'avoir tout vendu, non ? »

Eh bien si. C'est absolument incroyable : elle l'accuse d'avoir dispersé ses biens. Elle dit qu'elle n'a plus rien, et elle voudrait qu'il n'ait rien non plus, qu'ils déménagent et qu'ils rachètent tout *ensemble*. Affalé dans le canapé du salon, Paul ne reconnaît plus son propre appartement. Des vêtements partout, des plaids en peau de bête – c'est quoi, ça, c'est du synthétique ? se dit-il en caressant une espèce de léopard étalé sur l'accoudoir – et sur toutes les consoles, des bibelots affreusement chers, et sans valeur. Elle a fait mettre des rideaux, puis elle les a fait enlever, changer, remettre, et puis elle a fini par les donner à la femme de ménage. Pas étonnant que son pauvre mari ait fini ruiné – cette femme est une acheteuse compulsive. L'affiche encadrée d'un Hopper trône désormais dans le couloir à la place de ses marines. *Une affiche encadrée*. Comment est-ce arrivé ? Paul s'est marié, il ne sait plus pourquoi. La fin de l'été. Il n'a rien vu venir. Une cérémonie discrète, peu d'invités, un contrat (quand même), le régime de la séparation des biens. Il a fallu faire venir la grand-mère de Rome et lui prendre une chambre au Meurice, tout ça pour qu'elle refuse de mettre les pieds à la mairie. Depuis, il se demande comment il a bien pu se retrouver coincé chez lui avec un gamin qui fait la gueule et une femme hystérique. Elle n'était pas comme ça, en vacances. Ni avant. Elle était si délicate, si fragile, elle était... Il se souvient de sa jolie jambe collée contre la sienne après la vente de Castel Vecchio, quand Becquerel a sabré le champagne aux Invendus. De ses mains baladeuses. Ses minauderies, ses épais sourcils, et Marianne dans un coin qui les observait, jalouse, tant et si bien qu'il entreprit de se laisser faire.

Vittorio passe dans le salon, un casque sur les oreilles.

« Bonjour. »

C'est inutile : il ne m'entend pas. Une caricature, ce môme. Sa mère insiste pour qu'ils aient une relation d'homme à homme, la figure d'un père, *dai, amore,* fais donc un effort. Mais

Paul A FAIT un effort. Vittorio claque la porte de l'appartement si fort que le paravent japonais se met à trembler. Paul se frotte les yeux. La paix ; c'est simple ! Tout ce qu'il demande, c'est d'avoir la paix.

Tout en portant son plateau, Gabrielle attrape au passage le courrier sur la console, Paul est à sa place, il joue avec son portable. Elle voudrait le lui arracher et le balancer par la fenêtre, plouf, dans la Seine.

« Petit déjeuner ! »

Toute la matinée, on ne sait pas ce qu'elle trafique dans la cuisine, elle remet les casseroles en place dans un bruit de tonnerre, elle fait tinter les verres les uns contre les autres, et quand elle s'arrête enfin, il faut se lever d'un bond, et aller s'asseoir. Dans la minute. Elle est vicieuse, se dit-il en jetant un œil au plateau. Elle m'apporte les journaux mais m'interdit de lire à table. Paul admire les gros titres : *Une œuvre de Banksy s'autodétruit en pleine vente aux enchères à Londres.* À peine le marteau tombé, vendue plus d'un million d'euros, elle s'est lentement déchiquetée devant le regard stupéfait des spectateurs, grâce à une broyeuse à papier dissimulée dans son cadre.

« Paul !

— Oui ! Pardon. »

Il replie le journal, le sourire aux lèvres. Un million d'euros. Il n'a pas intérêt à annuler la vente, l'acheteur : les lamelles de papier en vaudront trois demain. Plus on leur expose l'absurdité du jeu, plus ils vous vénèrent. Banksy est un génie du marketing. Attention, danger – le plateau est truffé de pièges. Si tu commences par le croissant de la boulangerie à la place du toast qu'elle a préparé, t'en as pour un quart d'heure. Si tu rajoutes du sucre dans ton café, elle te fait les gros yeux. « Et tu mets pas ta serviette ? » *La spremuta*, le jus d'orange, il faut bien l'en remercier, c'est ce qui lui a donné le plus de peine. On ne se rend pas compte, nous, les hommes. Elle est allée au marché. Elle a choisi les oranges elle-même, elle les a tâtées, une par une, du bout des doigts. Et tu ne sais pas combien il faut d'oranges pour un seul verre. « Tu ne sais pas, non, ça, non, tu ne peux pas savoir. » Paul imagine son siège vide à l'hôtel Saint-James. Les bruits feutrés et les couples qui ne se parlent pas. Il pense au trou, le petit trou entre les boutons du chemisier de la réceptionniste.

« Merci ma chérie. »

Ils s'embrassent et se sourient. Il ouvre son courrier (ça, paradoxalement, il a le droit : elle considère que c'est du travail, et elle respecte le travail). Des lettres d'Auctionès. Le nouveau catalogue de Rivette, une autre vente pop avec un Warhol en lot n° 9. « Ah ouais. C'est bien mon grand, tu prends des risques », marmonne-t-il. Elle fait semblant de ne pas l'entendre : il est bourru dès le matin. Jamais content. Toujours au-dessus des autres. Il lève un sourcil vers sa femme en décachetant quelques factures, elle mélange son yaourt au soja (c'est tout ce qu'elle mange : des yaourts au soja.)

« Rivette n'a jamais su prendre de risques. Jamais. Remarque c'est peut-être pour ça qu'il dure.

— Ah, oui.

— Eh bien moi je peux pas, tu comprends ? J'ai besoin d'action. J'ai besoin d'aventure, de souffle, tu vois, de... de... »

C'est reparti. Il va encore rabâcher le temps de Drouot, les premières années d'Auctionès et bien sûr, la vente du Crillon, cette mémorable vente dont elle ne peut plus supporter l'inventaire et qu'elle pourrait répéter par cœur, des lustres jusqu'aux couverts de service. Et puis il trouve une enveloppe blanche, sans timbre, sans adresse.

« Elle était par terre », explique Gabrielle, qui décortique les coquilles de ses œufs.

Glissée sous la porte. Il fut une époque où il recevait des lettres d'admiratrices. Même des petits cadeaux, des baisers parfois, déposés au rouge à lèvres sur du papier musqué. Les femmes aiment les hommes de pouvoir. Il ouvre son enveloppe avec le couteau à beurre.

« Quoi ? Pourquoi tu souris ? Qu'est-ce qu'il y a de drôle ? »

Cela faisait longtemps, se dit-il. Certaines choses ne changent pas. Le charme ne vous quitte jamais. Il déplie un papier blanc, plié en quatre. Des lettres de journaux sont assemblées, comme dans les films, et forment des mots.

Menteur.
Voleur.
Fils de pute.

6

Pour Paul, le procès Masino n'a qu'un seul intérêt : revoir Marianne. Il fut un temps où il suffisait de traverser la Seine pour se rendre au Palais de justice. Les grilles si familières supportaient des écussons dorés aux armes de la France, et l'on entrait dans la cour d'honneur comme dans des siècles d'histoire. Flaubert y est venu défendre *Madame Bovary*. Baudelaire y fut déclaré coupable d'avoir écrit les *Fleurs du mal*. Depuis la conquête romaine, c'est là, à l'extrémité orientale de l'île de la Cité, que l'on rend justice à Paris. Mais puisqu'il faut que tout change, que vous avez la manie de tout faire disparaître, puisqu'il faut être moderne, Paul a pris le métro. « Un quartier en plein essor », vous promet-on. Les Batignolles. La porte de Clichy – tu parles. Trente-huit étages de verre défigurent le ciel pour « une justice débarrassée de sa pesanteur et de son hermétisme ». Il ne trouve pas l'entrée, parce que sur leur parvis, là, c'est très, mais très mal indiqué. Il se demande si ce n'est pas un de ces endroits où il faut télécharger une application pour trouver son chemin. À l'intérieur, vous êtes à l'aéroport. La file de la sécurité est interminable. Des pères en tongs tiennent par le bras des fils en jogging. Paul récolte des bribes de conversation : la plupart sont des habitués. Ils montent directement à la 23.1, le tribunal correctionnel. Des écrans partout. On le prie d'enlever sa ceinture, sa montre, et de vider ses poches. À l'entrée des justiciables, l'article 9 de la Déclaration des droits de l'homme : *Tout homme est présumé innocent jusqu'à ce qu'il ait été déclaré coupable.* Il est bien obligé de demander sa route dans la salle des pas perdus, à un jeune type qui se fiche évidemment de savoir qu'il est convoqué (tenez, là, ma convocation), et qu'il est en retard. Zbikowski contre un acheteur anonyme, contre le C2RMF, et contre les Musées de France. « Ça en fait, du monde. » On lui montre nonchalamment du doigt un escalator ; vous prenez le 4, c'est écrit dessus. Quatrième étage. Au moins, on n'a pas encore remplacé les fonctionnaires par des machines.

Paul ralentit – qu'est-ce que… Devant la salle d'audience, une foule compacte, caméras et micros aux poings, un monde ! Une armée. Un journaliste l'aperçoit, et soudain tous se ruent jusqu'à lui. Un essaim entier – « Monsieur Vivienne ! Monsieur Vivienne ! Maître ! » Il tente de se protéger avec son bras – Mais foutez-moi la paix, enfin ! Bande de… Mais… Merde ! et là, entre les jambes des assaillants, à travers le trou de son coude en équerre, il entrevoit les bottes en daim de Marianne. Tac tac tac – malgré les cris et l'agitation, il entend, distinctement, tac, tac, tac, le bruit de ses talons résonner dans sa tête. Volte-face. La voilà ! Les journalistes se jettent sur elle – Paul l'attrape par le bras et la tire contre lui d'un coup sec, ils sont seuls au milieu des hommes, leurs corps se touchent, ils se dévisagent – Attention ! dit Paul, on est filmés. Il ouvre la porte et s'engouffre dans la salle en poussant Marianne devant lui. Silence. Une salle tout en bois, avec des banquettes en plastique blanc – on se croirait au hammam. En sondant les murs, il remarque qu'il n'y a pas d'horloge.

« Eh. Parois acoustiques. Vidéoprojo, visioconférences, contrôle des micros… On est équipés, je vais te dire. »

À l'entrée, un policier présente à un autre les nouveaux locaux – « Va bien falloir qu'on s'y fasse. » Le bois, c'est sûr, c'est un parti pris. Salle comble. Paul et Marianne marchent côte à côte. Des visages connus : Morin, Geneviève, une brochette de conservateurs, le président du musée, le patron de la revue *Technè*. Le Louvre mène sa propre enquête – on a repoussé l'accrochage de *La Vierge au rouge-gorge* pour examiner le retable sous toutes les coutures.

L'œuvre a été restaurée par un faussaire ! Voilà de quoi accroître encore sa notoriété. À gauche, « l'échiquier du faux » : le crâne luisant d'Attilio Sanchez entouré de ses apôtres. Le galeriste Fritz Hammer, rouge écarlate, un nœud de soie vert de Chine autour du cou. Ces deux-là sont accusés d'avoir été peu regardants, l'un quant à l'œuvre elle-même, l'autre quant à sa provenance, en échange de leur commission monumentale. Huit pour cent, se souvient Marianne. Soudain, elle baisse les yeux et détourne la tête. Trop tard – elle a croisé le regard glacial de Mme Zbikowski, assise devant, son sac sur ses genoux. Marianne a honte – elle toussote nerveusement. Ses yeux piquent. Mme Zbikowski la dévisage, la tête haute. « Mettez-vous là », suggère Paul. Elle est soulagée de s'asseoir – elle voudrait disparaître. Enfin, elle aperçoit Zbik dans le box des accusés, une cage en verre au fond de la salle. Il semble perdu. Pourquoi cette cage ? Pourquoi est-il enfermé ? Dans son dos un policier vêtu de gants noirs et d'un gilet pare-balles observe le moindre de ses gestes. Zbik porte sa chemise manches courtes à fleurs de palmettes, sa mèche de cheveux lui tombe devant les yeux. Des cernes violacés s'accordent au rosé de ses joues dans un dégradé de couleurs complémentaires. Il ne regarde rien ni personne, il se balance sur sa chaise d'avant en arrière en se rongeant les peaux.

On appelle à la barre Attilio Sanchez. Il se présente le menton levé, droit comme un tube, il porte une cravate aux couleurs des fresques de la Villa Livia, à Prima Porta. Il est épuisé ; il ne dort bien que chez lui, dans les hauteurs de Florence. Attention, Sanchez. L'expert est responsable devant la loi de l'authenticité des objets qu'il délivre. Et vous avouerez quand même qu'après avoir pondu trois cent cinquante pages sur Masino, et des pages très techniques, hein, parfois on n'y comprend rien, il est difficile de croire que vous ayez pris un tableau contemporain pour un retable du XVe siècle. L'interprète de Sanchez jure de porter secours à la justice en son honneur et à sa conscience, avant de traduire :

« Mais ce n'est pas un tableau contemporain. C'est un Masino originel. »

Ah, il est têtu, hein. Il est têtu. Les experts n'ont jamais tort.

« Maître Sanchez, lui demande son propre avocat, quand avez-vous rencontré M. Zbikowski pour la première fois ?

— Chez lui, en février 2018. Pour l'expertise de *La Vierge au rouge-gorge*. J'avais été appelé par le cabinet Morin en vue de la vente de Castel Vecchio.

— Et quel avait été votre rapport ?

— J'avais estimé *La Vierge au rouge-gorge* comme une œuvre anonyme, datant de 1430-1450.

— Mon client n'avait là aucun intérêt financier, et pourtant, il s'avère qu'il s'est trompé sur l'expertise. Sans intention malveillante. On peut donc en conclure que...

— *Ma che sta...* Qu'est-ce qu'il insinue, *quello stronzo* ? Que ma parole ne vaut rien ? Et je le paye ? Mais il est pas fou non ? Je vous dis que c'est un Masino originel, j'en suis absolument convaincu, je vous le certifie, je –

— Allons, allons, du calme ! »

Le président du tribunal invite Sanchez à retourner s'asseoir. Allez. Au suivant. On appelle l'inspecteur du laboratoire de la police scientifique et, parquée dans un box sur la droite, la partie plaignante se frotte les mains. Atteinte à la dignité des restaurateurs. Atteinte à l'intérêt collectif de la profession.

« Alors, inspecteur, dites-nous qu'on est quand même pas là pour rien, c'est un faux, ou c'est pas un faux, ce tableau ? »

Il est bien, ce type, se dit Paul. Il apprécie la nonchalance un rien pince-sans-rire du président. À ses côtés Marianne soupire – mais bien sûr que c'est un faux, imbécile.

« Ma brigade – enfin la brigade, la brigade des faux, que j'ai l'honneur de diriger... »

L'inspecteur a préparé sa démonstration comme s'il donnait une conférence de presse : on allume le vidéoprojecteur. Tandis que sur l'écran défilent les chercheurs du laboratoire en pleine action, il explique, d'une voix claire, un laser à la main.

« Aujourd'hui l'authenticité d'une œuvre prévaut sur le style, sur l'esthétique, sur tout autre critère. Pour nos restaurateurs, la tentation est devenue trop grande. Le Carrousel a dû mettre en place un système pour se prémunir des faux au sein de sa propre maison. C'est d'ailleurs la première fois que le laboratoire a l'occasion de tester son efficacité, on ne l'a instauré qu'en janvier 2018. D'ailleurs, rien que pour ça, monsieur Zbikowski, on vous remercie… Voilà : il se trouve que depuis janvier, ça, vous ne pouviez pas le savoir, les pigments fabriqués au Carrousel du Louvre sont marqués. Ils contiennent tous du phosphore rouge. Impossible à détecter, invisible, inoffensif. »

Ivan sourit – effectivement, il n'aurait jamais pu s'y attendre. Sur la vidéo, on voit les chercheurs prélever des microparticules de pigments sur le saint Augustin : terre de Sienne, ombre brûlée, vert de cuivre. Ils les déposent sur des plaquettes et les mettent au four.

« Or voyez, quand on le fait chauffer, le phosphore rouge change de nature. Il devient blanc. Et alors là… »

Les chercheurs portent les plaquettes brûlantes dans une chambre noire, la caméra les suit.

« Il brille dans la nuit. »

Dans l'obscurité, les petits amas de pigments s'illuminent comme des lucioles. La salle est prise d'une secousse. On demande le silence. Silence ! Le président frappe avec son maillet contre la table. Sanchez et ses apôtres s'écrient « *Santa Madonna !* », et Ivan dans son box comprend qu'il est piégé. Seuls le LPS et le C2RMF auraient pu reconnaître les pigments du Louvre. Pas de chance. Si l'œuvre n'était pas rentrée en France, on n'aurait jamais su.

« Nous n'avons eu ensuite qu'à rechercher toutes les dernières commandes au Carrousel faites après janvier 2018. Grâce aux couleurs, blanc de Saint-Jean, *rubia tinctorum*, et surtout le lapis-lazuli, nous avons pu déduire la combinaison d'une seule œuvre possible : *La Vierge au rouge-gorge* pour l'atelier Zbikowski, dans l'impasse de l'Armée d'Orient. »

Allez. *Allons-y, Alonso,* déclare le président. Qu'on en finisse. Monsieur Zbikowski ! Vous avez le droit de répondre aux questions, ou de vous taire, en adoptant la position que vous penserez la plus utile à la défense de vos intérêts. Mais souvenez-vous : on vous offre une belle réduction de peine en échange d'aveux complets. En vertu des dispositions de l'article 1 de la loi du 9 février 1895, dite « loi Bardoux », on rappelle que sont passibles de peine d'emprisonnement et d'amende « ceux qui auront [...] frauduleusement, et dans le but de tromper l'acheteur sur la personnalité de l'auteur, imité sa signature ou un signe adopté par lui. » Ça, au moins, c'est clair. Et selon l'article 2 de ladite loi, « les mêmes peines seront applicables à tout marchand ou commissionnaire qui aura sciemment recelé, mis en vente ou en circulation les objets revêtus de ces noms, signatures ou signes. » Chacun dans sa langue natale, Sanchez et Fritz Hammer maudissent le restaurateur. Paul Vivienne défait un bouton de sa chemise et glisse une main contre sa poitrine.

« J'ai eu le temps de n'en faire qu'un seul. Ça m'a pris des mois.

— Oui, et qu'est-ce qui vous a pris des mois ? »

Le président se tient en arrière contre le dossier de son fauteuil, les yeux las, la barbe drue, il caresse lentement le morceau d'hermine qui pendouille contre sa robe.

« Ben… De trouver la recette.

— De la falsification, donc ? »

Ivan est debout et s'adresse à la salle. Derrière lui, le policier s'est levé. Ivan ne regarde personne. Le nez dans le micro. Il tire nerveusement sur sa chemise. Ses mots résonnent dans la pièce – on lui demande de s'exprimer clairement, d'articuler. Non parce qu'on comprend rien. Les avocats de Paris ont lancé une pétition contre les box de verre qui porteraient atteinte à la présomption d'innocence. Mais Ivan s'y sent protégé. Le silence le déstabilise : pas un bruit, pas un chuchotement, c'est le moment que tous attendent, le moment où l'alchimiste livre le secret du Grand Art.

« Alors... Bah... J'ai récupéré une planche de bois dans les réserves...

— Plus fort s'il vous plaît.

— J'ai récupéré une planche de bois... Dans les réserves de la petite écurie de Versailles. C'était très facile. On les prenait pour s'entraîner, à l'INP, tout le monde le fait. Elles n'intéressent personne et sont classées par provenance et par année. 1395, je vous jure, c'est vous qui l'avez inventé. C'était écrit 1400. Il ne restait pas grand-chose de la peinture originale – un Christ en Croix que j'ai gratté avec mon couteau. »

Ivan sent ses joues brûler.

« Et puis ? Ensuite ?

— Ensuite j'ai peint *a tempera*, avec les pigments qui m'avaient servi pour la restauration du *Masino Zéro*. J'ai utilisé exactement les mêmes dosages. Pour le visage et les mains du saint, j'ai décalqué : j'ai transposé l'ovale de la Madone et la forme de ses yeux, sa bouche, puis je lui ai juste mis de la barbe et des cheveux. C'est comme ça qu'ils faisaient à l'époque. Eux aussi, ils décalquaient. J'ai suivi à la lettre les préceptes de Cennino Cennini. »

L'un de ses anciens professeurs acquiesce silencieusement, quelque part dans la pièce. « Un excellent élément, Zbikowski », a-t-il témoigné la veille. Ivan savait que les historiens penchaient pour un saint Augustin sur l'un des panneaux latéraux de *La Vierge au rouge-gorge*, c'est écrit dans le bouquin de Marianne. Il a cherché sur Internet des modèles du saint peints à la même époque. Et c'est tout. Copier la manière de Masino, ce fut la partie facile. Mais imiter l'usure du temps... Voilà le véritable défi.

« J'ai plutôt l'habitude de rajeunir les peintures, pas de les vieillir.

— Alors ? Comment ? »

Oui, comment ? Les chercheurs, les juges, les conservateurs, Marianne, Paul, tout le monde écoute – étrangement, sa mère ressent en cet instant une sorte de fierté. On veut savoir. Comme s'il suffisait d'obtenir la recette pour être capable de l'appliquer. Comme si chacun pouvait ensuite rentrer chez soi et reproduire l'expérience, se fabriquer sa machine à remonter le temps, tromper les experts et empocher 9 millions d'euros.

« J'ai mis le retable au four à 120, puis au congélo, puis au four, puis au congélo, quarante fois de suite. »

Et la couleur s'est mise à craqueler. L'œuvre a pris cinq siècles en quelques jours. Il a ensuite enduit sa surface d'une mince couche de vernis, il mime le geste – de haut en bas, toujours. Comme ça, comme ça. Il lève les yeux et se met à regarder les conservateurs, les chercheurs et les experts. Tant de monde. Tant de monde, tant de visages –

« Quarante fois de suite, oui ?

— Oui. Quarante fois... Au congélo...

— Oui. Et au four. Bien. Ensuite ?

— Ensuite... Ah ! Oui ! Le vernis. Ne pas laisser sécher tout à fait – mais attention, il faut pas qu'il soit collant non plus. Après, j'ai versé de l'encre de Chine partout, et j'ai bien brossé, avec un chiffon, pour que l'encre s'incruste dans les fissures. Toutes les craquelures se sont assombries : on aurait dit la poussière des siècles. D'ailleurs au début j'avais essayé avec de la vraie poussière mais ça rentrait pas. Pour finir j'ai lavé le panneau avec une eau savonneuse, j'ai séché au séchoir, puis voilà, encore quelques couches de vernis, très fines, histoire que ça tienne. Plus il y a de couches et plus la peinture paraît vieille. Ça m'a pris des mois. Et à la toute fin, mais vraiment parce que je suis perfectionniste, j'ai simulé quelques accidents. J'ai tapé dessus, quoi. Un tableau n'arrive jamais intact sur ma table, il est toujours dans un sale état. Le vernis doit avoir reçu des chocs. Vous pouvez limer un peu les coins, vous griffez la surface. »

On murmure. Ivan est un génie. On évoque le cas de Luca Giordano, poursuivi au XVIIe siècle pour l'exécution d'un faux Dürer, acquitté par ses juges en considération de son grand mérite. Il n'a pas l'air d'un criminel. C'est un gosse un peu paumé, c'est tout, et son avocat appuie bien sur ce fait : « Vous avez devant vous quelqu'un qui souffre. » Il est dans la lune, comme on a dit de Masino lui-même, d'ailleurs, lisez *Masino le Maudit* de Pierre Saragosse de l'Académie française, un excellent ouvrage, Masino est un « *sempliciotto* ». C'est malin de jouer là-dessus, se dit Paul. L'amalgame entre le faussaire et le peintre, c'est un truc qui marche.

« J'ai fait une erreur, conclut Ivan. Une seule. De toute façon c'est toujours comme ça. L'erreur fatale, c'est toujours un détail. Quand j'étais à Cologne, j'ai visité la cathédrale parce que j'avais du temps, j'attendais que Fritz Hammer réponde à mon mail. Et devant le Retable des saints patrons, j'avoue, j'ai trouvé que mon panneau manquait d'un peu de relief. Un peu de déco, quoi. Je trouvais que ça claquait pas assez. Alors j'ai ajouté les fameux points blancs en rentrant chez moi. J'ai pas fait ça n'importe comment, j'ai remis du vernis. Mais c'est vrai que j'ai pas repassé quarante fois au four pour trois points blancs, parce que j'avais pris soin de les placer exprès entre les craquelures.

— Et ces petits points blancs n'ont donc pas complètement séché, conclut le juge rapporteur.

— Voilà.

— Avez-vous agi avec des complices ? Quelqu'un avait-il connaissance de vos démarches frauduleuses ?

— Non. Personne.

— Vous avez donc agi seul ?

— Oui.

— Dites-le.

— J'ai agi seul.

— Connaissiez-vous Fritz Hammer ?

— Pas du tout. J'ai tapé *Berlin galerie Moyen Âge prestige* sur Google, et c'est son nom qui est apparu en premier.

— Pourquoi Berlin ?

— Je voulais pas que ce soit en France pour que Marianne ne s'en mêle pas. Pour la protéger. Enfin ça n'a rien changé au final. Pourquoi Berlin ? Bah, je sais pas, parce qu'ils font des bonnes fêtes. »

La salle est attendrie et Ivan a le droit de se rasseoir. Son avocat sent qu'il a les faveurs du public. Le tout est d'apparaître comme un surdoué, un marginal, un genre de pitre agissant pour dénoncer les pratiques obscures du monde de l'art et l'absurdité des experts.

« La recherche de lucre n'est pas la motivation première de mon client. Il m'a d'ailleurs confié que son intention première, c'était de venger son amie l'experte Marianne Javert, qui avait été humiliée par Attilio Sanchez ici présent. Il a voulu coincer Sanchez. »

Ivan acquiesce. Madame le juge rapporteur souligne d'une voix monocorde :

« La cour rappelle que doctrine et jurisprudence enseignent de manière concordante que par "lucre", on entend non seulement "le profit pécuniaire", mais aussi "la satisfaction ou la jouissance que l'on se procurerait à soi-même".

— Ouais, oh ça, c'est un peu facile, il allait quand même empocher 8 millions d'euros, votre héros, là ! commente un policier les bras croisés, ce qui déclenche une nouvelle vague de murmures dans le public.

— Et Masino ? Monsieur le président, s'insurge madame le procureur, votre tribunal conviendra que le prévenu a porté atteinte à la mémoire du peintre et à la réputation des musées de France de surcroît par la même occasion. »

Le président hoche la tête, si lourde que le geste est lent pour la remettre en place entre ses deux épaules. Un beau jeune homme, doué, avec sa maman dans la salle, ayant soi-disant agi pour venger la réputation de son amie l'experte, la presse va adorer. Je vous le signe : ils vont en faire un Rimbaud du monde de l'art. Dans l'agitation générale et tandis que madame le procureur demande le silence, on appelle à la barre Marianne Javert.

7

Marianne, c'est grave, ce que tu fais. Je crois que tu te rends pas compte de ce que tu fais. Marianne ! Ils vont le mettre en taule ! Il va aller en taule !

Elle est tétanisée. Parle moins fort ! Il sue à grosses gouttes. Il s'agite, il fait des allers-retours sur lui-même, et tout à coup, il frappe du poing contre le lavabo.

« C'est grave, ce que tu fais !

— Arrête, Paul, merde ! »

Il fait couler l'eau du robinet et se mouille le visage. La peau de ses mains est dure comme du cuir. Il y a peu de lumière. Les lavabos sont neufs.

« Réfléchis bien, Marianne. On peut tout arrêter. »

Elle observe les longues respirations du commissaire-priseur former sur la vitre un halo de buée. Troisième et dernier jour du procès Masino. Le monde de l'art est suspendu. Le grand public est tout acquis à la cause du faussaire. Ivan a même eu son profil sur le site des *Inrocks* – un jeune rêveur, un marginal, génie, martyr et bouc émissaire à la fois, du tabac dans les bouloches de ses pulls. *Zbik, en polonais, signifie chat sauvage.*

« Il tiendra pas, en taule. Tu le sais, ça. Ils vont le casser. Ils vont le bousiller. Regarde-le ! C'est un gosse !

— Mais arrête ! Arrête ! »

Soudain, un homme pénètre dans les toilettes *Hommes* du Palais de justice, quatrième étage. Marianne se glisse in extremis derrière une porte, et Paul, l'air de rien, sifflote son air de prédilection devant les pissottières. Il ne comprend pas cette femme – elle va beaucoup trop loin. Elle ne le sait pas encore, parce qu'elle est jeune, mais elle va devoir vivre avec ses remords. Avec toutes les crasses qu'elle aura pu commettre, comme Dorian Gray au fond de son tableau. Alors que l'homme quitte la pièce sans s'essuyer les mains, Paul colle son front contre la porte des toilettes. Il caresse le bois de son index.

« Marianne. Tu m'entends ? Écoute… C'est ton ami, quand même, ce garçon. On va s'en tirer. Voilà ce que tu vas faire : tu n'as qu'à appuyer la thèse de Sanchez. Tu… Tu m'entends ? Tu dis que tu t'es trompée, tu apportes une preuve, et puis voilà, y a plus de procès, on annule tout… »

Brusquement, elle ouvre la porte, deux traînées de mascara strient ses joues. Il voudrait la prendre dans ses bras, mais il n'ose pas. Elle se mouche bruyamment –

« Ah, on annule tout, y a plus de procès... Mais bien sûr, évidemment, c'est simple, maintenant que tu le dis...

— Ça paraît facile mais je t'assure que...

— Une preuve, et quelle preuve ? Les points blancs, les pigments du Louvre, ça, ce sont des preuves. »

Elle avance, il recule.

« Tu peux très bien inventer quelque chose. Tu peux dire qu'il a restauré le tableau, que c'est un Masino original, ou au moins émettre le doute, faute de...

— Mais ça va pas ? Pourquoi je mettrais ma parole en cause ? Mon expertise ! Il savait très bien les risques qu'il prenait. Je n'y peux rien, Paul. J'ai fait mon travail. »

Elle dit « Paul, j'ai fait mon travail » en regardant le carrelage. À cet instant précis, il comprend. L'air de Mme Zbikowski, les larmes de Marianne.

« Quoi ? Qu'est-ce qu'il y a ?

— C'est toi qui l'as dénoncé.

— Mais qu'est-ce que tu racontes ?

— C'est toi, Marianne ! Ah, c'est ignoble. C'est ignoble.

— Mais tais-toi ! »

Comment a-t-elle trouvé ? Comment a-t-elle su ? C'est elle qui a commandé les analyses des pigments du Carrousel au laboratoire. Elle avait des doutes sur « son petit Zbik » et elle a choisi d'investiguer. Pourquoi, sinon, aurait-on conduit ces recherches si spécifiques ? Pour un retable venu de Berlin ? Paul sait qu'il a raison, regardez-la. Elle balbutie. Elle se racrapote.

Se faire appeler *Peter Licht*, ce n'était certainement pas l'idée du siècle. « *Licht* »... *Licht*, la lumière. Elle connaît trop bien l'histoire familiale. L'ombre écrasante de Zbikowski senior et la façon dont il a toujours dénigré son fils. Un faussaire est un homme animé par la revanche. Le cas est classique. Un besoin viscéral et vital de prouver quelque chose. À la société, aux experts, à sa propre famille. Une fois qu'elle l'a compris, au Luftbrücke Cafe de Charlottenburg, elle n'a pas été étonnée. C'est comme si elle le savait déjà. Zbik n'a pas laissé *l'empreinte de sa vanité* dans son œuvre, mais dans son nom. *La Lumière*. Il a signé sa revanche. C'est encore plus bête. Et comme les archéologues de Tell el-Amarna, il s'est retrouvé tout seul dans l'atelier, devant les pigments, les outils, et les poils d'écureuil.

« Mais c'est ignoble... C'est toi...

— Paul ! Arrête ! »

Il ricane, épouvanté. Et malgré cela, se dit-il, malgré sa noirceur inhumaine, elle est plus désirable que jamais. Plus désirable que jamais. Ses joues empourprées et son air de furie.

« Petite conne. »

Doucement, il reprend confiance, il s'approche à nouveau, et sans l'avoir prémédité, il lui frappe la joue.

« Mais ça va pas ?

— Petite conne. »

Il recommence. C'est plus une caresse qu'une tape.

« Arrête ! Qu'est-ce qui te prend ?

— C'est pas bien ce que t'as fait. Non, ça, c'est pas bien.

— Bon. Tu vas te calmer, lâche-moi ! »

Elle a peur, cette petite conne. Ignoble.

« Il va aller en prison, ton copain. Tu l'as compris, ça ?

— Qu'est-ce que ça peut te faire ?

— Ah, mais moi, ça ne me fait rien. Je me demande ce que ça peut *te* faire. À toi. Alors tu brises des vies, toi, comme ça.

— Je te répète qu'il connaissait les risques. Il a fait ça tout seul.

— Ah bon ? Ah tiens ? Il connaissait les risques ? Tu es sûre de ça ?

Paul marque un temps. Elle est toute rouge, suppliante. Il n'avait aucune chance, le pauvre garçon. Il ne pouvait pas savoir que c'était perdu d'avance.

— Paul, oublie tout ça. C'est clair ? Masino ne nous appartient plus.

— C'est un jeu, pour toi. Tu écrases tout le monde sur ton passage, mais peu t'importe. Tu continues.

— Tout le monde ? Tout le monde qui, tout le monde ? Ah, ah, je comprends, dit-elle, soudain langoureuse, à nouveau conquérante. »

Elle s'élance, comme un félin, elle l'agrippe par le col. Mais qu'est-ce que tu voulais ? On ne s'est pas bien amusés ? T'en as pas eu assez ? Et qu'est-ce qu'elle dirait, ta petite femme ? Paul n'ose pas bouger. Elle mord son menton de sa bouche immense, joue contre joue, et répète dans un souffle :

« On ne s'est pas bien amusés ? »

Paul essaye de l'embrasser ; il pose sa main sur sa hanche et l'attire vers lui.

« C'est un jeu pour toi. »

Elle se dégage, d'un bond, et se dirige vers la sortie.

« Laisse tomber cette histoire, monsieur Vivienne. Rentre chez toi. Tu l'as eue, ton heure de gloire.

— Mon heure de gloire. J'ai... J'ai eu mon heure de gloire. »

J'ai eu mon heure de gloire, salope. Tu vas voir si j'ai eu mon heure de gloire.

On a décidé de délibérer dans l'heure et de rendre le verdict dans la foulée. « Il faut faire feu de tout bois. » À l'appel de son nom, Attilio Sanchez se lève. Il est innocenté compte tenu de l'exceptionnelle qualité de la contrefaçon. Les Italiens s'agrippent par les épaules et embrassent les pendentifs à leur cou. Fritz Hammer a plus de difficultés à se soulever de sa chaise. Il tient entre ses doigts crispés son mouchoir pour éponger son front. Il écope sans sourciller d'une légère amende, pour ne pas s'être documenté davantage. Madame le procureur semble trouver la sentence un peu légère : elle le fait savoir par des petits grognements. Enfin l'accusé se lève dans son box et sa mère craint de s'évanouir. Ivan regarde Marianne. Elle a dit oui à tout – Peter Licht, le rendez-vous avec Hammer, le petit point blanc, le phosphore rouge, les pigments du Louvre, le lapis-lazuli, tout. Elle a corroboré. Vous corroborez ? Vous confirmez ? Oui, elle corrobore. Oui Votre Honneur. Tout a été si limpide que son témoignage n'a duré que quelques minutes. On n'a même pas eu besoin d'appeler Morin ou Vivienne à la barre. Rien d'autre à ajouter ? Non, Votre Honneur. Rien d'autre. À travers le velux au plafond, Ivan observe le vent agiter les feuilles. Il sourit. « Rien d'autre. » Sa voix haut perchée d'enfant sage.

Le président lit son papier d'une voix sentencieuse.

« Monsieur Zbikowski, après délibération du tribunal, etc., vous êtes reconnu coupable d'avoir atteint “au droit au respect du nom de l'artiste, de la qualité de son œuvre, ce droit étant perpétuel, inaliénable et imprescriptible”. Coupable de contrefaçon en violation du droit des auteurs, et coupable d'escroquerie aggravée sur la personne de X, collectionneur. Ivan Zbikowski, subséquemment, vous êtes condamné à trois ans de prison ferme et à 300 000 euros d'amende pour reproduction illicite, doublé de cinq ans de prison avec sursis et de 375 000 euros d'amende pour recel de faux. »

Bam. Le maillet tombe, comme dans une vente, dans un bruit de sentence. L'audience est suspendue – veuillez vous lever. La foule s'insurge et Marianne ne comprend rien. Paul non plus. Tout le monde parle au voisin derrière ou devant soi, y aura-t-il un recours, est-ce du ferme-ferme ? C'est quand même exagéré, trois ans, écoute. Franchement. La mère s'étale sur son banc, Ivan est menotté, emmené, les magistrats se serrent les mains bien fort et chacun ne manque pas de congratuler son prochain.

Dehors, la cohue de journalistes sent que les portes vont s'ouvrir, on allume les micros, les caméras, on attend, prêt à donner l'assaut. Que s'est-il passé ? Ils entendent le vrombissement à l'intérieur, les voix de ceux qui contestent et de ceux qui s'insurgent. Bien qu'ils se soient tous pris d'affection pour « Zbik » Zbikowski, les journalistes espèrent une sentence terrible et disproportionnée. Y aura-t-il un appel ? Une suite ? On imagine déjà les gros titres : *Masino, deux fois maudit.*

8

Paul bâille, une coupe de champagne à la main. Le président du musée lit un discours qui n'en finit plus. Aujourd'hui Masino rejoint Giotto et Cimabue dans le Salon carré. Une table très longue où sont disposées en cercles concentriques des mignardises de chez Lenôtre et des branches de sapin. Dehors, dans la nuit noire, de rares flocons de neige tombent éparpillés. On a invité le gratin. Ils sont tous là, les mécènes, les Amis du Louvre, les ministres et les photographes, les collectionneurs, les historiens de l'art, les experts. Les femmes ont mis des chapeaux. Elles ont dû laisser leurs fourrures au vestiaire, car on ne sait plus très bien d'où vient cette règle, mais les fourrures sont interdites au musée du Louvre. Gabrielle porte une robe Chanel et des Louboutin, ses cheveux sombres encadrent son visage dans une coupe à la garçonne. Dans son dos, tout le monde commente la taille du diamant à son doigt, et l'on murmure qu'elle est sans doute enceinte. Derrière le président, un grand rideau rouge ne demande qu'à tomber. On parle des vicissitudes de l'histoire, et Pierre Saragosse est là, il nous a fait l'honneur de sa présence, on applaudit, la foule s'écarte, il s'éclaircit la voix et s'exclame : « Les grands artistes ne meurent jamais. » Masino rejoint Botticelli, Raphaël et Léonard. Il rejoint Caravage.

Paul contemple la nuque de Marianne et ses cheveux épars. Elle est accompagnée. Elle est avec un homme, la quarantaine, Saint-Germain, famille friquée. Elle sent son regard – elle le cherche des yeux. Elle lui adresse un sourire léger, sans rancune. Gardons nos grands secrets et quelques nuits d'amour. Gardons nos distances. Il s'éclipse vers la Grande Galerie. En baladant son regard sur les murs, il est absorbé par le *Saint Jean-Baptiste* de Léonard. Hypnotisé. Il s'approche. Son demi-sourire, son doigt pointé vers un ciel noir. Si petit. Si jeune. Il semble vouloir lui dire quelque chose, un message perdu entre le clair et l'obscur.

« C'est quelque chose, hein, quand même. »

Derrière lui, Jean-Louis Becquerel et son cigare éteint, sa voix rauque.

« De quoi ?

— Comment de quoi. Ton tableau qui entre au Louvre.

— Ah oui.

— Toi aussi, t'en peux plus ?

— Ben c'est pas possible, ça dure des plombes. »

Derrière eux l'assemblée semble surgir d'une autre époque, quand le Salon carré accueillait le Tout-Paris, et que les scandales en peinture rythmaient la vie mondaine. Ils se mettent à trottiner le long des tableaux. C'est agréable ce Palais quand il n'y a personne, finalement tu sais, ça fait bien dix ans que j'avais pas mis les pieds au Louvre. Paul s'arrête en plein milieu, sans prévenir. Il s'accoude au muret de marbre devant le buste d'Antinoüs. Il sort de sa poche son carnet bleu. À l'intérieur sont pliées la dernière lettre anonyme, *Menteur, Fils de pute*, reçue le matin même, et une page arrachée de *Connaissance des arts*. Il étale les deux papiers devant lui. Marianne est photographiée chez elle, entourée de plantes sur un fauteuil jaune, confiante, et l'article titre « L'intuitive. » Il caresse de l'index ses cheveux blonds.

« Elle est nommée commissaire de l'exposition Masino au Grand Palais.

— J'ai vu ça. Curatrice, on dit.

— C'est ça, si tu veux. Curatrice. Ils vont y présenter les sept Masino connus à ce jour. Les sept, côte à côte.

— Oui, j'ai vu ça, oui. »

Paul couvre l'article de la lettre anonyme. *Menteur. Fils de pute.*

« Sur celle d'avant, il était aussi écrit "voleur". »

Becquerel ne dit rien.

« Écoute, Jean-Louis... Faut que je te prévienne. Je suis sur un coup.

— Tu as des ennuis ? C'est ta femme ? Putain Paul je t'avais dit...

— Mais non ! Non, non, pas d'ennuis, non.

— Alors quoi ? C'est quoi, cette lettre ? »

Paul replie ses papiers et les range dans son carnet. Il se remet à marcher.

« Tu vois... Masino ?

— Oui, je vois, oui.

— Il n'existe pas.

— Comment ça il n'existe pas ?

— Il n'existe pas.

— Hein ? Tu veux dire que... Le retable... C'est un faux ?

— Non. Enfin si. Ce sont tous des faux. Tous. Ils sont tous faux, le peintre n'existe pas. Le peintre Masino – on l'a inventé. Voilà. C'est un nom que l'on a inventé. Il n'y a pas de peintre Masino. »

Dans le Salon carré, la foule applaudit la fin du discours de Saragosse.

« Attends. Attends. Je comprends rien.

— On a inventé un peintre.

— Je comprends pas. Qu'est-ce que tu veux dire ? »

Ils pénètrent dans la salle de la *Joconde*. Paul a tant fantasmé ce moment qu'il a l'impression de l'avoir déjà vécu ; le moment où il dirait tout. Il est envahi par un mélange de peur et de mélancolie sourde, les talons de leurs chaussures résonnent dans la grande salle, Mona Lisa attend paisiblement, comme toujours.

« Je vais tout t'expliquer. Depuis le début. »

Tout a commencé avec la photo du Ponte Vecchio, puis avec *Adam et Ève chassés du Paradis*. Ils se sont rejoints à Florence, c'était au mois de mars, l'année dernière. Paul est descendu au St. Regis. Un hôtel dont le palazzo fut construit par Filippo Brunelleschi.

« Oui, je connais le St. Regis. Superbe hôtel… »

Marianne était désespérée à cette époque. Fallait la voir. L'expertise Sanchez venait de tomber. Elle avait retourné toute la bibliothèque Laurentienne. Aucune trace du retable de l'O.S.A. dans les papiers de Niccolò Niccoli ni nulle part ailleurs. Sanchez avait décrété ses recherches vaines, il avait réfuté ses découvertes, et pourtant, elle était certaine de tenir quelque chose. Elle y croyait. Morin la menaçait de la licencier si elle ne rentrait pas à Paris. Paul n'avait qu'un désir : il voulait la voir tous les jours. Être près d'elle. (Becquerel sourit.) Aux Due Ladroni à la flamme des bougies électriques, ou plus tard dans la nuit, sur les rives de l'Arno, elle lui raconta avoir rencontré un type qui tenait un journal intime, et que les *Ricordanze*, c'était une spécificité florentine. Oui, bien évidemment, elle avait déjà fouillé les journaux d'apothicaires de la bibliothèque, en vain. Et ces journaux, avait demandé Paul, ils sont en papier ? En papyrus, en parchemin, en peau de bête ? En papier, avait-elle répondu. « Il suffirait de pas grand-chose. » Rien qu'un mot. Ça me rappelle ces artistes que l'on ne connaît plus que par l'écrit – Apelle, le plus grand peintre de tous les temps. Selon Pline, Apelle avait peint une mouche sur un tableau, et l'empereur avait tenté de la balayer de sa main. L'illusion parfaite. Tu ne trouves pas ça beau, des millénaires après, on se souvient d'un détail, alors que le tableau n'existe plus ? Il suffirait de peu – de presque rien. Un mot, un petit mot oublié quelque part, et l'on pourrait faire naître un artiste. Tu imagines ? « Il avait la manie de signer son tableau d'une mouche » – non, dans un tableau d'église, ce serait trop gros. « Il avait la manie de signer son tableau d'un minuscule symbole, invisible au profane. » Ils se sont moqués d'Attilio Sanchez. Ses manières, son air suffisant, une caricature, la race des experts est la pire qui soit – sauf toi, ma belle, toi, tu n'es pas comme ça. Il mérite une bonne correction. On valorise tant l'expertise. La connaissance scientifique. Le rationnel, la matière, l'argent... « La preuve irréfutable. » Aujourd'hui, on croit tout savoir et tout contrôler. On ne supporte pas l'invisible. L'irrationnel. Mais ma belle, la connaissance n'est pas rationnelle. La vérité n'est pas rationnelle. C'est ça, qu'ils oublient. On en est arrivés à écarter les fondements mêmes de notre manière de penser : notre propension à créer des mythes. Tu veux que je te dise ? Tout cela n'a aucune importance. Seul le récit compte. Le mythe se transforme en histoire. Dans les petites rues de San Niccolò jusqu'à San Miniato, Marianne fut fascinée par l'air mélancolique et désabusé de cet homme qui semblait tout connaître, et qui était amoureux d'elle.

« Mais la petite, tu l'as...

— Attends ! Écoute. »

Ils n'eurent besoin que de quelques jours pour laisser mûrir leurs divagations. Trois petits tours à la galerie des Offices, une exploration de San Lorenzo, une visite au moine de Santo Spirito, comme ça, pour se présenter. Florence est une bulle. Ce qui est merveilleux, quand on refait l'histoire, c'est que plus personne n'est là pour témoigner. On n'a qu'à délivrer une preuve tangible de ce que l'on avance, et c'est tout. Un fait palpable.

Marianne acheta un lot de papier ancien chez un antiquaire près des jardins de Boboli. Elle détacha des pages sur lesquelles rien n'avait été écrit, les premières et les dernières, des pages jaunies, brunies, maltraitées par le temps. Elle prépara son encre avec du fer rouillé et du sureau dans la baignoire à sabot de son hôtel. Elle prit des photos de journaux d'apothicaires à la bibliothèque avec son iPhone dans le fonds Niccoli. Elle choisit celui de Jacopo, parce que contrairement à beaucoup d'autres, son texte n'avait jamais été numérisé. Au crayon d'argent,

Paul traça les lettres. Il était facile d'imiter son écriture, des pattes de mouche, des traits et des points, proche de la sienne. Il prit soin de reproduire le même schéma que pour les autres commandes : d'abord l'adresse (via Larga, l'une des grandes artères de la *Fiorenza* ancienne), puis le détail des couleurs, et enfin, les deux lignes. *La scimmia,* le singe, c'était une idée de Marianne. Un topos extrêmement répandu dans la littérature médiévale. Copier le réel comme un singe. Ils avaient d'abord pensé ne donner aucun nom, puis Paul décida qu'il valait mieux n'importe quoi plutôt que « anonyme ». Ils choisirent Masino en référence à Masaccio et à Masolino, évidemment. Un surnom qui a d'ailleurs très certainement existé. Lequel des deux eut l'idée du reflet dans l'œil ? Ce fut lui. Elle trouvait que ça faisait trop flamand, et il déclara que justement, les Flamands avaient tout pompé aux Italiens. « Le reflet d'une fenêtre, c'est poétique », avait-il ajouté. Marianne n'eut aucun mal à insérer le feuillet au sein du journal de Jacopo Colluccino da Lucqua. Combien d'heures avait-elle passées seule, à disséquer les livres ? Les gardiens ne la surveillaient plus. Le soir même, ils trinquaient sur la terrasse du St. Regis, devant le coucher du soleil.

Le retour à Paris fut moins amusant. Marianne s'est retrouvée soudain seule chez les Zbikowski. Elle avait sous-loué son appartement, l'excuse était bonne. D'ordinaire, Ivan lui laissait sa chambre. Mais elle avait insisté pour dormir sur le canapé, dans le salon, arguant que Zbik devait apporter les dernières finitions au retable et qu'il avait besoin de sommeil. Elle lui avait demandé de corriger un détail du corps de l'Enfant – un prétexte pour qu'il ressorte tout son matériel, ses pigments, ses liants, et qu'il prépare les mélanges. Elle laissa filer plusieurs nuits avant de trouver la force d'agir. Un soir, Zbik voulut sortir faire la fête à la Java, et puisqu'il ne parvint pas à la convaincre, il partit seul. Il lui emprunta son blouson en cuir et lui fit promettre de le rejoindre. Mme Zbikowski a le sommeil léger – il suffit d'un rien pour qu'elle rallume sa lumière. Marianne avait répété cent fois le geste à accomplir : la pupille est noire. Prendre la loupe, allumer sa lampe frontale, tremper le plus petit pinceau dans le blanc de Saint-Jean. Peindre quatre carreaux. Sa main tremblait. Si fort que l'opération lui demanda deux heures entières – il lui fallait faire le tour de la pièce en s'étirant pour détendre ses muscles chaque fois que les poils d'écureuil effleuraient la peinture. Point par point, entre les craquelure. Elle pensait à Paul pour se donner du courage, se rappelait ses mots, les hommes tombent et les destins se brisent ; les mythes restent.

Paul attend. Il regarde d'un air distrait la bouche entrouverte de son ami, ses bajoues, les *Noces de Cana* face à Mona Lisa. Terrible destin que celui de ce tableau monumental auquel tous les touristes du monde tournent le dos quotidiennement. Becquerel ne peut enlever sa veste parce qu'il transpire : sa chemise doit être tachée d'auréoles. Il est sans voix. Paul tient ses mains jointes, presque calme, déjà plus léger. Tout est dit. On s'est enrichis grâce à Masino, et Auctionès a joui d'une publicité sans précédent. Je n'aurais jamais pensé que ça irait si loin – les seins de Madonna... Non mais t'imagine. Soudain, Jean-Louis Becquerel s'anime, comme si l'on venait de l'éveiller d'un sort.

« Alors là mon Paul, alors là, mais là... Chapeau. Mais cha-peau ! Et moi qui pensais que tu nous les avais toutes faites, mais là, mais là, ah non mais alors là, tu t'es surpassé ! Ah, ah, ah, les seins de Madonna ! C'est du grand art !

— Tu trouves ?

— Mais c'est exceptionnel mon vieux ! Tu les vois comme des dingues avec leurs loupes ? C'est à mourir de rire ! »

Paul sourit, soulagé.

« Ah ben je suis content que tu le prennes comme ça.

— Et l'histoire de Brunelleschi et tout, là ?

— Qu'est-ce que tu veux que je te dise... C'est ce fou de Sanchez, il a de l'imagination, c'est tout... On n'y est pour rien, nous. Maso, c'est tellement courant, ce n'est pas si surprenant que Brunelleschi ait eu un frère qui s'appelait Maso. De là à ce que ce soit le même... Ils sont fous, qu'est-ce que j'y peux. Tu sais quand on est persuadé de quelque chose...

— On finit par se persuader soi-même.

— Pour la perspective, le tracé a été repris, ils l'ont tous vu. Est-ce qu'il date de la même année, est-ce qu'il est plus tardif... On ne le saura jamais.

— Et le Grand Palais qui va faire une expo ! Oh là là là là...

— Mais Jean-Louis...

— Et les sept autres ?

— Ah ça c'est pas nous. Ils ont fait ça tout seuls. On n'a falsifié qu'un seul retable, le *Masino Zéro*. Tous les autres panneaux ont été bidouillés avant l'arrivée de Marianne. Par les conservateurs eux-mêmes. Elle n'a eu qu'à apposer son cacheton.

— Et quand elle a découvert le *Saint Augustin* authentifié par Sanchez, elle a décidé de trouver la faille et de le faire tomber. Mais alors le procès...

— Le procès est nul. Le pauvre garçon a été condamné pour avoir contrefait la signature d'un maître qui n'existe pas.

— Oh putain...

— Ouais. C'est pour ça que... »

Nouvelle rafale d'applaudissements dans le Salon carré. Instantanément, le patron redevient sérieux :

« Ah, mais fais gaffe. Faut faire gaffe. Personne ne doit le savoir. Tu m'entends bien, Paul.

Personne. C'est notre réputation qui est en jeu. Tout ce qu'on a construit. Tu m'entends ?

— Mais...

— Et la petite, elle est fiable ?

— Elle est fiable tant qu'elle est au pouvoir. Elle a l'hégémonie Masino.

— Ah, t'as la santé, quand même. La veuve et l'experte. C'est beau, la jeunesse. Et ta lettre, alors ? Les lettres anonymes ?

— Ça, je sais pas. Je sais pas. Quelqu'un sait. Mais ça n'a aucune importance.

— Comment ça ?

— Bientôt, tout le monde va savoir. »

Le grand patron d'Auctionès dévisage son ami avec effroi.

« Mais ça va pas...

— Si.

— Ça va pas bien...

— Si.

— C'est quoi, c'est l'argent ? C'est vrai que pour tout ce que tu as fait, t'as été lésé, mon vieux... Mais tu as bien fait de m'en parler, va. (Il lui tape dans le dos.) On va s'arranger. »

Paul rebrousse chemin en direction du Salon carré, d'un pas lent, décidé, les mains dans les poches.

« Attends, attends ! »

Becquerel s'agite – il tente d'entraver son chemin, tu plaisantes, Paul, tu plaisantes ? Hein ? Hein ? Pourquoi tu ferais ça... Soyons sérieux deux minutes, hein, tu veux, il n'y a aucun intérêt à dire quoi que ce soit, non, non, je t'assure, c'est une connerie ; attends. On va réfléchir un peu.

« J'en ai marre, Jean-Louis. Tu trouves pas ça dingue ? Non mais regarde-les, tous. »

D'un geste théâtral, deux conservateurs écartent le rideau, *La Vierge au rouge-gorge* fait son apparition dans le plus grand musée du monde. Sereine. Toujours aussi douce. Ambrée dans la lumière, le visage de porcelaine et de sang penché vers cet Enfant qui court à sa perte, et l'oiseau rouge, prémonitoire. C'est mon tableau, se dit Paul. Ma Vierge. Ma famille. Ils ne la méritent pas. Il aperçoit Marianne serrant la main du ministre de la Culture, et Gabrielle en train de témoigner à Saragosse toute son admiration. Louis Becquerel et sa mère félicitent le directeur du Louvre et ses équipes, chacun sourit, fier dans son petit costume, engoncé, bien ajusté ; c'est un jour historique. Paul pénètre dans la salle. Je n'ai qu'une hâte, c'est de voir vos têtes. Soyez patients – vous allez comprendre.

« Bon, et comment tu vas t'y prendre, demande Becquerel pour gagner du temps. Tu as des preuves de ce que tu dis ?

— Je peux prouver que j'ai passé une semaine à Florence et que j'étais avec elle.

— Et alors ? »

En vérité, Paul a réfléchi au problème. Il n'a aucune preuve. Aucun texto, rien d'écrit, il pourrait bien retrouver l'endroit où elle a acheté le papier vieilli, mais qu'est-ce que cela prouverait ? Le reflet dans l'œil contient forcément du phosphore, toute l'œuvre a été restaurée par Zbikowski. Ils ont refait des analyses après le procès et décrété avoir l'absolue certitude que le panneau provenait bien de l'atelier Masino, à Florence.

« C'est ta parole contre la sienne. Elle évoquera votre liaison, et puis c'est tout. Gabrielle serait anéantie (enfin, se dit Becquerel, peut-être pas autant que si elle devait rendre les millions de la vente). Tu ne peux rien dire. Je vois très bien le genre de femme que c'est. Ça va se finir en harcèlement sexuel, cette histoire. Crois-moi. »

Non, tu ne peux pas voir le genre de femme que c'est. Personne ne peut voir le genre de femme que c'est. C'est une biche, et un serpent, une gorgone, une caryatide, elle porte à peu près tout sur ses épaules. En arrivant au pied du tableau, Paul salue la Vierge : t'inquiète pas, ma belle – il lui parle ! se dit Becquerel, prêt à bâillonner son commissaire-priseur à tout moment. Ne t'inquiète pas, ma chérie. On va s'en sortir. On s'en sortira. Il jette un œil au cartel : *Masino, 1405.* Des groupes scolaires l'étudieront. Des cars entiers de touristes. Des Chinois, des Japonais, des fous d'histoire. Des mères expliqueront à leurs enfants comment le jeune Masino inventa la perspective. Subitement, Paul se retourne – surtout pour faire marcher Becquerel, qui sursaute – et ben faut voir ta tête, mon grand ! Paul sait que le patron a raison : il ne peut rien déballer sans preuve. Si je provoque un nouveau coup d'éclat, ils risquent de l'en aimer davantage. Ils la croiront encore plus vraie. Masino sera encore plus réel. On ne peut pas aller à l'encontre de la pensée collective ; elle finit par tout avaler. C'est ce que Duchamp voulait dire avec sa pissottière, c'est ce que Banksy a voulu montrer chez Sotheby's. Plus on dénonce, plus ils vous aiment, et plus ils vous avalent. J'ai créé un fantôme ; il a fini par se débarrasser de ses chaînes. Masino flotte désormais dans les couloirs du Louvre, au milieu des morts, et son spectre ressemble à tous les autres, Raphaël, Léonard, Caravage, de sorte que l'on ne saura plus jamais, jamais vraiment, lesquels d'entre eux furent vivants un jour.

9

Les hommes qui créent les mythes sont des sacrifiés. Prométhée. Dédale et Icare. Le labyrinthe. Paul est le prochain sur la liste. *Je suis le prochain sur la liste*, murmure-t-il en regardant l'eau frémir, l'eau des pâtes, car Gabrielle a dit : « Tu m'appelles quand ça bout. » Il l'entend discuter avec son fils au bout du couloir. Paul est paralysé – c'est un mal diffus, une panique impossible, d'où vient-elle, ses gestes sont brouillés, son esprit, ses pensées, il étouffe et tourne en rond, incapable d'agir. Une douleur ancienne. Il voudrait écrire mais aucun mot ne lui vient. Il imagine aller voir le restaurateur en prison ; tout lui dire – mais qu'est-ce que ça changerait ? Quelles preuves aurions-nous ? Non, non, mieux vaut qu'il purge sa peine tranquille. Sans savoir. L'instant d'après, l'eau ne bout toujours pas, et Paul doute de ses propres souvenirs. Peut-être ne l'a-t-on *pas* inventé, ce fichu peintre. Je ne sais plus. Peut-être n'ai-je jamais pris le train pour Florence. Marianne n'a pas d'enveloppe corporelle, ni suc ni sang. Elle n'existe pas. Où est Barbe ? Il voudrait l'appeler, et tout lui dire – elle au moins, elle saurait en faire une histoire. Nous écririons ensemble, à quatre mains, Paul et Barbara Vivienne. Elle saura me conseiller. Elle, elle me croira. Elle me croira. Je prends la route et je vais à Genève. *Voleur. Fils de pute.* Le prochain sur la liste, parce que, parce que, parce qu'ils ont *tous* intérêt à me retrouver mort. Marianne la première. Gabrielle et ses millions. La Reine blanche et la Reine noire. Auctionès. Si je parle, Becquerel est foutu, Marianne est foutue, Sanchez est foutu. Nous tombons tous ensemble. Qui d'autre ? Tous les musées qui ont falsifié un tableau, le MET, les Offices, l'Académie de Florence, mais c'est magnifique, ce scandale, ces révélations, ils tomberont tous, comme le petit faussaire, qui d'ailleurs sortira de prison par la grande porte. Paul se sent immense. Armé d'un pouvoir suprême. Le plomb en or. L'or en plomb. Il faut être prudent : Becquerel sait qu'il veut parler. Marianne aussi. Ils *savent* et je suis en danger. L'eau bout, il ne la voit pas. Il rumine la chute de l'experte, de la veuve et des deux Becquerel en décortiquant, les mains tremblantes, ses pépites de tournesol. Il faut parler à Barbe, elle est la seule à pouvoir m'aider. Je dois aller voir Barbe avant qu'ils m'en empêchent. Et s'il m'arrivait quelque chose, se dit-il horrifié, Masino vivrait pour toujours. Il ouvre la poubelle pour se débarrasser des carcasses de pépites qui collent entre ses doigts ; il a maigri – c'est à cause de l'angoisse – son alliance glisse et tombe. Et merde. Il faut fouiller. Quelle idée de porter une alliance, qu'est-ce qui m'a pris ? L'eau bout si fort qu'elle commence à gicler sur les plaques. Il examine la poubelle – heureusement, il n'y a presque rien. Un journal froissé, deux yaourts (au soja de merde) – et d'ailleurs le journal, il ne va pas là mais dans la poubelle du tri. Ils ne comprennent pas le tri, les Italiens, c'est incroyable. On le met pas en boule, comme ça, non, on le déplie, *Le Monde*, on le défroisse, et... et... et on le met... On le range... Paul tourne les pages. Elles sont découpées. Des mots entiers ont été découpés dans le papier. Il manque des lettres – Ah ! Ah ! *Elle sait*. Gabrielle. *C'est elle*. C'est elle qui dépose les enveloppes sur son plateau, l'air de rien, les enveloppes sans timbre et sans adresse, elle me demande si j'ai bien dormi, et elle guette ma réaction. C'est elle ! *Elle sait.* Comment ? Que veut-elle ? Encore du fric ? Elle veut me faire peur ! M'exterminer ! Il faut sortir – partir d'ici. Je suis en danger – partir et retrouver Barbe, tout lui dire, elle aura forcément entendu parler de Masino, elle sera sous le choc – peut-être jalouse de Marianne, ou admirative, comme Becquerel ? M'en voudra-t-elle de m'être remarié ? Non. Je lui expliquerai. Barbe ma chérie, je suis un romantique, je me suis laissé faire, et puis c'est une folle, une dingue, Barbe ! Elle m'écoutera. Elle me comprendra. Elle me guidera, une fois de plus. L'eau déborde, Paul s'échappe en oubliant son alliance, il traverse le couloir en rasant les murs de peur d'être interpellé par les *étrangers* de sa maison. Les fantômes d'Italie. Vite. Le placard, ses chaussures, son écharpe, et sur la console de l'entrée, son portefeuille. Il entend Gabrielle l'appeler : « Paul ? Paul *amore* ? ». Il entend ses pas, elle arrive dans le salon. Il ouvre la porte d'entrée qu'il claque violemment derrière lui, *Le Barbe* tremble dans son cadre. Il court jusqu'à l'escalier.

Il regarde son sang dévaler lentement les marches blanches. Il est calme. On dirait l'œuvre d'un artiste contemporain. Il ne peut pas bouger. Sa tête est secouée – ne t'inquiète pas, se dit-il à lui-même : ne t'inquiète pas, ce sont des spasmes. Il n'essaye pas de les contrôler. Il reprend ses esprits, peu à peu, où suis-je ? Il admire cette flaque rouge sur la blancheur du marbre, sa joue contre la pierre. Le sang est toujours plus épais qu'on ne le pense. Il reconnaît, monumentale, l'ombre de la statue de Bacchus sur le mur de la cage d'escalier. Bacchus monté sur un âne, une corne d'abondance à la main. Depuis le temps que je répète qu'il faut réparer cette marche. Gabrielle ne va pas tarder à sortir. Elle appellera les secours. J'attends ma femme, se rassure-t-il, soulagé de n'avoir rien à faire. Attendre. Il se repose. Il n'a pas mal. Le soleil brille dehors, des éclats de lumière virevoltent autour de lui, il pense au poème de Rimbaud – *Nature, berce-le chaudement : il a froid*. Il ne sent rien. Il ne se souvient plus du reste – seulement ce vers, qu'il se répète malgré lui, ce vers en boucle dans le silence et la lumière, jusqu'à ce qu'il grelotte, jusqu'à ce qu'il ait froid. Il observe sa main sans vie à l'extrémité de son bras, il se demande si sa main est morte, parce qu'elle est inerte. Des phrases sans lien lui viennent par bouffées – ça, madame, c'est un lustre Canna Lily de Murano. La voix de Tête-Creuse quand elle répond au téléphone. J'attends Gabrielle – mais Gabrielle ne voulait-elle pas que je meure ? Il entend sa mère – Paul. Enfin Paul (oui, c'est vrai, elle disait comme ça, « enfin Paul », en haussant les épaules), c'est ridicule. Absolument ridicule. On ne meurt pas d'une chute dans un escalier. Mais peut-être s'est-il « fracassé le crâne » ? On ne dit pas se briser, bousiller, démolir – on dit fracasser. Or un fracas, c'est un bruit. C'est d'abord un bruit. Paul écoute : s'est-il fracassé le crâne ? Il entend les mouettes. Il les voit tournoyer dans le ciel de Corse. Le sang s'étale, il sent la vibration du sol, des pas, juste derrière lui, sa vision se brouille. Il tente de bouger – il ne voit plus. Plus rien. Du noir. La nuit complète. Est-ce un homme, une femme, sont-ils plusieurs ? Il ne sent rien. Plus aucune partie de son corps. Est-on en train de le toucher, de le saisir ?

Est-ce la voisine ? La gardienne ? Non, je ne bouge pas. Je ne bouge plus. Les pas résonnent contre sa tempe – on me contourne. Eh ! Je sens bien que l'on me contourne. Gabrielle ? On fuit. On descend. Quelqu'un fuit dans l'escalier, les pas s'éloignent, il voudrait appeler, crier, Gabrielle ? Vittorio ? Les pas martèlent son crâne, son crâne ouvert – ça y est. Il ressent le trou. Le courant d'air. Son crâne est fracassé, il le sent bien maintenant. Les pas sont loin, ils sont au rez-de-chaussée peut-être et pourtant, ils bondissent à l'intérieur de son corps. On le piétine. Qui court ? Il imagine la sortie de l'immeuble. La lourde porte et le parapet du quai Voltaire. Les rayons obliques contre les platanes. Gabrielle ! M'a-t-on poussé ? S'est-on enfui ? N'y avait-il pas quelqu'un, une silhouette derrière la statue de Bacchus ? Si. Il y avait une ombre, on m'a poussé, on m'a renversé. J'étais le prochain. Le prochain sur la liste. Ils ont eu Sanchez, ils ont eu le restaurateur. Oui. J'ai senti une force – quelqu'un. On me tue ! *On m'a fracassé le crâne*. Ils ont tous intérêt à me retrouver mort. L'ombre du fils Becquerel, ce salopard. Oui, j'ai senti ses mains, c'étaient ses mains, distinctement, ses deux mains de fils Becquerel. Les millions du retable. L'argent de Gabrielle Cassaì. L'héritage de Vittorio. Anne d'Autriche changée en peinture. Lequel est-ce, lequel est-ce, peut-être étaient-ils tous ensemble ? Les Italiens. Les tresses blondes de Madonna et son armée de moines. L'Augustinien de Santo Spirito. À moi ! Était-ce Marianne ? Marianne... Ils vont me dépecer, les salauds. Tu m'entends ? Ils vont tous me bouffer. Mon Derain, mon Cézanne. Dites-leur ! Dites-leur, revenez ! Bacchus ! Dites-leur de tout donner à Barbe. Barbe ! Barbara ! Libérez le pauvre garçon, le restaurateur en taule dont le nom désormais lui échappe. Il est là – là ! Le poupon cosaque dans son costume de prisonnier. Il le voit pourtant, distinctement, assis devant lui. Agenouillé sur son torse comme le *Cauchemar* dans le tableau de Füssli.

« Pousse-toi de là mon grand. Je peux plus respirer.

— Peux pas. Désolé.

— Qui était-ce ? Qui m'a poussé ?

— J'ai rien vu.

— Et moi ?

— Toi ? Quoi, toi ?

— M'as-tu fracassé le crâne ? »

Le Cauchemar se met à rire. Sa forme change et s'évapore – Masino ! Masino ! Reviens ! Paul sent la chaleur d'un rayon contre sa joue. Elle est dangereuse, cette marche. A-t-il vraiment senti des mains ? Son pied s'est-il pris dans la fêlure ? L'a-t-on poussé ? Qui était-ce ? Marianne seule. Comme il aimerait que ce fût Marianne seule.

10

À l'hôtel Auctionès, un jour de vente, toute la maison est réquisitionnée – « ça casse la routine ». Dans la vitrine au milieu de l'entrée, le maillet d'ivoire de Paul Vivienne tourne lentement sur lui-même.

Salle 1, premier étage. Arnaud Rivette attend l'heure pile. Le crieur a une boule dans la gorge. Peu de personnes sont présentes, et la plupart sont *du milieu*, mais sur drouot.com, on prévoit du passage. Une mort subite et inattendue, ça attire les foules. Les marchands sont à leur place. Contre le mur, Jean-Louis et Louis Becquerel portent du noir. Le président d'Auctionès accueille les visiteurs d'un chaleureux sourire. Il s'est chargé personnellement de l'inventaire ; de mettre en ordre les petites affaires du mort. Ses clercs ont dépecé les restes. Pendant des jours, Becquerel a minutieusement parcouru toute la correspondance de Vivienne. Ses écrits, ses textos, son bureau, ses dossiers, les masses de papiers dans son coffre-fort. Il n'a trouvé aucun document intime, rien de personnel, hormis les lettres de son ex-femme. Becquerel est serein : le nom de Masino n'est apparu que dans le carnet à la couverture bleu roi, frappé de ses trois D, que le mort portait contre lui, dans sa poche intérieure. Un vague projet de roman ou d'essai historique, rédigé à la troisième personne. Becquerel contemple la salle n° 1 avec émotion. La disparition de Paul marque la fin d'une époque. La fin d'un monde. Est-il temps pour lui de prendre sa retraite ? Tirer sa révérence ? Il a toujours pensé qu'ils partiraient ensemble. Mais son ami lui a offert un précieux cadeau – un artiste dont la cote n'en est qu'à ses débuts. Becquerel comprend enfin pourquoi Vivienne, dans sa dernière année, lui avait semblé animé d'une énergie nouvelle. Il se sent prêt pour l'aventure : il est ravi de travailler avec Marianne Javert – ravi. Celle-ci ne le sait pas encore, mais il s'apprête à conclure avec elle un pacte d'exclusivité sur la vente de tous les Masino qu'il reste à découvrir.

Au premier rang, la grappe de petits vieux commente « l'allure » d'Arnaud Rivette ; ses baskets blanches. Quand même, Vivienne, c'était autre chose. « De toute façon il faut toujours qu'on soit mort pour qu'on nous trouve des qualités. » Agnès pleure derrière son poste à la table des téléphones. La catalogueuse a bien un paquet de mouchoirs, mais tu verrais son sac

– elle fouille, et ça l'agace. « Tu vois la veuve quelque part ? » Non, bien sûr, elle n'a pas daigné venir. Ty-pique. N'empêche que si j'étais eux, j'engagerais une enquête, deux successions en deux ans, c'est louche. Quelques rares visiteurs prennent place, disséminés dans une salle trop grande, trop majestueuse, et l'on entend le froissement d'un emballage, parce que Josiane Bick éventre un paquet de Mi-Cho-Ko. Ces petits chocolats dont l'emballage a la couleur de l'or. Elle s'est promis de remporter le Maillol : un souvenir sensuel, tout en rondeurs, un classique pour sa collection. L'homme assis devant elle est un marchand suisse, incognito. Il est chargé d'acquérir le fameux Cézanne, lot n° 24, pour une collectionneuse du lac de Constance. Dans ses fiches, il a marqué un grand « S » à côté de l'œuvre – *Sentimental*. Derrière l'estrade, Ludo rassemble ses fiches ; il reconnaît un grand nombre des objets présentés – des œuvres ravalées, d'autres acquises chez les morts et les ruinés de ce monde. Chaque pièce remonte le temps : la collection du commissaire-priseur résume la vie de son propriétaire. Ludo donne ses ordres à ses garçons, pour une présentation *smooth*, je veux que ça glisse, chaque objet aura son heure de gloire, prenez votre temps. Une minute par lot. Il renifle en remontant son jean, que restera-t-il de Paul, quand tous ces objets maintenus ensemble seront dispersés ?

Dans l'appartement vide du quai Voltaire, Gabrielle a séché ses larmes. Les soupçons qui pesaient sur elle ont été levés – on a retrouvé le cadavre de son mari démuni de son alliance ; le couple connaissait-il déjà des difficultés ? Elle a le sentiment de se réveiller d'un songe. Un drôle de rêve. Comment a-t-elle pu, si vite, succomber au charme du commissaire-priseur ? Comment a-t-elle pu changer de nom, s'installer chez lui, renier la vie qui avait été la sienne ? Elle était perdue. Malheureuse. A-t-elle agi inconsciemment, dans l'intérêt de son fils ? Paul a-t-il profité de sa vulnérabilité ? Peu importe, pense-t-elle. C'est terminé. Aujourd'hui seront vendus les derniers biens dont elle a hérité. Elle se sent déjà plus légère, sauvée, lavée du souvenir de ce mariage. La vie parisienne lui semble lointaine. Elle prépare ses malles sans se soucier de la vente qui s'apprête à démarrer de l'autre côté de la Seine : elle en recevra les bénéfices directement sur son compte bancaire. La secrétaire de Paul s'occupe de tout. Gabrielle s'enveloppe dans son plaid léopard au milieu du salon, assise par terre, un verre de Sassicaia 87 à ses côtés. Elle se sent protégée. À l'abri. J'ai sauvé Vittorio, se dit-elle en fermant les yeux pour savourer, un instant, la chaleur de la fourrure contre ses joues. Elle peut enfin rentrer à Rome et redevenir ce qu'elle a toujours été : la veuve Cassaí.

Au fond du couloir, enfermé dans sa chambre, son fils attrape sous son matelas le journal qu'il a retrouvé par terre dans la cuisine, le jour de la mort de Paul. Il n'a pas osé s'en débarrasser plus tôt – faut-il le brûler ? Le mettre en pièces ? Vittorio caresse le papier froissé, les trous dans les pages. Il a détesté Paul. C'est vrai. Sa mère amoureuse, le déménagement, qui s'est soucié de lui ? De son mal-être ? Personne. On ne l'a jamais considéré. On a fait comme s'il n'existait pas. On lui a flanqué pour beau-père celui même qui avait dispersé la vie de son père dans une salle des ventes, moyennant une commission monumentale. Il a découpé des lettres pour former des mots sur des pages blanches, des mots quelconques et sans profondeur, pour se faire du bien : *Menteur, voleur, fils de pute*. Voleur de femme. Baratineur. *Figlio di puta.* Cela fait-il de lui un assassin ? A-t-il accompli, malgré lui, la vendetta promise au tombeau de son père ? *Alea jacta est.* Il replie soigneusement le journal, ses mains tremblent. Il n'a pas voulu ce qui est arrivé. Paul a loupé une marche, se répète-t-il, c'était un accident. Quelques petites lettres n'ont jamais tué personne. Hériter d'une fortune, venger son père, libérer sa mère, non, non, il n'a pas voulu tout ça. Vittorio serre les dents. Il glisse les papiers dans un de ses cahiers d'étude, qu'il gardera en souvenir de Paris, de la rue Molière et de l'île Saint-Louis, en mémoire du commissaire-priseur.

Le clerc de Rivette apporte au maître sa bouteille de parfum fétiche, *Chanel n° 5*. Les caméras s'allument – on passe en live, déclare le prédisposé aux enchères en ligne. Rivette monte sur l'estrade d'un petit saut agile, on voit qu'il est sportif, son teint est frais, son front encore sensible des récents implants dont il est garni. Il vaporise deux pschitts à son cou avant de frotter ses poignets l'un contre l'autre.

Marianne franchit les portes de la salle n° 1 dans une robe longue et vaporeuse, le regard grave, elle retire ses lunettes de soleil. Courage. Elle n'a aucune envie d'être là, mais c'est un peu comme l'enterrement de Vivienne : c'est bon pour l'image. Elle serre quelques mains dont celle de Jean-Louis Becquerel qui manque de lui broyer les métacarpes d'un air entendu. C'est quoi ton problème, à toi ? Les sourires du personnel d'Auctionès lui font peur. Ils sont figés comme des masques. Elle se sent observée. Comment savoir si Paul s'est confié avant de mourir ? S'il a laissé quelque trace ? Une fois de plus, elle tente de se rassurer : on aurait déjà parlé. On n'aurait jamais laissé l'exposition Masino ouvrir ses portes ni obtenir un tel succès. Elle s'assoit dans une rangée vide et feuillette le catalogue pour se donner une contenance. Un portrait apparaît en première page : Vivienne jeune. Elle soupire, encore quelques heures, se dit-elle, et l'on n'en parlera plus. Elle s'aperçoit que sa jambe s'agite nerveusement ; elle l'immobilise en croisant le regard d'Agnès. Son œil accusateur. Marianne voudrait ressentir le chagrin de ceux qui ont perdu un être cher. Pleurer de nostalgie – mais la peur dévore en elle tout autre sentiment. Paul est mort. Zbik est en prison. Elle se le répète, encore et encore, sans y croire, sans imaginer, elle tente alors de se figurer le cadavre six pieds sous terre et son ami dans son sept mètres carrés. Elle a appris dans la presse qu'il travaillait à une fresque monumentale dans sa cellule, à Fleury-Mérogis, sur le modèle de l'*Annonciation* de Fra Angelico. Zbik refuse ses visites. Sa mère est rentrée en Pologne après avoir vendu l'appartement de Montmartre. Marianne s'est bien proposé de payer l'amende, mais Mme Zbikowski a refusé l'argent. Zbik a-t-il le droit d'écouter de la musique ? De fumer ? Quel idiot, conclut-elle, comme chaque fois qu'elle pense à lui. Prendre de tels risques, tout seul, contrefaire un peintre qui n'existe pas ! Elle voudrait oublier ce qu'elle sait. Les objets du catalogue défilent entre ses doigts, des têtes de femmes, des femmes sans tête, et Marianne se plaît alors à imaginer sa propre mort, car enfin Masino deviendra immortel.

Du haut de sa tribune, Arnaud Rivette demande, les yeux mouillés, plantés dans la caméra, une minute de silence. Une minute de silence et nous débuterons les enchères.

13199

Composition
NORD COMPO

Achevé d'imprimer en Espagne
par BLACKPRINT
le 9 mai 2021.

Dépôt légal mai 2021
EAN 9782290252772
OTP L21EPLN002946N001

Éditions J'ai lu
87, quai Panhard-et-Levassor, 75013 Paris
Diffusion France et étranger : Flammarion